CUESTIÓN DE SUERTE

Janet Evanovich
CUESTIÓN DE SUERTE

Traducción de Patricia Antón

Título original: Hot Six

Torrelaguna, 60. 28043 Madrid
Teléfono 91 744 90 60
Telefax 91 744 92 24
www.alfaguara.com

• Aguilar, Altea, Taurus, Alfaguara S. A.
Beazley 3860. 1437 Buenos Aires. Argentina
• Aguilar, Altea, Taurus, Alfaguara S. A. de C. V.
Avda. Universidad, 767, Col. del Valle,
México, D.F. C. P. 03100. México
• Distribuidora y Editora Aguilar, Altea,
Taurus, Alfaguara, S. A.
Calle 80 nº 10-23
Santafé de Bogotá. Colombia

ISBN: 84-204-4337-9
Depósito legal: M. 52.797-2001
Impreso en España - Printed in Spain

Prólogo

Vale, pues así están las cosas. El peor de los temores de mi madre se ha convertido en realidad. Soy ninfómana. Deseo a un montón de hombres. Por supuesto, a lo mejor es así porque de hecho no me acuesto con ninguno. Y es probable que algunos de esos apetitos no conduzcan a ninguna parte. Es probable que sea poco realista creer que algún día me lo haré con Mike Richter, el portero de los New York Rangers. Dicho sea lo mismo con Indiana Jones.

Por otra parte, dos de los hombres de mi lista de apetecibles me desean a su vez. El problema es que ambos me dan algo así como un miedo de muerte.

Me llamo Stephanie Plum. Soy cazarrecompensas y trabajo con esos dos hombres. Ambos tienen que ver con el cumplimiento de la ley. Uno de ellos es policía. El otro hace gala de un enfoque algo más empresarial ante el crimen. Ninguno de los dos es muy bueno a la hora de seguir las reglas. Y ambos me aventajan en lo que respecta a la experiencia sexual en sí.

Sea como fuere, en la vida de una chica llega un momento en que tiene que agarrar el toro por los cuernos (o por alguna otra parte corporal apropiada) y asumir el control de su propia vida. Eso es lo que acabo de hacer. He llamado por teléfono para invitar a uno de esos hombres que tanto miedo me dan a hacerme una visita.

Ahora estoy tratando de decidir si debo dejarle entrar.

Mi temor es que ésta se convierta en una experiencia similar a aquella ocasión en que, a los nueve años, me dejé llevar por la fantasía de que era Supergirl y caí del techo del garaje de los Kruzak, destrocé el rosal premiado de la señora Kruzak, me desgarré los shorts y las braguitas floreadas de algodón y me pasé el resto del día sin percatarme de que llevaba el culo al aire.

Pongo los ojos en blanco. ¡Contrólate! No hay razón para estar nerviosa. Es la voluntad de Dios. Después de todo, ¿no he sacado su nombre de un sombrero? Bueno, de hecho se trataba de un cuenco, pero éste sigue siendo un encuentro cósmico. De acuerdo, la verdad es que he hecho trampa y he abierto un ojo al escoger. Qué demonios, a veces el destino necesita que lo ayuden un poco. Lo que quiero decir es que, de haber podido confiar en que el destino hiciera todo el trabajo, ni siquiera me habría hecho falta hacer esa estúpida llamada de teléfono, ¿no es así?

Además, he hecho algunas cosas por mi cuenta. Estoy preparada para lo que me espera. Vestido de devoradora de hombres... corto y negro. Zapatos de tacón sujetos al tobillo. Lápiz de labios rojo brillante. Caja de condones oculta en el cajón de los jerseys. Pistola cargada, de reserva en la caja de galletas. Stephanie Plum, cazarrecompensas en plena misión. Atrapa a tu hombre, vivo o muerto.

Hace unos segundos he oído abrirse las puertas del ascensor y el sonido de unas pisadas en el pasillo. Las pisadas se han detenido justo al otro lado de la puerta de mi apartamento, y he sabido que era él porque se me han endurecido los pezones.

Ha llamado una vez, y me he quedado paralizada, con la mirada fija en el pomo de la puerta. He abierto a la segunda llamada, he dado un paso atrás y nuestras miradas se han encontrado. No he visto señal alguna en él del nerviosismo que yo siento. Curiosidad, tal vez. Y deseo. Montañas de deseo.

—Hola —saludo.

Él entra en el vestíbulo, cierra la puerta y echa la llave. Su respiración es lenta y profunda; sus ojos están muy oscuros y me estudia con expresión seria.

—Bonito vestido —dice—. Quítatelo.

—¿Qué tal un poco de vino primero? —sugiero. ¡Retrasa las cosas!, pienso. ¡Emborráchale! Así, si la cosa resulta un desastre quizá no lo recuerde.

Él niega lentamente con la cabeza, rechazando el vino.

—Me parece que no.

—¿Un sándwich?

—Más tarde. Mucho más tarde.

Hago crujir mentalmente los nudillos.

Él sonríe.

—Te pones muy mona cuando estás nerviosa.

Aguzo la mirada. No pretendía estar precisamente mona cuando he preparado todo esto y he fantaseado acerca de la velada.

Él me atrae hacia sí, me rodea con un brazo y me baja la cremallera del vestido. La prenda se me cae de los hombros para amontonarse en torno a mis pies, dejándome con los zapatos de putón y unas braguitas tanga de Victoria's Secret apenas perceptibles.

Mido un metro setenta y siete de estatura y los tacones añaden diez centímetros más, pero él aún me sobrepasa un par de dedos. Y es mucho más musculoso, además. Sus manos me recorren la espalda y me mira de arriba abajo.

—¡Qué guapa! —comenta.

Me ha visto antes así, por supuesto. Cuando era una niña de siete años me metía la cabeza bajo la falda. A los dieciocho me liberó de la virginidad. Y en un pasado más reciente, me ha hecho cosas que no va a serme fácil olvidar. Es un policía de Trenton y su nombre es Joe Morelli.

—¿Te acuerdas de cuando éramos niños y jugábamos al *chuchu*? —pregunta.

—Yo siempre era el túnel, y tú eras siempre el tren.

Engancha los pulgares en la cinturilla de mis bragas para bajármelas unos milímetros.

—Era un niño depravado.

—Cierto.

—Ahora soy mejor.

—A veces.

Semejante respuesta merece una sonrisa rapaz.

—No lo dudes ni por un instante, monada.

Entonces me besa, y mis braguitas caen flotando al suelo.

Oh, vaya. ¡Mira por dónde!

Uno

Tres meses más tarde...

Carol Zabo estaba de pie en la barrera de seguridad del puente que se tiende sobre el río Delaware entre Trenton, Nueva Jersey, y Morrisville, Pensilvania. En la palma de la mano derecha sostenía un ladrillo refractario de tamaño reglamentario, atado con un pedazo de algo más de un metro de cuerda de tender cuyo otro extremo se había sujetado al tobillo. En el lateral del puente, en grandes letras, se leía el eslogan: «Trenton hace y el mundo se abastece». Y por lo visto, Carol se había cansado de que el mundo se abasteciese de lo que fuera que ella hacía, porque estaba dispuesta a saltar al Delaware y dejar que el ladrillo hiciese su trabajo.

Yo me hallaba a unos tres metros de Carol y trataba de disuadirla de saltar. No paraban de pasar coches; algunos conductores aminoraban la marcha para echar un vistazo y otros esquivaban a los curiosos y le hacían gestos obscenos a Carol por dificultar el tráfico.

—Oye, Carol —dije—; son las ocho y media de la mañana y está empezando a nevar. Se me está congelando el culo. Olvídate ya de saltar, porque me hago pis y necesito una taza de café.

La verdad es que no había pensado ni por un instante que fuera a saltar. Para empezar llevaba una chaqueta de piel de cuatrocientos dólares de la peletería Wilson. Una sencillamente no salta de un puente con una chaqueta de cuatrocientos dólares. Eso no se hace; la chaqueta quedaría para el arrastre. Carol era del barrio de Chambersburg de Trenton, el *Burg,* igual que yo, y en el Burg una le daba la chaqueta a su hermana y luego se tiraba del puente.

—No, óyeme tú, Stephanie Plum —dijo Carol, y le castañetearon los dientes—. Nadie te ha dado vela en este entierro.

Yo había ido al instituto con Carol. Ella era animadora de encuentros deportivos y yo majorette. Ahora Carol estaba casada con Lubi Zabo y quería suicidarse. Si yo me hubiese casado con Lubi también querría suicidarme, pero no era ésa la razón por la que Carol estaba de pie en el puente con un ladrillo sujeto con una cuerda. Carol había robado unas bragas de la sección porno de la tienda Frederick de Hollywood en el centro comercial. No es que Carol no pudiera permitirse las bragas, sino que las quería para estimular un poco su vida amorosa y le daba vergüenza pasar con ellas por caja. En sus prisas por largarse de allí, le había hecho un buen bollo al coche del policía de paisano Brian Simon para luego darse a la fuga. Brian, que en aquel momento estaba dentro de su coche, la había perseguido y la había metido en la cárcel.

Mi primo Vinnie, presidente y único dueño de Fianzas Vincent Plum, le había comprado a Carol el billete de salida de la cárcel. Si Carol no comparecía ante el tribunal en la fecha prevista, Vinnie perdería el dinero adelantado a menos que recuperase oportunamente el cuerpo de Carol.

Ahí es donde yo entro en escena. Soy agente encargada del cumplimiento de fianzas, que es una forma sutil de decir cazarrecompensas, y recupero cuerpos para Vinnie. Preferiblemente vivos e ilesos. Vinnie había visto a Carol en el puente de camino al trabajo y me había enviado a mí a rescatarla... o si tal cosa resultaba imposible, a ser testigo del lugar preciso en que se hundiría. A Vinnie le preocupaba que, si Carol se tiraba al río y la policía y los buzos no lograban encontrar con sus garfios el cadáver chorreante, probablemente perdería el dinero de la fianza.

—De verdad que ésta no es manera de hacerlo —le dije a Carol—. Vas a tener un aspecto espantoso cuando te encuentren. Imagínate; el pelo te va a quedar hecho un desastre.

Carol puso los ojos en blanco, como si pretendiera verse la coronilla desde dentro.

—Mierda, no se me ha ocurrido pensar en eso —respondió—. Además, acabo de hacerme mechas; de esas que se hacen con papel de plata.

La nieve estaba cayendo en copos grandes y húmedos. Yo llevaba botas de montaña de suelas gruesas, pero aun así el frío me estaba calando los pies. Carol iba más elegante, con sus botines de moda, un vestido negro corto y la excelente chaqueta. El ladrillo quedaba demasiado informal en contraste con el resto del atuendo. Y el vestido me recordaba a uno que yo tenía colgado en mi propio armario. No lo había llevado puesto más que unos minutos antes de que cayera al suelo y fuera apartado de una patada... lo cual había supuesto el inicio de una intensa velada con el hombre de mis sueños. Bueno, con uno de ellos, al menos. Es curioso que la gente vea una prenda de formas distintas. Yo me había puesto el vestido con la esperanza de llevarme a un hombre a la cama. Y Carol había elegido ese vestido para tirarse de un puente. Lo cierto es que, en mi opinión, saltar desde un puente con un vestido no es muy buena decisión. Si yo fuera a tirarme de un puente me pondría unas mallas. Carol iba a parecer una tonta con el vestido en las orejas y las medias hechas unos zorros.

—Bueno, ¿qué le parecen a Lubi las mechas? —quise saber.

—Cree que me quedan bien los reflejos —contestó Carol—. Pero le gustaría que me lo dejara crecer; dice que ahora se lleva el pelo largo.

Personalmente, no daría mucho crédito al concepto de moda de un hombre que se ganó el sobrenombre por fanfarronear sobre estar sexualmente dotado de una *buena lubina.* Pero bueno, yo soy así.

—A ver, cuéntame otra vez qué haces aquí arriba.

—Prefiero morirme que ir a la cárcel.

—Ya te lo he dicho, no vas a ir a la cárcel. Y si lo haces, no será por mucho tiempo.

—¡Un día es demasiado tiempo! ¡Una hora es demasiado tiempo! Le hacen a una quitarse toda la ropa, y luego te hacen agacharte para comprobar que no llevas armas escondidas. Y tienes que ir al lavabo delante de todo el mundo. No hay... ya sabes, privacidad. Vi un reportaje por la televisión.

Vale, ahora lo entendía un poco mejor. Yo misma me mataría antes de tener que hacer esas cosas.

—Quizá no tengas que ir a la cárcel —sugerí—. Conozco a Brian Simon. Podría hablar con él. A lo mejor puedo convencerle de que retire los cargos.

A Carol se le iluminó la cara.

—¿De verdad? ¿Harías eso por mí?

—Claro. No puedo garantizarte nada, pero sí puedo intentarlo.

—Y si no retira los cargos, seguiré teniendo la oportunidad de suicidarme.

—Exacto.

Metí a Carol y al ladrillo en su coche, y fui en el mío hasta el 7-Eleven en busca de un café y un paquete de donuts de chocolate. Me parció que me merecía los donuts puesto que había hecho un buen trabajo salvándole la vida a Carol.

Me llevé los donuts y el café a las oficinas de Vinnie en la avenida Hamilton. No quería correr el riesgo de comérmelos todos yo. Y confiaba en que Vinnie tuviese más trabajo para mí. Como agente de fianzas, sólo cobro si llevo a alguien conmigo. Y en aquel momento no disponía de ningún caprichoso que se hubiera saltado la vista ante el tribunal.

—¡Fijaos! —exclamó Lula desde detrás de los archivadores—. Acaban de entrar unos donuts por la puerta.

Con su metro setenta y ocho y sus más de noventa kilos, Lula es toda una experta en donuts. Esa semana se había decantado por la moda monocroma, pues tanto el cabello como la piel y el lápiz de labios eran de color cacao. El color de la piel es permanente, pero el del pelo cambia cada semana.

Lula se dedica a archivarle cosas a Vinnie, y me ayuda a mí cuando necesito refuerzos. Puesto que yo no soy la mejor cazarrecompensas del mundo y Lula no es el mejor refuerzo del mundo, lo más frecuente es que parezcamos una versión casera del programa *Las mejores meteduras de pata de la policía.*

—¿Eso que traes son donuts de chocolate? —preguntó Lula—. Connie y yo estábamos pensando precisamente que necesitaríamos unos donuts de chocolate, ¿no es así, Connie?

Connie Rosolli es la gerente de Vinnie. Estaba ante su escritorio, en el centro de la habitación, examinándose el bigote en un espejo.

—Estoy pensando en darme más sesiones de depilación eléctrica —comentó—. ¿Qué os parece?

—Me parece buena idea —respondió Lula mordiendo un donut—. Porque estás empezando a parecerte otra vez a Groucho Marx.

Sorbí mi café y eché un vistazo a unas fichas que Connie tenía sobre el escritorio.

—¿Ha llegado algo nuevo?

La puerta del despacho de Vinnie se abrió de par en par y mi primo asomó la cabeza.

—Y tanto que tenemos algo nuevo; uno de primera clase... y es todo tuyo.

Lula esbozó una mueca y Connie arrugó la nariz.

Sentí un extraño nudo en el estómago. Normalmente tenía que implorar que me dieran trabajo, y ahí estaba Vinnie... ofreciéndome algo que había reservado para mí.

—¿Qué pasa aquí? —quise saber.

—Se trata de Ranger —respondió Connie—. Se ha esfumado. No responde al busca.

—El muy idiota no se presentó ayer a la vista preliminar —añadió Vinnie—. Es un NCT.

NCT es la abreviatura que utilizan los cazarrecompensas para No Compareciente ante el Tribunal. Normalmente estoy encantada de oír que alguien no ha comparecido porque significa que puedo sacarme algún dinero por convencerlos de volver a actuar según el sistema. En este caso no iba a sacar dinero alguno, porque si Ranger no quería que lo encontraran, nadie iba a encontrarlo. Fin de la discusión.

Ranger es cazarrecompensas, como yo. Pero Ranger es bueno. Tiene más o menos mi edad, año arriba año abajo, es de origen cubano, y estoy bastante segura de que sólo se carga a tipos malos. Hace dos semanas un estúpido poli novato le arrestó por llevar armas sin licencia. Cualquier policía de Trenton conoce a Ranger, sabe que va armado, y está perfectamente contento de quc así sea. Pero nadie se lo dijo al nuevo. Dc forma que el poli le detuvo, y se acordó que compareciera ante el juez para una pequeña reprimenda. Entretanto, Vinnie roció a Ranger de una bonita cantidad de dinero, y ahora Vinnie se sentía abandonado, colgado en una especie de limbo él solito. Primero Carol. Ahora Ranger. No era una buena forma de empezar un martes.

—Aquí hay algo que no encaja —comenté. Sentía un gran peso en el corazón, porque había gente por ahí a la que no le importaría que Ranger desapareciera para siempre. Pero su desaparición dejaría un agujero muy grande en mi vida—. No es propio de Ranger ignorar una vista judicial. Y Ranger siempre responde al busca.

Lula y Connie intercambiaron miradas.

—¿Te enteraste de ese gran incendio que hubo el domingo en el centro? —preguntó Connie—. Pues resulta que el propietario del edificio es Alexander Ramos.

Alexander Ramos es un traficante de armas que se dedica a regular el flujo del mercado negro; desde su complejo residencial en la costa de Jersey en verano, y desde su fortaleza en Atenas en invierno. Dos de sus tres hijos adultos viven en Estados Unidos. Uno en Santa Bárbara y el otro en Hunterdon County. El tercer hijo vive en Río. Nada de esto supone información privilegiada. La familia Ramos ha sido portada de *Newsweek* en cuatro ocasiones. Hace mucho que se especula sobre los lazos de Ranger con Ramos, pero siempre se ha desconocido la naturaleza exacta de semejantes lazos. Ranger es un maestro a la hora de ocultar cosas.

—¿Y? —dije.

—Y cuando al fin consiguieron entrar en el edificio encontraron al hijo menor de Ramos, Homero, asado a la barbacoa en un despacho del tercer piso. Además de tostadito, también tenía un enorme orificio de bala en la cabeza.

—¿Y?

—Y se busca a Ranger para interrogarlo. Hace sólo unos minutos que ha estado aquí la policía preguntando por él.

—¿Por qué lo buscan?

Connie extendió las manos con las palmas para arriba.

—En cualquier caso —intervino Vinnie—, se las ha pirado, y tú vas a hacerle volver.

Mi voz sonó una octava más alta sin pretenderlo.

—¿Te has vuelto loco? ¡No pienso ir detrás de Ranger!

—Eso es lo bueno del asunto —comentó Vinnie—, que no tienes que ir detrás de él. Será él quien acuda a ti. Le vas bastante.

—¡No! Ni en broma. Olvídalo.

—Vale —dijo Vinnie—, si no quieres el trabajo se lo daré a Joyce.

Joyce Barnhardt es mi archienemiga. Corrientemente comería mierda antes de cederle nada a Joyce. En este caso Joyce podía quedárselo. Dejémosla romperse los cuernos en busca del hombre invisible.

—Bueno, ¿qué más tienes? —le pregunté a Connie.

—Dos de poca importancia y un verdadero mal bicho —me pasó tres carpetas—. Normalmente, Ranger se queda con los casos de fianza elevada y alto riesgo; como Ranger no está disponible, voy a tener que darte éste a ti.

Abrí la primera carpeta. Morris Munson, acusado de muerte por atropello.

—Podría ser peor —comenté—. Podría tratarse de un violador homicida.

—No has leído lo suficiente —advirtió Connie—. Después de que ese tipo atropellara a la víctima, que resulta que era su ex esposa, la golpeó con un gato hidráulico, la violó y trató de prenderle fuego. Lo acusaron de muerte por atropello porque según el forense ya estaba fiambre cuando le dio con la palanca. La había rociado de gasolina y no conseguía que le funcionara el Bic cuando pasó casualmente por allí un coche patrulla.

Vi bailar puntitos negros ante mis ojos. Me dejé caer en el sofá de piel sintética y apoyé la cabeza en las rodillas.

—¿Te encuentras bien? —quiso saber Lula.

—Probablemente no es más que un bajón de azúcar —respondí. Probablemente no es más que mi trabajo.

—Podría ser peor —opinó Connie—. Aquí dice que no iba armado. No tienes más que llevar la pistola y estoy segura de que todo irá bien.

—¡No puedo creer que lo dejaran en libertad bajo fianza!

—Imagínate —dijo Connie—. Supongo que no les quedaba sitio en la cárcel.

Alcé la mirada hacia Vinnie, aún de pie en la puerta de su despacho.

—¿Y le financiaste la fianza a ese maníaco?

—Eh, yo no soy juez. Soy un hombre de negocios. No tenía antecedentes —añadió—. Y tiene un buen empleo en la fábrica de botones. Es propietario.

—Y ahora se ha largado.

—No ha comparecido en la vista ante el tribunal —explicó Connie—. He llamado a la fábrica de botones y me han dicho que no lo veían desde el miércoles.

—¿No han sabido nada de él? ¿Llamó para decir que estaba enfermo?

—No. Nada. He llamado a su casa, pero salta el contestador.

Eché un vistazo a las otras dos carpetas. Lenny Stivak, desaparecido en acción, acusado de violencia doméstica. Y Walter *El Porreta* Dunphy, al que se buscaba por borracho, por armar follón y por orinar en un sitio público.

Me metí las tres carpetas en el bolso y me puse en pie.

—Llamadme al busca si os enteráis de algo sobre Ranger.

—Última oportunidad —dijo Vinnie—. Te juro que le daré el caso a Joyce.

Tomé un donut del paquete para luego pasárselo a Lula y marcharme. Era marzo y a la tormenta de nieve no le estaba resultando fácil transformarse en algo serio. Había un poco de nieve medio derretida en la calle y en mi parabrisas, y en la ventana del pasajero se había formado una fina capa de hielo. Había un gran objeto borroso al otro lado del cristal. Traté de ver algo a través del hielo acumulado. El objeto borroso era Joe Morelli.

La mayoría de las mujeres experimentaría un orgasmo instantáneo al encontrarse a Morelli sentado en su coche. Producía ese efecto. Yo conocía a Morelli de toda la vida y ya casi nunca tenía orgasmos instantáneos. Necesitaba al menos cuatro minutos.

Llevaba botas, pantalones vaqueros y una chaqueta negra de borreguillo. Los faldones de una camisa de franela a cuadros rojos le sobresalían de la chaqueta. Bajo la camisa de franela llevaba una camiseta negra y una Glock del calibre 40. Tenía los ojos del color del whisky caro y su cuerpo era testimonio de buenos genes italianos y ejercicio duro en el gimnasio. Arrastraba la reputación de llevar una vida de desenfreno, reputación bien merecida pero anticuada. Morelli concentraba ahora todas sus energías en el trabajo.

Me senté al volante, hice girar la llave en el contacto y moví el mando del ventilador a la posición de desempañado para que se fundiera el hielo. Conducía un Honda Civic azul de seis años que como transporte era perfectamente adecuado pero que no realzaba gran cosa mi vida fantástica. Se hacía difícil ser Xena, *La Princesa Guerrera,* en un Civic de seis años.

—Bueno —le dije a Morelli—, ¿qué pasa?

—¿Andas buscando a Ranger?

—No. Yo no. No, señor. Qué va.

Morelli enarcó las cejas.

—No sé hacer magia —añadí.

Enviarme a mí en busca de Ranger sería como mandar a la gallina a la caza del zorro.

Morelli se había repantigado contra la puerta.

—Necesito hablar con él.

—¿Investigas el incendio?

—No. Se trata de otra cosa.

—¿Otra cosa relacionada con el incendio? ¿Como el agujero en la cabeza de Homero Ramos?

Morelli esbozó una amplia sonrisa.

—Haces un montón de preguntas.

—Sí, pero no obtengo ninguna respuesta. ¿Por qué Ranger no contesta al busca? ¿Cuál es su implicación en todo esto?

—Tuvo un encuentro con Ramos a altas horas de la noche. Lo captó una cámara de seguridad del vestíbulo. El edificio está cerrado por las noches, pero Ramos tenía una llave. Llegó primero, esperó diez minutos a Ranger, le abrió la puerta cuando apareció y ambos cruzaron el vestíbulo hasta el ascensor para subir al segundo piso. Treinta y cinco minutos más tarde Ranger salió solo. Y diez minutos después de que abandonara el edificio se disparó la alarma de incendios. Se han vuelto a pasar veinticuatro horas de cinta, y según esa cinta no hubo nadie más en el edificio con Ranger y Ramos.

—Diez minutos es mucho tiempo. Dale tres minutos adicionales para bajar en el ascensor o por las escaleras. ¿Por qué no se disparó antes la alarma si Ranger inició el fuego?

—No había detector de humos en el despacho en el que encontraron a Ramos. La puerta estaba cerrada y el detector de humos estaba en el pasillo.

—Ranger no es estúpido. No se dejaría filmar por una cámara de vídeo si pretendiera matar a alguien.

—Era una cámara oculta —Morelli posó la mirada en mi donut—. ¿Vas a comerte eso?

Partí el donut por la mitad y le tendí un pedazo. Me embutí el otro en la boca.

—¿Se utilizó algo para acelerar el incendio?

—Una pequeña cantidad de líquido para encendedores.

—¿Crees que lo hizo Ranger?

—Con Ranger es difícil saberlo.

—Connie dice que a Ramos le dispararon.

—Con una nueve milímetros.

—Así pues, ¿crees que Ranger se oculta de la policía?

—Allen Barnes es quien lleva la investigación del homicidio. Hasta ahora, todo lo que tiene conduce a Ranger. Si le detuviera para interrogarle es probable que pudiese retenerle una temporada basándose en sus antecedentes, como la acusación por ir armado. No importa cómo lo mires, sentarse en una celda no es lo que más le interesa a Ranger en este momento. Y si Barnes ha establecido que Ranger es su sospechoso número uno, existen bastantes probabilidades de que Alexander Ramos haya llegado a la misma conclusión. Si Ramos pensara que fue Ranger quien se cargó a Homero, no esperaría a que el tribunal hiciese justicia.

Tenía el donut atascado en la garganta.

—O quizá Ramos ya le ha echado el guante a Ranger...

—Ésa es otra posibilidad.

Mierda. Ranger es un mercenario con un firme código ético que no se corresponde necesariamente con la actual forma popular de pensar. Asumió el papel de mi mentor cuando empecé a trabajar para Vinnie y desde entonces la relación ha evolucionado hacia una amistad que se ve limitada por el estilo de vida de lobo solitario de Ranger y mi propio sentido de supervivencia. Y la verdad es que la creciente atracción sexual entre ambos me da un miedo de muerte. De modo que mis sentimientos por Ranger ya eran complicados para empezar, y ahora la fatalidad se añade a mi lista de emociones no deseadas.

A Morelli se le disparó el busca. Contempló el visor y exhaló un suspiro.

—He de irme. Si te encuentras con Ranger, pásale mi mensaje. De verdad que tenemos que hablar.

—Va a costarte caro.

—¿Una cena?

—Pollo frito —respondí—. Extra grasiento.

Le observé bajarse del coche y cruzar la calle. Disfruté del espectáculo hasta que desapareció de mi vista y luego centré de nuevo mi atención en los expedientes. Conocía a El Porreta Dunphy. Había ido al colegio con él. No representaba ningún problema. Sencillamente tenía que arrancarle de delante del aparato de televisión.

Lenny Stivak vivía en un complejo de apartamentos en la avenida Grand y decía tener ochenta y dos años. Eso me hizo proferir un gemido. No existe una forma adecuada de detener a un anciano de ochenta y dos años. No importa cómo lo hagas, quedas como una mamona y te sientes una mamona.

Me faltaba por leer el expediente de Morris Munson, pero no quería pasar por eso. Mejor dejarlo para más tarde confiando en que Ranger apareciera.

Decidí ir primero a por Stivak. Sólo vivía a unos quinientos metros de la oficina de Vinnie. Tenía que hacer un cambio de sentido en Hamilton, pero el coche se negaba a hacerlo. El coche se dirigía hacia el centro de la ciudad, al edificio arrasado por el incendio.

Vale, pues resulta que soy una entrometida. Quería ver la escena del crimen. Y supongo que deseaba tener una experiencia psíquica. Quería quedarme allí parada, delante del edificio, y tener una revelación respecto a Ranger.

Crucé la vía del tren y me abrí paso con dificultad entre el tráfico de la mañana. El edificio estaba en la esquina de las calles Adams y Tercera. Era de ladrillo rojo y de cuatro plantas, probablemente de unos cincuenta años atrás. Aparqué al otro lado de la calle, me bajé del coche y me quedé mirando las ventanas ennegrecidas por el fuego, algunas de las cuales habían tapiado con tablones. La cinta amarilla de precinto policial se extendía por todo lo ancho del edificio, sujeta por caballetes estratégicamente situados sobre la acera, para impedir que los fisgones como yo se acercaran demasiado. Desde luego, no iba a dejar que una simple cinta amarilla me disuadiera de echar un vistazo.

Crucé la calle y me agaché para pasar bajo la cinta. Probé a abrir la puerta de doble cristal, pero estaba cerrada. Dentro, el vestíbulo no parecía haber sufrido grandes daños. Había un montón de manchas de agua sucia y humo en las paredes, pero no era visible nada destruido por el fuego.

Me volví y observé los edificios circundantes. Bloques de oficinas, tiendas, un restaurante charcutería en la esquina.

Eh, Ranger, ¿estás ahí?

Nada. Ninguna experiencia psíquica.

Corrí de vuelta al coche, me encerré en él y saqué el teléfono móvil. Marqué el número de Ranger y su teléfono sonó dos veces antes de que se conectara el contestador. Mi mensaje fue breve.

—¿Te encuentras bien?

Corté la comunicación y me quedé allí sentada unos minutos, sintiendo escalofríos y un nudo en el estómago. No quería que Ranger estuviese muerto. Y no quería que hubiese matado a Homero Ramos. No es que Ramos me importara un pepino, pero quien fuera que le hubiese matado tendría que pagar el precio, de una forma u otra.

Por fin puse en marcha el coche y me marché. Media hora después estaba ante la puerta de Lenny Stivak; y por lo visto los Stivak ya estaban peleándose otra vez porque se oían un montón de gritos procedentes del interior. Cambié el peso de uno a otro pie en el pasillo del tercer piso, esperando a que hubiera una tregua en el barullo. Cuando la hubo, llamé a la puerta. Lo cual condujo a otra batalla a gritos sobre quïén iba a abrirla.

Volví a llamar, la puerta se abrió y un anciano asomó la cabeza.

—¿Sí?

—¿Lenny Stivak?

—Le tienes delante, hermanita.

Era en su mayor parte nariz. El resto de la cara colgaba desde aquel pico de águila; tenía la calva moteada de manchas de vejez y las orejas de un tamaño desmesurado en la momificada cabeza. La mujer que había tras él tenía el cabello entrecano, la tez blancuzca y unas piernas como troncos embutidas en unas zapatillas del Gato Garfield.

—¿Qué quiere ésa? —chilló la mujer—. ¿Qué quiere?

—Si te callas de una vez se lo preguntaré —le respondió él a gritos—. Quejarte y quejarte; es lo único que sabes hacer.

—Yo sí que te voy a dar quejas —respondió ella, y le propinó un buen manotazo en la reluciente calva.

Stivak se giró y le dio un mamporro en un lado de la cabeza.

—¡Eh! —intervine—. ¡No haga eso!

—Te voy a dar uno a ti también —contestó Stivak abalanzándose hacia mí con el puño alzado.

Levanté una mano para cubrirme y Stivak permaneció inmóvil como una estatua por un instante, puso los ojos en blanco y cayó tieso como un palo hasta quedar espatarrado en el suelo.

Me arrodillé junto a él.

—¿Señor Stivak?

Su mujer le tocó ligeramente con uno de sus Garfield.

—¡Vaya! —comentó—. Supongo que ha vuelto a darle otro de esos ataques al corazón.

Le puse una mano en el cuello y no logré encontrarle el pulso.

—¡Oh, Dios mío! —gemí.

—¿Está muerto?

—Bueno, no es que sea una experta en...

—A mí me parece que sí está muerto.

—Llame a la policía y yo trataré de practicarle la resucitación cardiopulmonar.

En realidad no tenía ninguna experiencia al respecto, pero lo había visto hacer en televisión y siempre había querido intentarlo.

—Querida —me dijo la señora Stivak—, como devuelvas a ese hombre a la vida te voy a dar con el mazo del mortero hasta que tu cabeza parezca carne picada —se agachó junto a su marido—. Además, mírale. Está más muerto que un fiambre. Un cuerpo no puede estar mucho más muerto que el suyo.

Me temí que tuviera razón. El señor Stivak no tenía buen aspecto.

Una mujer anciana apareció ante la puerta abierta.

—¿Qué pasa? ¿Lenny ha tenido otro de esos infartos? —se volvió para exclamar hacia el pasillo—: Roger, llama a la policía. Lenny ha tenido otro infarto.

En cuestión de segundos la habitación se llenó de vecinos que comentaban el estado de Lenny y hacían preguntas. ¿Cómo había pasado? ¿Había sido rápido? ¿Quería la señora Stivak un guiso de pavo con fideos para el velatorio?

«Claro», opinó la señora Stivak, «un guiso le iría muy bien». Y se preguntaba si Tootie Greenberg podría preparar uno de esos pasteles de semilla de amapola como el que había hecho para Moses Schultz.

Llegó la unidad de urgencias, echó un vistazo a Lenny y estuvo de acuerdo con el consenso general: Lenny Stivak estaba más muerto que un fiambre.

Me escabullí silenciosamente del apartamento y me dirigí con rapidez y arrastrando los pies hacia el ascensor. Ni siquiera era mediodía y el día ya me parecía muy largo y abarrotado de gente muerta. Llamé a Vinnie al llegar al vestíbulo.

—Óyeme bien —le dije—. He encontrado a Stivak, pero está muerto.

—¿Cuánto tiempo lleva así?

—Unos veinte minutos.

—¿Ha habido testigos?

—Su esposa.

—¡Mierda! —dijo Vinnie—; ha sido en defensa propia, ¿no?

—¡Yo no lo he matado!

—¿Estás segura?

—Bueno, ha sido un ataque al corazón, aunque es posible que haya contribuido un poco...

—¿Dónde está ahora?

—En su apartamento. Los chicos de urgencias están ahí, pero ya no pueden hacer nada. Está definitivamente muerto.

—Dios, ¿no podrías haberle hecho sufrir un infarto después de llevarle a comisaría? Esto va a ser una verdadera complicación. No te creerías la cantidad de papeleo que supone esta clase de cosas. Te diré qué vas a hacer: mira a ver si puedes conseguir que los de urgencias lleven a Stivak hasta el juzgado.

Me quedé boquiabierta.

—Sí, eso funcionará —continuó Vinnie—. Sólo tienes que hacer que uno de esos tipos del mostrador salga a echarle un vistazo. Entonces podrá extenderte un recibo por la entrega...

—¡No pienso arrastrar a un pobre fiambre hasta el juzgado municipal!

—¿A qué vienen tantos aspavientos? ¿Crees que tiene prisa por que lo embalsamen? Sólo tienes que decirte a ti misma que estás haciendo algo bueno por él... ya sabes, como darle un último paseo.

Buf. Corté la comunicación. Debería haberme quedado con la caja entera de donuts. Aquél tenía pinta de acabar siendo un día de ocho donuts. Contemplé la pequeña luz verde que parpadeaba en mi móvil. Venga, Ranger, me dije. Llámame.

Salí del vestíbulo y vagué por las calles. Dunphy El Porreta era el siguiente en mi lista. Vivía en el Burg, a un par de manzanas de la casa de mis padres. Compartía una casa adosada con un par de tipos igual de chalados que él. Por lo que sabía de él, trabajaba por las noches en el reabastecimiento de Shop & Bag. Y a esa hora del día sospechaba que estaría en casa comiéndose un Crunch y viendo una reposición de *Star Trek*.

Giré hacia la calle Hamilton, pasé ante la oficina, doblé a la izquierda para entrar en el Burg a la altura del hospital Saint Francis y me abrí camino hacia las casas adosadas de Grant. El Burg es un barrio residencial de Trenton que por un lado queda flanqueado por la calle Chambersburg y por el otro se extiende hasta Italy. Los pastelillos y el pan de olivas son alimentos básicos en el Burg. El lenguaje gestual se reduce a un dedo medio bien tieso que señala al cielo. Las casas son modestas. Los coches son grandes. Las ventanas están limpias.

Aparqué a media manzana y comprobé en el expediente que no me hubiese equivocado de número. Había veintitrés casas pegadas todas en fila. Cada casa estaba perfectamente alineada con la acera y todas tenían dos plantas. Él vivía en el número cuarenta y cinco de Grant.

El Porreta abrió la puerta de par en par y se me quedó mirando. Medía algo más de metro noventa y tenía el cabello castaño claro, largo hasta los hombros y con raya en medio. Era flaco y de huesos largos y vestía una camiseta negra de Metallica y vaqueros con agujeros en las rodillas. Tenía un frasco de mantequilla de cacahuete en una mano y una cuchara en la otra. Hora del almuerzo. Continuó mirándome, confuso, hasta que se le encendió la luz y se propinó un golpe de cuchara en la cabeza, dejándose un pegote en el pelo.

—¡Mierda! ¡Se me olvidó comparecer ante el tribunal!

Era difícil no tener simpatía a El Porreta, y me encontré sonriendo pese al día que llevaba.

—Ajá; habrá que volver a firmar el impreso de depósito de fianza y fijarte otra fecha.

Y la próxima vez le recogería yo y le haría de chófer hasta el juzgado. Stephanie Plum, toda una madraza.

—¿Cómo tiene que hacer eso El Porreta?

—Si vienes conmigo a comisaría, yo me encargaré de los trámites.

—Vaya, pues eso sí que es serio, amiga. Justo estaba viendo un documental sobre Rocky y Bullwinkle. ¿No podemos hacerlo en otro momento? Eh, ya sé, ¿por qué no te quedas a comer y vemos juntos al viejo Rocky?

Contemplé la cuchara en su mano. Probablemente era la única que tenía.

—Agradezco la invitación —contesté—, pero le prometí a mi madre que comería con ella.

Lo que en la vida se conoce como una pequeña mentira piadosa.

—¡Vaya!, eso está muy bien. Lo de comer con tu mami. Qué alucine.

—Bueno, ¿qué tal si me voy entonces a comer y vuelvo a recogerte dentro de una hora más o menos?

—Sería genial. El Porreta te lo agradecería de verdad.

Ahora que lo pensaba, agenciarme algo de comer en casa de mis padres no era mala idea. Además, así me enteraría también de los cotilleos que circulasen por el Burg acerca del incendio.

Dejé a El Porreta con su documental, anduve hasta el coche y ya había asido el picaporte de la puerta cuando un Lincoln negro se detuvo junto a mí.

Se bajó la ventanilla del copiloto y un hombre se asomó.

—¿Eres Stephanie Plum?

—Sí.

—Nos gustaría tener una pequeña charla contigo. Sube.

Sí, claro. Voy a meterme en un coche de matones de la mafia con dos extraños, uno de los cuales es pakistaní y lleva un revólver del calibre 38 embutido en la cintura del pantalón, parcialmente oculto por la rolliza panza, y el otro es un tipo que se parece a Hulk Hogan con un corte de moda.

—Mi madre siempre me decía que no hablara con extraños.

—No somos tan extraños —comentó Hulk—. No somos más que un par de tipos corrientes. ¿No es así, Habib?

—Exacto —respondió Habib inclinando la cabeza hacia mí y mostrando un diente de oro al sonreír—. Somos vulgares y corrientes, en todos los sentidos.

—¿Qué queréis? —pregunté.

El del asiento del copiloto exhaló un gran suspiro.

—No vas a subir al coche, ¿verdad?

—No.

—Vale, pues hagamos un trato. Estamos buscando a un amigo tuyo. Bueno, a lo mejor ya no es amigo tuyo. Quizá tu también le estés buscando.

—Ya.

—Así que hemos pensado que podríamos trabajar juntos. Ya sabes, formar un equipo.

—Me parece que no.

—Bueno, pues entonces vamos a tener que seguirte por ahí. Pensamos que sería mejor decírtelo para que no te pongas... ya sabes, para que no te alarmes cuando nos veas pisándote los talones.

—¿Quiénes sois?

—Ése de detrás del volante es Habib. Y yo soy Mitchell.

—No, me refiero a quiénes sois en realidad. ¿Para quién trabajáis? —estaba segura de conocer la respuesta, pero de todos modos no estaba de más preguntarlo.

—Preferiríamos no divulgar el nombre de quien nos emplea —respondió Mitchell—. De todas formas no es de tu incumbencia. Lo que tienes que recordar es no dejarnos al margen de nada, porque entonces nos enfadaríamos.

—Sí, y no te conviene que nos enfademos —advirtió Habib meneando un dedo—. Más te vale no tomarnos a la ligera, ¿no es así? —miró a Mitchell en busca de aprobación—. De hecho, si nos haces enfadar esparciremos tus entrañas por una plaza entera del aparcamiento del 7-Eleven de mi primo Mohamed.

—¿Estás chiflado o qué? —intervino Mitchell—. Nosotros no hacemos esa mierda con las entrañas de nadie. Y si lo hiciéramos no sería delante del 7-Eleven; yo compro allí el periódico los domingos.

—¡Oh! —exclamó Habib—. Bueno, pues entonces podríamos hacerle algo de naturaleza sexual. Podríamos practicar con ella entretenidos actos de perversión sexual... muchas, muchas veces. Si viviera en mi país se convertiría para siempre en la vergüenza de la comunidad. Por supuesto, como es una americana decadente e inmoral aceptará sin duda las vejaciones perversas que se nos ocurran. Y es bien posible que, como seremos nosotros quienes se las inflijamos, las disfrute enormemente. Pero espera, también podríamos mutilarla para que la experiencia le resulte desagradable.

—Eh, lo de mutilarla está bien, pero ojo con la parte sexy —le dijo Mitchell a Habib—. Tengo familia. Mi esposa se entera de algo así y me mata.

Dos

Alcé ambas manos, exasperada.

—¡No sé de qué estáis hablando!

—Estamos hablando de tu amigo Ranger y del hecho de que lo estés buscando —dijo Mitchell.

—Yo no estoy buscando a Ranger. Vinnie va a darle el caso a Joyce Barnhardt.

—No conozco a esa Joyce Barnhardt de las narices —contestó—. Te conozco a ti. Y te digo que estás buscando a Ranger. Y cuando lo encuentres vas a decírnoslo. Y si no te lo tomas como una... responsabilidad, vas a lamentarlo de verdad.

—Res-pon-sa-bi-li-dad —dijo Habib—. Me gusta cómo suena. Bien dicho. *Credo* que lo recordaré.

—Creo —dijo Mitchell—. Se dice creo.

—Credo.

—¡Creo!

—Eso es lo que he dicho yo. Credo.

—Este cabeza de trapo acaba de llegar —dijo Mitchell dirigiéndose a mí—. Trabajaba para nuestro jefe en sus asuntos de

Pakistán, pero llegó con el último cargamento de mercancía y no conseguimos librarnos de él. Aún no sabe de qué va la cosa.

—Yo no soy un cabeza de trapo —se quejó Habib—. ¿Ves algún trapo en esta cabeza? Ahora estoy en América y no llevo esas cosas. Y no me parece bonito que hables así.

—Cabeza de trapo —insistió Mitchell.

Habib aguzó la mirada.

—Roñoso perro americano.

—Saco de michelines.

—Hijo de un tratante de camellos.

—Anda y que te jodan —dijo Mitchell.

—Y que se te caigan los testículos —respondió Habib.

Probablemente no tendría que preocuparme por esos dos tipos porque sin duda se habrían matado el uno al otro antes de que acabara el día.

—Tengo que irme —dije—. Voy a comer a casa de mis padres.

—No deben de irte muy bien las cosas —comentó Mitchell— si tienes que comer de gorra en casa de tus padres. Podríamos ayudarte con eso, ya sabes. Consíguenos lo que queremos y seremos verdaderamente generosos contigo.

—Incluso aunque quisiera encontrar a Ranger, que no quiero, no podría hacerlo. Ranger es como el humo.

—Ya, pero he oído decir que tienes un talento especial. Ya sabes a qué me refiero. Además, eres cazarrecompensas..., los atrapas vivos o muertos. Siempre consigues a tu hombre.

Abrí la puerta del Honda y me senté al volante.

—Decidle a Alexander Ramos que tendrá que buscarse a otra para encontrar a Ranger.

Mitchell puso cara de estar a punto de vomitar.

—Nosotros no trabajamos para ese cerdo. Y perdona mi lenguaje.

Eso me hizo sentarme más tiesa en el asiento.

—¿Para quién trabajáis entonces?

—Ya te lo he dicho antes. No podemos divulgar esa información.

Vaya, hombre.

Mi abuela estaba en la puerta de casa cuando llegué. Vivía con mis padres ahora que el abuelo le compraba directamente a Dios los boletos de la tómbola. Llevaba el cabello gris corto y con permanente. Comía como una lima y su piel recordaba a la de una gallina para caldo. Tenía los codos angulosos y descarnados como un cable pelado. Iba vestida con zapatillas de deporte blancas y un chándal de poliéster color magenta, y deslizaba de un lado para otro la dentadura postiza, lo que significaba que algo le daba vueltas en la cabeza.

—¡Qué agradable sorpresa! Justo estábamos poniendo la mesa —me dijo—. Tu madre se ha traído ensalada de pollo y panecillos de la tienda de Giovicchini.

Eché un vistazo hacia la sala de estar. La silla de mi padre estaba vacía.

—Ha salido con el taxi —explicó la abuela—. Ha llamado Whitey Blocher para decir que necesitaba a alguien.

Mi padre es jubilado de la oficina de Correos, pero conduce un taxi a media jornada, más para salir de casa que para conseguir algo de dinero extra. Y muchas veces conducir un taxi es sinónimo de jugar al pinacle en el Club del Alce.

Colgué la chaqueta en el armario del vestíbulo y me senté a la mesa de la cocina. La casa de mis padres es un angosto dúplex.

Las ventanas de la salita dan a la calle, la del comedor al sendero que separa su casa de la siguiente y, en la cocina, la ventana y la puerta trasera dan a un jardín que en esa época del año se veía limpio pero inhóspito.

La abuela tomó asiento frente a mí.

—Estoy pensando en cambiarme el color del pelo —comentó—. Rose Kotman se lo ha teñido de rojo y le queda bien. Y ahora tiene un novio nuevo —se sirvió un panecillo y lo cortó con el cuchillo grande—. No me importaría tener novio.

—Rose Kotman tiene treinta y cinco años —le recordó mi madre.

—Bueno, yo tengo casi treinta y cinco —dijo la abuela—. Todo el mundo dice que no aparento la edad que tengo.

Eso era cierto. Aparentaba unos noventa. Quería un montón a mi abuela, pero la seriedad no había sido buena con ella.

—Hay un hombre del club de la tercera edad al que le tengo echado el ojo —continuó—. Es monísimo. Apuesto a que si fuera pelirroja me daría un revolcón.

Mi madre abrió la boca para decir algo, pero se lo pensó mejor y pasó la ensalada de pollo.

No me apetecía especialmente pensar en los detalles de que le dieran un revolcón a la abuela, de forma que intervine, directa al grano.

—¿Os habéis enterado del incendio en el centro?

La abuela untó el panecillo con una dosis extra de mayonesa.

—¿Te refieres a ese edificio en la esquina de Adams y la Tercera? Esta mañana he visto a Esther Moyer en la panadería y me ha dicho que era su hijo Bucky el que conducía el camión de bomberos que lo apagó. Bucky le dijo que fue un incendio de aúpa.

—¿Algo más?

—Esther dice que ayer, cuando entraron en el edificio, encontraron un cuerpo en el tercer piso.

—¿Sabía Esther de quién se trataba?

—De Homero Ramos. Esther dice que estaba totalmente achicharrado. Y que le habían disparado. Tenía un agujero enorme en la cabeza. He mirado a ver si el velatorio iba a ser en la funeraria Stiva, pero hoy no viene nada en el periódico. ¿No sería genial? Supongo que Stiva no tendría mucho que hacer con él. Podría rellenar el orificio de bala con masilla funeraria como hizo con Moogey Bues, pero las pasaría moradas con eso de que esté chamuscado. Claro, que si queréis ver el lado bueno a la cosa, supongo que la familia Ramos podría ahorrarse dinero en el funeral, teniendo en cuenta que Homero ya está incinerado. Probablemente sólo tendrían que meterle en una copa a paletadas. Sólo que me temo que si pudieron distinguir el agujero de bala, es que la cabeza quedó entera. Así que es probable que no pudiesen meter la cabeza en la copa. A menos, por supuesto, que la machacaran primero con la pala. Apuesto a que con un buen par de paletazos se aplastaría con bastante facilidad.

Mi madre se llevó la servilleta a la boca.

—¿Te encuentras bien? —le preguntó la abuela—. ¿Tienes otro de esos sofocos? —la abuela se inclinó hacia mí y musitó—: Es la menopausia.

—No se trata de eso —se quejó mi madre.

—¿Saben quién le disparó a Ramos? —le pregunté a la abuela.

—Esther no me ha contado nada al respecto.

A la una en punto estaba a tope de ensalada de pollo y del arroz con leche de mi madre. Salía de la casa para dirigirme al

Civic cuando vi a Mitchell y Habib media manzana más abajo. Me saludaron con amistoso ademán cuando miré hacia ellos. Entré en el coche sin devolverles el saludo y conduje de vuelta a casa de El Porreta.

Llamé a la puerta y El Porreta la abrió y me miró con la misma confusión inicial.

—¡Ah, sí! —dijo al fin. Y entonces soltó una risilla tonta, típica de colocado.

—Vacíate los bolsillos —le dije.

Se sacó los bolsillos de los pantalones y una china gigante cayó sobre el primer peldaño. La recogí y la lancé al interior de la casa.

—¿Algo más? —quise saber—. ¿Algún ácido? ¿Hierba?

—No, amiga. ¿Y tú?

Negué con la cabeza. Su cerebro probablemente tenía el aspecto de esos pequeños macizos de coral calcificado que uno compra en las tiendas de animales para meter en el acuario.

Apartó de mí su mirada de miope para posarla en el Civic.

—¿Es ése tu coche?

—Sí.

Cerró los ojos y extendió las manos.

—No siento ninguna energía —dijo—. Ése no es el coche adecuado para ti —abrió los ojos y se dirigió tranquilamente hacia el coche, subiéndose los pantalones—. ¿Qué horóscopo eres?

—Libra.

—¡Lo ves! ¡Lo sabía! Eres aire. Y este coche es tierra. No puedes conducir este coche, chica. Eres pura fuerza creativa y este coche va a acabar con ella.

—Cierto —respondí—, pero es el único que podía permitirme. Entra.

—Tengo un amigo que podría conseguirte un coche adecuado. Digamos que es... proveedor de coches.

—Lo tendré presente.

El Porreta se dobló casi en dos para entrar al coche y una vez sentado sacó las gafas de sol.

—Así está mejor —dijo desde detrás de las gafas—. Mucho mejor.

La policía de Trenton comparte un edificio con los juzgados. Es un bloque de ladrillo rojo sin florituras muy funcional, un producto del modelo de construcción en serie de la escuela municipal de arquitectura.

Dejé el coche en el aparcamiento y acompañé a mi corderito al interior. Técnicamente, no podía encargarme yo misma de los trámites porque no era agente de fianzas sino tan sólo encargada de su cumplimiento. De forma que empecé el papeleo y llamé a Vinnie para que acudiera a completar el proceso.

—Vinnie viene para acá —le dije a El Porreta instalándole en un banco junto al oficial de turno—. Tengo un par de cosas que hacer en el edificio, así que voy a dejarte aquí solo un par de minutos.

—Eh, me parece fantástico, chica. No te preocupes por mí. El Porreta estará bien.

—¡No te muevas de aquí!

—Tranqui, amiga.

Me dirigí al piso de arriba, al departamento de Robos, y encontré a Brian Simon sentado en su escritorio. Sólo hacía un par de meses que le habían ascendido de agente de uniforme y aún no le había pillado el tranquillo a lo de vestirse de paisano. Llevaba una cazadora a cuadros amarillos y tostados, pantalones de traje azul marino y mocasines de piel marrón con calcetines rojos, y se había puesto una corbata lo bastante ancha como para pasar por babero.

—¿No tienen aquí algo así como un código de vestimenta? —pregunté—. Como sigas vistiéndote así vamos a tener que mandarte a vivir a Connecticut.

—Quizá deberías venir mañana por la mañana y ayudarme a elegir la ropa.

—¡Uf! —dije—. Qué susceptible. Quizá no sea buen momento.

—Tan bueno como cualquier otro —respondió—. ¿Qué se te está pasando por la cabeza?

—Carol Zabo.

—¡Esa mujer está más loca que una cabra! Se estampó contra mí. Y luego se dio a la fuga.

—Estaba nerviosa.

—No vas a darme una de esas excusas sobre el síndrome premenstrual, ¿verdad?

—De hecho, tenía algo que ver con sus bragas.

Simon puso los ojos en blanco.

—Oh, vaya estupidez...

—Verás, Carol salía de la tienda Frederick de Hollywood, y estaba nerviosa porque acababa de comprarse unas braguitas muy sexys.

—¿Vas a contarme algo vergonzoso?

—¿Te avergüenzas con facilidad?

—Sea como fuere, ¿qué sentido tiene todo esto?

—Confiaba en que retirases los cargos.

—¡Ni en broma!

Me senté en la silla ante su escritorio.

—Lo consideraría un favor especial. Carol es amiga mía. Y esta mañana he tenido que convencerla de que no se tirara de un puente.

—¿Por unas bragas?

—Hombre tenías que ser —le dije aguzando la mirada—. Sabía que no lo entenderías.

—Eh, pero si soy míster Sensibilidad. He leído *Los Puentes de Madison;* dos veces.

Le dirigí mi mirada de corderita degollada.

—Así pues, ¿la dejarás salir del atolladero?

—¿Hasta qué punto del atolladero tengo que dejarla salir?

—No quiere ir a la cárcel. Le preocupa en especial lo de los lavabos al aire libre.

Se inclinó para golpearse la cabeza contra el escritorio.

—¿Por qué yo? —se preguntó.

—Me recuerdas a mi madre.

—Me aseguraré de que no vaya a la cárcel —me dijo—, pero me debes una.

—No tendré que ir a ayudarte a vestirte, ¿verdad? No soy de esa clase de chicas.

—Empieza a temblar.

Maldición.

Dejé a Simon y regresé al piso de abajo. Vinnie estaba allí, pero El Porreta no.

—¿Dónde está? —preguntó Vinnie—. Pensaba que me habías dicho que estaba aquí en la entrada trasera.

—¡Y aquí estaba! Le he dicho que me esperara en el banco junto al oficial de turno.

Ambos miramos en dirección al banco. Estaba vacío.

Andy Diller estaba sentado en el escritorio.

—Eh, Andy —le dije—. ¿Tienes idea de qué le ha pasado a mi prófugo?

—Lo siento, no prestaba atención.

Recorrimos la planta baja preguntando por él, pero no apareció por ninguna parte.

—He de volver a la oficina —se quejó Vinnie—. Tengo cosas que hacer.

Hablar con su corredor de apuestas, jugar con la pistola, meneársela un poco.

Salimos juntos del edificio y nos encontramos a El Porreta contemplando cómo ardía mi coche. Había un puñado de policías con extintores tratando de apagar el fuego, pero la cosa no parecía tener muchas esperanzas. Un camión de bomberos se acercó por la calle, con las luces parpadeando, y franqueó las vallas metálicas.

—Eh —me dijo El Porreta—. Una verdadera pena lo de tu coche. Ha sido una locura, chica.

—¿Qué ha pasado?

—Estaba ahí sentado en el banco esperándote y he visto pasar a Reefer. ¿Conoces a Reefer? Bueno, da igual; Reefer acaba de salir de la cárcel y su hermano venía a buscarlo. Y me ha dicho que por qué no salía a decirle hola a su hermano. Así que he salido con Reefer, y ya sabes que Reefer siempre tiene buena hierba, así que una cosa ha llevado a otra, y he pensado que podía relajarme un poco en tu coche y fumarme un canuto. Supongo que debe de habérseme caído una brasa porque de lo siguiente que me he dado cuenta es de que el asiento estaba ardiendo. Y desde ahí digamos que se ha ido extendiendo. Ha sido soberbio hasta que esos caballeros se han puesto a regarlo.

Soberbio. Me pregunté si a El Porreta le parecería soberbio que le estrangulase hasta matarle.

—Me encantaría quedarme a tomar unas cervecitas con vosotros —intervino Vinnie—, pero tengo que volver a la oficina.

—Sí, y yo me estoy perdiendo *Hollywood Squares* —dijo El Porreta—. Tenemos que acabar ya con este asunto, amiga.

Eran cerca de las cuatro cuando acabé con los trámites necesarios para que se llevaran mi coche. Había conseguido salvar el gato y poco más. Estaba fuera, en el aparcamiento, hurgando en el bolso en busca del móvil, cuando se detuvo junto a mí el Lincoln negro.

—Mala suerte lo del coche —comentó Mitchell.

—Me estoy acostumbrando. Es algo que me pasa a menudo.

—Te hemos estado observando desde lejos, y nos ha parecido que necesitas que te lleven.

—De hecho, acabo de llamar a un amigo y va a venir a recogerme.

—Eso es mentira podrida —dijo Mitchell—. Llevas una hora aquí de pie y no has llamado a nadie. Apuesto a que a tu madre no le gustaría saber que dices mentiras.

—Mejor que meterme en ese coche contigo —dije—. Eso le provocaría un infarto a mi madre.

Mitchell asintió con la cabeza.

—En eso tienes razón.

El cristal tintado se deslizó hasta cerrarse y el Lincoln salió del aparcamiento. Encontré el móvil y llamé a Lula a la oficina.

—Si me dieran cinco centavos por cada coche que destrozas ya podría jubilarme —comentó Lula al recogerme.

—No ha sido culpa mía.

—Chica, nunca es culpa tuya. Es una de esas cosas del karma. En lo que respecta a los coches, tienes una puntuación de diez en el indicador de mala suerte.

—Supongo que no habrás tenido más noticias de Ranger, ¿no?

—Sólo que Vinnie le ha dado el caso a Joyce.

—¿Se ha puesto contenta?

—Ha tenido un orgasmo allí mismo, en la oficina. Connie y yo hemos tenido que excusarnos para ir a vomitar.

Joyce Barnhardt es un verdadero hongo. Cuando íbamos juntas al parvulario solía escupir en mi vaso de leche. En el instituto, hizo correr ciertos rumores y sacó fotografías secretas en el vestuario de chicas. Y antes de que la tinta se hubiese secado siquiera en mi certificado de matrimonio, me la encontré con el culo al aire encima de mi marido (ahora ex marido) sobre mi recién estrenada mesa de comedor.

Con Joyce Barnhardt, llamarla ántrax era mostrarse benévola.

—¿Sabes qué? Al coche de Joyce le ha pasado algo gracioso —comentó Lula—. Mientras estaba en la oficina alguien le ha clavado un destornillador en un neumático.

Arqueé las cejas.

—Ha sido la divina Providencia —concluyó Lula; puso la primera en su Firebird rojo y conectó un equipo de música que podía dejarla a una sin fundas en los dientes.

Fue por North Clinton hasta Lincoln y luego giró en Chambers. Cuando me dejó en mi aparcamiento no había rastro de Mitchell o Habib.

—¿Buscas a alguien? —quiso saber.

—Hoy me han estado siguiendo dos tipos en un Lincoln negro; esperan que encuentre a Ranger por ellos. Pero ahora no los veo.

—Hay un montón de gente buscando a Ranger.

—¿Tú crees que mató a Homero Ramos?

—Puedo verlo matando a Ramos, pero no lo veo incendiando un edificio. Y no lo veo comportándose como un estúpido.

—Te refieres a lo de dejarse captar por una cámara de seguridad.

—Ranger tenía que saber que había cámaras de seguridad. El propietario del edificio es Alexander Ramos. Y Ramos no va por ahí dejándose abierta la caja de galletas. Tenía unas oficinas en ese edificio. Lo sé porque en cierta ocasión hice un servicio a domicilio allí cuando me dedicaba a mi anterior profesión.

La profesión anterior de Lula era la de prostituta, de forma que no le pedí detalles del servicio a domicilio.

Me despedí de Lula y franqueé la puerta de doble cristal que da al vestíbulo de mi edificio. Vivo en el segundo piso y podía elegir entre las escaleras o el ascensor. Ese día me decidí por el ascensor, pues ver arder mi coche me había dejado agotada.

Entré en mi apartamento, dejé el bolso y la chaqueta en unos percheros que había instalado en la entrada y le eché un vistazo a mi hámster, Rex. Estaba correteando en la rueda, dentro de su jaula de cristal y sus piececitos no eran más que un borrón rosáceo contra el plástico rojo de la rueda.

—Hola, Rex —saludé—. ¿Cómo te va?

Se detuvo por un instante, retorciendo los bigotes y con los ojillos brillantes, a la espera de que le cayera comida del cielo. Le di una pasa de la caja que guardaba en la nevera y le conté lo del coche. Se embutió la pasa en un carrillo y volvió a sus correteos. Yo en su lugar me habría comido la pasa de inmediato y optado por una siesta. No entiendo eso de correr por mera diversión. La única forma de hacerme correr a mí es que me persiga un destripador en serie.

Comprobé el contestador automático. Había un mensaje. No decían nada. Sólo respiraban. Confié en que fuese la respiración de Ranger. Volví a escucharla. Parecía una respiración normal. No la de un pervertido. Ni la de alguien resfriado. Podía tratarse de la respiración de un teleoperador.

Disponía de un par de horas antes de que llegara el pollo, de forma que salí, crucé el descansillo y llamé a la puerta de mi vecino.

—¿Sí? —exclamó el señor Wolesky por encima del rugido del televisor.

—Me preguntaba si podría prestarme su periódico. He sufrido un desafortunado percance con mi coche, y pensaba echarle un vistazo a la sección de coches usados de los anuncios por palabras.

—¿Otra vez?

—No ha sido culpa mía.

Me tendió el periódico.

—Yo en su lugar buscaría en un almacén de excedentes del ejército. Debería usted conducir un tanque.

Me llevé el periódico a mi apartamento y leí los anuncios de coches y las tiras cómicas. Cavilaba sobre mi horóscopo cuando sonó el teléfono.

—¿Está ahí la abuela? —preguntó mi madre.

—No.

—Ha tenido unas palabras con tu padre y se ha ido hecha una furia a su habitación. ¡Y al cabo de un momento estaba fuera llamando un taxi!

—Probablemente habrá ido a visitar a una de sus amigas.

—He llamado a Betty Szajak y Emma Getz, pero no la han visto.

Sonó el timbre de la puerta y el corazón se me paró en el pecho. Atisbé por la mirilla. Era la abuela Mazur.

—¡Está aquí! —le susurré a mi madre.

—Gracias a Dios —dijo ella.

—No. Nada de gracias a Dios. ¡Lleva una maleta!

—Quizá necesite unas vacaciones lejos de tu padre.

—¡No puede quedarse a vivir aquí!

—Pues claro que no... pero tal vez podría quedarse un par de días hasta que las cosas se calmen un poco.

—¡No! No, no y no.

Volvió a sonar el timbre.

—Está llamando a mi puerta —le dije a mi madre—. ¿Qué hago?

—Por el amor de Dios, déjala entrar.

—Si la dejo entrar estoy perdida. Es como invitar a un vampiro a tu casa. Una vez lo has invitado ya puedes darte por muerta.

—No se trata de un vampiro. Es tu abuela.

La abuela aporreó la puerta.

—¿Hola? —llamó.

Colgué y abrí la puerta.

—Sorpresa —dijo la abuela—. He venido a vivir contigo hasta que encuentre un apartamento.

—Pero tú vives con mamá.

—Ya no. Tu padre es un pesado —arrastró la maleta al interior, se quitó el abrigo y lo colgó en el perchero de pared—. Voy a buscarme un sitio para mí sola. Estoy harta de ver los programas de televisión que quiera tu padre. Así que voy a quedarme aquí hasta que encuentre algo. Sabía que no te importaría que me mudara por una temporada.

—Sólo tengo un dormitorio...

—Puedo dormir en el sofá. No tengo manías cuando se trata de dormir. De tener que hacerlo, podría dormir de pie en un armario.

—Pero ¿qué pasa con mamá? Se sentirá sola. Está acostumbrada a tenerte por ahí.

Traducción: ¿qué pasa conmigo? Estoy acostumbrada a no tener a nadie por aquí.

—Supongo que eso es verdad —concedió la abuela—. Pero va a tener que aprender a hacer su vida. No puedo continuar siendo la alegría de esa casa. Supone demasiado estrés. No me malinterpretes, quiero mucho a tu madre, pero puede llegar a ser una verdadera aguafiestas. Y yo ya no tengo mucho tiempo que perder. Es probable que viva tan sólo unos treinta años más antes de que empiece a bajar el ritmo.

Treinta años pondrían a la abuela muy por encima de los cien... y a mí en los sesenta si no me mataba antes mi trabajo.

Alguien llamó con suavidad a la puerta. Morelli llegaba temprano. Abrí la puerta y Morelli recorrió medio vestíbulo antes de ver a la abuela.

—Abuela Mazur —dijo.

—Ajá —respondió ella—. Ahora vivo aquí. Acabo de mudarme.

Las comisuras de la boca de Morelli se alzaron de forma casi imperceptible. El muy idiota trataba de no reírse.

—¿Ha sido una mudanza sorpresa? —quiso saber Morelli.

Le quité el cubo de pollo de las manos.

—La abuela ha tenido diferencias con mi padre.

—¿Es eso pollo? —preguntó la abuela—. Se huele desde la otra punta de la casa.

—Hay suficiente para todo el mundo —le dijo Morelli—. Siempre traigo de más.

La abuela nos apartó para dirigirse a la cocina.

—Estoy muerta de hambre. Todo esto de la mudanza me ha abierto el apetito —echó un vistazo en el interior de la bolsa—. ¿También hay panecillos? ¿Y ensalada de col y zanahoria? —sacó unos platos del armario para llevarlos a la mesa del comedor—. Vaya, esto va a ser divertido. Espero que hayas traído cervezas. Tengo ganas de tomarme una cerveza.

Morelli todavía sonreía.

Desde hacía algún tiempo Morelli y yo estábamos liados en un romance de quita y pon. Lo cual es una bonita forma de decir que ocasionalmente compartíamos cama. Y a Morelli no iba a parecerle tan divertida la cosa cuando sus estancias ocasionales de una noche se convirtieran en ninguna en absoluto.

—Esto va a suponer un obstáculo en nuestros planes para la noche —le susurré a Morelli.

—No tenemos más que cambiar de sitio —respondió—. Podemos irnos a mi casa después de cenar.

—Olvídate de tu casa. ¿Qué iba a decirle a la abuela? «Lo siento, esta noche no duermo aquí porque voy a darme un revolcón con Joe.»

—¿Hay algo de malo en ello?

—No puedo decirle eso. Me haría sentir repugnante.

—¿Repugnante?

—Se me haría un nudo en el estómago.

—Qué tontería. A la abuela Mazur no le importará.

—Ya, pero lo sabrá.

Morelli pareció afligido.

—Es por una de esas cosas de mujeres, ¿no?

La abuela estaba de vuelta en la cocina buscando vasos.

—¿Dónde están las servilletas? —quiso saber.

—No tengo —respondí.

Se me quedó mirando con el rostro inexpresivo, incapaz de entender que en una casa no hubiese servilletas.

—Hay servilletas en la bolsa, con los panecillos —intervino Morelli.

La abuela echó una ojeada a la bolsa y sonrió.

—Qué chico este —comentó—. Hasta se trae las servilletas.

Morelli se meció sobre los talones y su mirada pareció decirme que era una chica con suerte.

—Siempre preparado —dijo.

Puse los ojos en blanco.

—Claro, así son los polis —afirmó la abuela—. Siempre están preparados.

Me senté frente a ella y mordí un pedazo de pollo.

—Son los Boy Scouts los que siempre están preparados —dije—. Los policías siempre están hambrientos.

—Ahora que voy a instalarme por mi cuenta he pensado que debería buscarme un empleo —comentó la abuela—. Y he pensado que podría encontrar trabajo de policía. ¿Qué opinas tú? —le preguntó a Morelli—. ¿Crees que sería una buena poli?

—Creo que sería usted una poli estupenda, pero el departamento tiene un límite de edad.

La abuela apretó los labios.

—Eso sí que es una paliza. Detesto esos malditos límites de edad. Bueno, supongo que entonces sólo me queda ser cazarrecompensas.

Miré a Morelli en busca de ayuda, pero tenía la mirada clavada en el plato.

—Necesitas poder conducir para ser cazarrecompensas —le recordé a la abuela—. Tú no tienes carnet de conducir.

—De todas formas tenía planeado sacármelo —contestó—. Lo primero que voy a hacer mañana es apuntarme a la autoescuela. Hasta tengo un coche. Tu tío Sandor me dejó ese Buick, y como tú ya no lo utilizas supongo que vale la pena intentarlo. Es un coche de lo más bonito.

La ballena Shamu con ruedas.

Cuando el cubo de pollo frito estuvo vacío, la abuela se levantó de la mesa.

—Recojamos todo esto —dijo—, y luego podemos ver una peli. Al venir hacia aquí he pasado por el videoclub.

Se quedó dormida a media película, sentada en el sofá más tiesa que una escoba y con el mentón apoyado en el pecho.

—Supongo que debería irme —dijo Morelli—, y dejar que vosotras, las chicas, aclaréis las cosas.

Le acompañé hasta la puerta.

—¿Ha habido noticias de Ranger?

—Nada. Ni siquiera un rumor.

A veces, la falta de noticias son buenas noticias. Por lo menos no había aparecido flotando en el río.

Morelli me atrajo hacia sí y me besó, y sentí el hormigueo habitual en los lugares habituales.

—Ya sabes mi número —dijo—. Y me importa un pepino lo que piensen los demás.

Me desperté en el sofá con el cuello tieso y de muy mal humor. Alguien armaba ruido de cacharros en la cocina. No hacía falta ser científico espacial para imaginar quién era.

—¿No te parece que hace una mañana fantástica? —dijo la abuela—. Tengo unas tortitas en marcha. Y he puesto a hacerse el café.

Vale, quizá no fuese tan mala idea lo de tener a la abuela por ahí.

Trabajó la masa de las tortitas.

—Estaba pensando que hoy podríamos ponernos en marcha temprano, y luego quizá podrías darme una pequeña clase de conducir.

Gracias a Dios que mi coche se había convertido en cenizas.

—En este momento no tengo coche —expliqué—. Sufrió un accidente.

—¿Otra vez? ¿Qué le pasó a éste? ¿Ardió? ¿Voló por los aires? ¿Lo chafaron?

Me serví una taza de café.

—Ardió. Pero no fue culpa mía.

—Vaya vida tan emocionante que llevas —opinó la abuela—. Sin un solo momento de aburrimiento. Coches rápidos, hombres rápidos, comida rápida. No me importaría llevar una vida como la tuya.

Tenía razón en lo de la comida rápida.

—Esta mañana no te han traído el periódico —prosiguió—. He salido a mirar al pasillo y todos tus vecinos tienen periódico, pero tú no.

—No estoy suscrita a ninguno —le expliqué—. Si quiero un periódico, lo compro —o lo pido prestado.

—El desayuno no va a estar completo sin un periódico. Tengo que leer las tiras cómicas y las necrológicas, y quería empezar a buscar piso esta misma mañana.

—Te conseguiré un periódico —aseguré, pues no quería retrasar la búsqueda de piso.

Llevaba puesta una camisa de dormir de franela a cuadros verdes que hacía juego con mis ojos azules inyectados en sangre. Me puse encima una cazadora vaquera Levi's, me embutí en un pantalón de chándal gris y en unas botas de cordones que dejé sin abrochar, me encasqueté una gorra de marine sobre la maraña de cabello castaño rizado que me llegaba al hombro y agarré las llaves del coche.

—Ahora mismo vuelvo —exclamé desde el vestíbulo—. Voy a acercarme al 7-Eleven.

Oprimí el botón del ascensor. Las puertas se abrieron y me quedé estupefacta. Ranger estaba apoyado contra el fondo de la cabina con los brazos cruzados sobre el pecho, una mirada oscura y calculadora y las comisuras de la boca dejando entrever una sonrisa.

—Entra —dijo.

Había renunciado a su atuendo habitual de prendas negras al estilo rap o mono a lo GI Joe. Llevaba una chaqueta de cuero marrón, camisa beige, vaqueros gastados y botas de cordones. El cabello, que siempre se había recogido en una tirante coleta, ahora lo llevaba corto. Tenía una barba de tres días que le hacía parecer más blancos los dientes y más oscura la piel de latino. Un donjuán con ropa de Gap.

—¡Vaya! —dije, sintiendo una oleada de algo que prefería no admitir en la boca del estómago—. Se te ve distinto.

—Sólo parezco un chico corriente.

Sí, claro.

Tendió una mano para asirme de la pechera de la chaqueta y meterme en el ascensor. Apretó el botón de cerrar las puertas y luego el de parada.

—Tenemos que hablar.

Tres

Ranger había pertenecido a las Fuerzas Especiales y aún tenía la complexión y el porte de entonces. Estaba muy cerca de mí, lo que me obligaba a inclinar la cabeza ligeramente hacia atrás para mirarle a los ojos.

—¿Te acabas de levantar? —preguntó.

—¿Lo dices por la camisa del pijama?

—La camisa del pijama, el pelo..., el estupor.

—Tú eres el motivo de ese estupor.

—Sí —dijo Ranger—. Me ocurre a menudo. Causo estupor en las mujeres.

—¿Qué pasó?

—Tuve una reunión con Homero Ramos, y alguien lo mató cuando me fui.

—¿Y el fuego?

—No fui yo.

—¿Sabes quién mató a Ramos?

Ranger se me quedó mirando durante unos instantes.

—Tengo un par de ideas al respecto.

—La policía piensa que lo hiciste tú. Te tienen en vídeo.

—La policía desearía que lo hubiera hecho yo. Cuesta creer que en realidad piensen que lo hiciera. No tengo fama de estúpido.

—No, pero sí tienes fama de... bueno, de matar a la gente.

Ranger esbozó una amplia sonrisa.

—Eso es un rumor que corre por ahí —miró las llaves que yo llevaba en la mano—. ¿Vas a algún sitio?

—La abuela se ha venido a vivir un par de días conmigo. Quiere un periódico, así que iba a comprárselo al 7-Eleven.

Ahora también sus ojos sonrieron.

—No tienes coche, nena.

¡Maldición!

—Lo había olvidado —agucé la mirada—. ¿Y tú cómo lo sabes?

—Tu coche no estaba en el aparcamiento.

Vaya.

—¿Qué le pasó al Honda?

—Se ha ido al cielo de los coches.

Oprimió el botón del tercer piso. Cuando las puertas se abrieron, apretó el de parada, salió y tomó el periódico que había en el suelo delante del tercero C.

—Ése es el periódico del señor Kline —dije.

Ranger me tendió el periódico y oprimió el botón del segundo piso.

—Pues le debes un favor al señor Kline.

—¿Por qué no compareciste en la vista ante el tribunal?

—Era un mal momento. Tengo que encontrar a alguien, y no puedo hacerlo si estoy arrestado.

—O muerto.

—Ajá —asintió Ranger—, eso también. No me pareció que una aparición pública justo en ese momento fuera lo que más me interesase.

—Ayer se me acercaron dos tipos de la mafia, Mitchell y Habib. Su plan es seguirme a todas partes para que los lleve hasta ti.

—Trabajan para Arturo Stolle.

—¿Arturo Stolle, el rey de las alfombras? ¿Qué relación tiene con todo esto?

—Más te vale no saberlo.

—¿Quieres decir que si me lo dijeras tendrías que matarme?

—Si te lo dijera, algún otro podría querer matarte.

—Mitchell no le tiene lo que se dice adoración a Alexander Ramos.

—No, para nada —Ranger me tendió una tarjeta con una dirección escrita en ella—. Quiero que hagas un trabajo de vigilancia a media jornada para mí. Aníbal Ramos. Es el primogénito y el segundo de a bordo del imperio Ramos. Figura como residente en California, pero pasa cada vez más tiempo aquí, en Jersey.

—¿Está aquí ahora?

—Lleva aquí tres semanas. Tiene una casa en una urbanización junto a la nacional 29.

—No creerás que mató a su hermano, ¿verdad?

—No es el número uno en mi lista —contestó Ranger—. Haré que uno de mis hombres te traiga un coche.

—¡No! No hace falta —tenía mala suerte con los coches. Su fallecimiento requería con frecuencia la intervención de la policía, y los coches de Ranger tenían orígenes inexplicables.

Ranger volvió a entrar en el ascensor.

—No te acerques demasiado a Ramos —advirtió—. No es una persona agradable.

Las puertas se cerraron. Ranger había desaparecido.

Salí del baño vestida con mi uniforme habitual de pantalones vaqueros, botas y camiseta, recién duchada y lista para empezar el día. La abuela estaba sentada a la mesa del comedor leyendo el periódico, y frente a ella estaba El Porreta, comiendo tortitas.

—Hola —me saludó—. Tu abuela me ha preparado unas tortitas. Vaya suerte lo de tenerla viviendo contigo. Tienes una abuelita genial, chica.

La abuela sonrió.

—¡Vaya chico este!

—Me sentía fatal por lo de ayer —dijo El Porreta—, así que te he traído un coche. Digamos que se trata de... un préstamo. ¿Te acuerdas de ese amigo mío del que te hablé, *El Proveedor*? Bueno, pues se quedó alucinado cuando le conté lo del incendio, y dijo que estaría bien que usaras uno de sus coches hasta que consigas un bólido nuevo.

—No se tratará de un coche robado, ¿verdad?

—Oye, amiga, pero ¿de qué me has visto cara?

—Pues tienes cara de alguien capaz de robar un coche.

—Bueno, vale, pero no lo estoy haciendo todo el día. Éste es un préstamo genuino.

Desde luego yo necesitaba un coche.

—Sólo será por un par de días —dije—. Hasta que me den el dinero del seguro.

El Porreta apartó el plato vacío y me dejó caer en la mano un juego de llaves.

—Pruébalo y alucina. Es un coche cósmico. Lo elegí yo mismo para que complementara tu aura.

—¿Qué clase de coche es?

—Es un *Rollswagen*. Una verdadera máquina del viento plateada.

Vaya, hombre.

—Ya, bueno, gracias. ¿Quieres que te lleve a casa?

Se dirigió sin prisa hacia el vestíbulo.

—Iré andando. Tengo que relacionarme.

—Yo tengo todo el día ocupado —comentó la abuela—. Por la mañana, clase de conducir. Y esta tarde Melvina va a llevarme por ahí para ver algunos pisos.

—¿Puedes permitirte un piso propio?

—Tengo algo de dinero ahorrado de cuando vendí la casa. Lo estaba reservando para ir a una de esas residencias cuando fuera vieja, pero en lugar de eso quizá me pegue un tiro.

Esbocé una mueca.

—Bueno, no es que vaya a llenarme de plomo mañana mismo —continuó la abuela—. Tengo un montón de años por delante. Además, ya lo tengo todo pensado. Verás, si te metes la pistola en la boca, te vuelas la parte de atrás de la cabeza. De ese modo Stiva no tiene que trabajar tanto para que tengas buen aspecto en el velatorio, teniendo en cuenta que de todas formas nadie te ve la nuca. Sólo tienes que procurar no mover la pistola, no vayas a hacer una chapuza y arrancarte una oreja —dejó el periódico en la mesa—. De camino a casa me pararé en el súper a comprar unas chuletas de cerdo para la cena. Ahora tengo que arreglarme para la clase de conducir.

Y yo tenía que ir a trabajar. El problema era que no quería hacer ninguna de las cosas que tenía por delante. No quería fisgonear en casa de Aníbal Ramos. Y desde luego no quería conocer a Morris Munson. Podía volverme a la cama, pero con eso no conseguiría dinero para el alquiler. Además, ya no tenía cama. La cama la tenía la abuela.

Vale, podía echar un vistazo al expediente de Munson. Hojeé el contenido. Aparte de la paliza, la violación y el intento de incineración, Munson no parecía tan mal tipo. No tenía antecedentes. Ni esvásticas grabadas en la frente. Había dado una dirección en la calle Rockwell. Yo conocía el barrio. Estaba junto a la fábrica de botones. No era la mejor zona de la ciudad. Ni la peor. En su mayor parte eran pequeños chalets unifamiliares y casas pareadas. Básicamente era un barrio de trabajadores, o de trabajadores sin trabajo.

Rex estaba dormido en su lata de sopa y la abuela estaba en el baño, así que me fui sin ceremonia. Cuando llegué al aparcamiento busqué una máquina del viento plateada. Y, en efecto, encontré una. Y era un Rollswagen, además. La carrocería del coche era la de un antiguo Volkswagen *escarabajo* y la parte frontal era de un Rolls Royce de época. Era de un plateado iridiscente con unas volutas celestiales azules por toda su superficie, ocasionalmente moteadas de estrellas.

Cerré los ojos y confié en que cuando los abriera el coche hubiese desaparecido. Conté hasta tres y abrí los ojos. El coche seguía allí.

Corrí de vuelta a casa, me puse un sombrero y unas gafas de sol, y regresé al coche. Me senté al volante, me hundí en el asiento y salí del aparcamiento entre resoplidos. Me dije que eso no era en absoluto compatible con mi aura. Mi aura no era ni mucho menos medio Volkswagen *escarabajo*.

Veinte minutos más tarde estaba en la calle Rockwell comprobando los números en busca de la casa de Munson. Cuando la encontré, me pareció de lo más corriente. Quedaba a una manzana de la fábrica. Muy conveniente si uno quería ir andando al trabajo. No tanto si a uno le gustaban las vistas panorámicas. Era una casa pareada de dos pisos, muy parecida a la de El Porreta. Recubierta de tejas de amianto granate.

Aparqué junto al bordillo y recorrí andando la corta distancia hasta la puerta, pensando que era poco probable que Munson estuviese en casa. Era miércoles por la mañana y posiblemente Munson estaría ya en Argentina. Llamé al timbre y me pilló por sorpresa que Munson abriese la puerta y asomara la cabeza.

—¿Morris Munson?

—¿Sí?

—Pensaba que estaría usted... en el trabajo.

—Me he tomado un par de semanas libres. He tenido algunos problemillas. De todas formas, ¿quién es usted?

—Represento a Fianzas Vincent Plum. No compareció usted ante el tribunal y nos gustaría fijarle una nueva fecha para la vista.

—¡Oh! Claro. Pues adelante, fíjeme otra fecha.

—Necesito llevarle al centro para hacer eso.

Miró más allá de mí, hacia la máquina del viento.

—No esperará que vaya con usted en eso, ¿no?

—Bueno, pues sí.

—Me sentiría como un idiota. ¿Qué iba a pensar la gente?

—Oiga, amigo, si yo puedo ir en ese coche, usted también.

—Las mujeres sois todas iguales —soltó de pronto—. Chasqueáis los dedos y esperáis que los hombres pasemos por el aro.

Yo ya estaba hurgando en el bolso en busca del espray de autodefensa.

—Quédate ahí —dijo Munson—. Voy a buscar mi coche. Está aparcado ahí atrás. No me importa fijar otra fecha, pero no pienso ir en ese coche de drogadicto. Daré la vuelta a la manzana y te seguiré hasta el centro.

¡Plam! Cerró de un portazo y echó la llave.

Maldición. Entré en el coche y giré la llave en el contacto; esperé a Munson preguntándome si volvería a verle alguna vez. Consulté el reloj. Le daría cinco minutos. Y entonces, ¿qué? ¿Irrumpiría en la casa? ¿Echaría la puerta abajo y entraría a tiro limpio? Hurgué en el bolso. La pistola no estaba. Había olvidado la pistola. Vaya, eso significaba volver a casa y dejar a Munson para otro día.

Al mirar hacia delante vi un coche volver la esquina. Era Munson. Vaya sorpresa tan agradable, me dije. ¿Lo ves, Stephanie? No seas tan rápida a la hora de juzgar a las personas. A veces están bien. Puse la primera en mi máquina del viento y le observé acercarse. Un momento, ¡estaba acelerando en lugar de aminorar la marcha! Le vi la cara, contraída por la concentración. ¡El muy maníaco iba a chocar contra mí! Puse marcha atrás y pisé a fondo el acelerador. El Rolls retrocedió de un salto. No lo bastante rápido como para evitar la colisión, pero sí lo suficiente como para impedir que acabara destrozado. Mi cabeza se bamboleó con el impacto. Lo cual no era nada del otro mundo para una chica nacida y criada en el Burg. Crecemos conduciendo autos de choque en la costa de Jersey. Sabemos encajar un golpe.

El problema radicaba en que su coche era más grande. Estaba arremetiendo contra mí con lo que parecía un coche de policía retirado. Un Crown Victoria. Volvió a por mí, logrando que retrocediera unos tres metros y que la máquina del viento se parase. Munson se bajó del coche cuando yo trataba de poner el mío en marcha y corrió hacia mí con un gato.

—Conque quieres verme pasar por el aro, ¿eh? —gritó—. Yo te enseñaré lo que es pasar por el aro.

Aquello empezaba a ser una pauta de comportamiento. Arrollar a alguien con el coche y luego golpearlo con el gato. En ese preciso momento no quería pensar en lo que venía después. El motor del Rolls se puso en marcha y salí catapultada hacia delante, esquivándole por los pelos.

Munson blandió la palanca y me dio de lleno en el guardabarros trasero.

—¡Te odio! —chilló—. ¡Todas las mujeres sois iguales!

Pasé de cero a ochenta kilómetros por hora en media manzana y doblé la esquina en dos ruedas. No miré atrás hasta medio kilómetro después, y cuando lo hice no había nadie detrás de mí. Me obligué a reducir la velocidad e inspiré profundamente varias veces. Sentía el corazón desbocado en el pecho y aferraba con tal fuerza el volante que tenía los nudillos blancos. Delante de mí se materializó un McDonald's y el coche giró de forma automática para entrar en el carril de venta desde el coche. Pedí un batido de vainilla y le pregunté al chico de la ventanilla si necesitaban personal.

—Claro —contestó—. Siempre buscamos gente. ¿Quieres un impreso de solicitud?

—¿Os atracan muy a menudo?

—No, tanto como eso, no —respondió pasándome un impreso junto a la pajita—. Tenemos algún loco que otro, pero normalmente podemos sobornarles con unos pepinillos de más.

Aparqué en una plaza del fondo y me bebí el batido mientras leía la solicitud de empleo. Me dije que quizá no estuviera tan mal. Probablemente conseguiría patatas fritas gratis.

Me bajé para echarle un vistazo al coche. La parrilla de Rolls Royce estaba toda arrugada, el guardabarros trasero izquierdo tenía un enorme bollo y el piloto estaba roto.

El Lincoln negro entró en el aparcamiento y se detuvo junto a mí. La ventanilla se abrió con suavidad y Mitchell sonrió al ver el Rollswagen.

—¿Qué coño es eso?

Le dirigí mi mirada de síndrome premenstrual.

—¿Necesitas un coche? Podemos conseguirte un coche. El que tú quieras —añadió Mitchell—. No hace falta que conduzcas esta... vergüenza.

—No estoy buscando a Ranger.

—Claro —dijo Mitchell—, pero a lo mejor él te está buscando a ti. A lo mejor necesita un cambio de aceite y piensa que contigo está a salvo. Esas cosas pasan, ya sabes. Un hombre tiene esa clase de necesidades.

—¿En este país no os cambian el aceite en los garajes? —le preguntó Habib a Mitchell.

—Dios —se lamentó Mitchell—. No me refería a esa clase de aceite. Estoy hablando de mojar la salchicha.

—No entiendo eso de mojar una salchicha —dijo Habib—. ¿Para qué mojáis las salchichas?

—Estos malditos vegetarianos no entienden nada —dijo Mitchell. Se agarró la entrepierna para pegarle un buen meneo—. Ya sabes..., la salchicha.

—¡Ah, ya! —dijo Habib—. Ya lo entiendo. Ese tal Ranger moja la salchicha dentro de esta hija de cerda.

—¿Hija de cerda? ¿Te he oído bien? —pregunté.

—Exactamente eso —contestó Habib—. Sucia fulana.

Iba a tener que empezar a llevar la pistola. Tenía unas ganas locas de pegarles un tiro a esos dos. Nada serio. Quizá sólo sacarles un ojo.

—He de irme —dije—. Tengo cosas que hacer.

—Vale —contestó Mitchell—. Pero no te esfumes. Y piénsate lo de la oferta del coche.

—¡Eh! —grité—. ¿Cómo me habéis encontrado? —pero ya habían salido del aparcamiento.

Conduje un rato por ahí, asegurándome de que nadie me siguiera. Entonces me dirigí hacia la urbanización de Ramos. Fui por la nacional 29 en dirección norte hacia Ewing Township. Ramos vivía en un barrio acomodado con grandes árboles centenarios y jardines diseñados por profesionales. Enclavadas en la calle Fenwood había una serie de casas unifamiliares de ladrillo rojo de reciente construcción. Cada casa tenía varias plantas, garaje anexo para dos coches y jardín privado rodeado de tapias de ladrillo. Las casas se alzaban tras extensiones de césped bien cuidado con senderos que describían curvas y macizos de plantas aún sin florecer. Todo de muy buen gusto. Muy respetable. El sitio perfecto para un traficante de armas del mercado negro internacional.

La máquina del viento iba a hacer difícil la vigilancia en un barrio como ése. Aunque en realidad, cualquier clase de vigilancia iba a resultar difícil. Un coche extraño aparcado demasiado tiempo llamaría la atención. Una mujer extraña merodeando en la acera, también.

Las cortinas estaban echadas en todas las ventanas de la casa de Ramos, lo cual hacía imposible saber si había alguien dentro. La de Ramos era la penúltima de una hilera de cinco casas adosadas. Detrás de ellas se veían las copas de algunos árboles.

El promotor había dejado zonas verdes entre las secciones de la urbanización.

Conduje un poco por el barrio para familiarizarme con él. Volví a pasar ante la casa de Ramos. No había cambiado nada. Le envié un mensaje a Ranger al busca y recibí una llamada suya cinco minutos después.

—Sólo quiero saber qué quieres que haga exactamente —le dije—. Estoy delante de su casa, pero no hay nada que ver y no puedo quedarme mucho rato más. No hay donde esconderse.

—Vuelve más tarde, cuando haya oscurecido. Comprueba si recibe visitas.

—¿Qué hace durante todo el día?

—Cosas diferentes —contestó Ranger—. La familia tiene negocios en Deal. Cuando está Alexander, los asuntos se atienden desde allí. Antes del incendio, Aníbal pasaba la mayor parte del tiempo en el edificio del centro. Tenía un despacho en el cuarto piso.

—¿Qué coche conduce?

—Un Jaguar verde oscuro.

—¿Está casado?

—Cuando está en Santa Bárbara.

—¿Algo más que debas decirme?

—Sí —dijo Ranger—. Ten cuidado.

Ranger colgó y el teléfono volvió a sonar.

—¿Está la abuela contigo? —quiso saber mi madre.

—No. Estoy trabajando.

—Bueno, ¿dónde está? He estado llamando a tu casa y no contestan.

—La abuela tenía clase de conducir esta mañana.

—¡Santa María Madre de Dios!

—Y luego iba a salir con Melvina.

—Se supone que tienes que vigilarla. ¿En qué estás pensando? ¡Esa mujer no puede conducir! Matará a centenares de personas inocentes.

—Tranquila. Va con un instructor.

—Un instructor. ¿De qué sirve un instructor con tu abuela? ¿Y qué me dices de su pistola? He buscado en cada rendija y no consigo encontrar esa pistola.

La abuela tiene una 45 de cañón largo que le oculta a mi madre. La consiguió a través de su amiga Elsie, quien la rescató de una venta particular de objetos usados. Lo más probable era que la pistola estuviese en el bolso de la abuela. Decía que así le daría cierto peso al bolso en caso de que tuviese que dejar fuera de combate a un atracador. Quizá fuese cierto, pero yo creo más bien que a la abuela le gusta fingir que es Clint Eastwood.

—¡No quiero que ande suelta por ahí con una pistola! —exclamó mi madre.

—Vale —dije—. Hablaré con ella. Pero ya sabes cómo se pone cuando se trata de esa pistola.

—¿Por qué yo? —se lamentó mi madre—. ¿Por qué yo?

No sabía la respuesta a esa pregunta, de modo que colgué. Aparqué el coche, anduve hasta el extremo de la hilera de casas y entré en un carril bici sin asfaltar. El carril recorría la zona verde de detrás de la casa de Ramos y me proporcionó una buena vista de las ventanas del primer piso. Por desgracia, no había nada que ver porque las cortinas estaban echadas. La tapia de ladrillo ocultaba las ventanas de la planta baja. Y habría apostado lo que fuese a que las ventanas de la planta baja estaban abiertas de par en par. No había razón para echar las cortinas en esas ventanas. Nadie podía mirar al interior a través de ellas.

A menos, por supuesto, que alguien se encaramara a la tapia y permaneciera en ella como el huevo Humpty Dumpty, a la espera de que ocurriese el desastre.

Decidí que el desastre tardaría más en llegar si Humpty se encaramaba a la tapia de noche cuando estuviese oscuro y nadie pudiese verle, así que continué por el sendero hasta el extremo de las casas pareadas para luego cruzar la carretera y volver a mi coche.

Lula estaba de pie en el umbral de la puerta cuando aparqué ante la oficina de fianzas.

—De acuerdo, me rindo —dijo—. ¿Qué es eso?

—Un Rollswagen.

—Tiene unas cuantas abolladuras.

—Morris Munson estaba de mal humor.

—¿Eso lo ha hecho él? ¿Has conseguido llevarlo a comisaría?

—He decidido posponer ese placer.

Lula parecía a punto de provocarse una hernia de tanto contener la risa.

—Bueno, pues tenemos que ir a por ese cretino. Hay que tener valor para abollar así un Rollswagen. ¡Eh, Connie! —exclamó—, tienes que venir a ver qué coche conduce Stephanie. Es un Rollswagen auténtico.

—Es un préstamo —dije—, hasta que me den el cheque del seguro.

—¿Qué son esos dibujos como de volutas en los costados?

—El viento.

—Oh, claro —se burló Lula—. Debí imaginarlo.

Un Jeep Cherokee negro reluciente se detuvo junto al bordillo detrás de la máquina del viento, y Joyce Barnhardt se apeó de él para dirigirse hacia donde estábamos Lula y yo. Iba vestida con pantalones de cuero negro, un corpiño de cuero negro que apenas contenía sus pechos talla 95, chaqueta de cuero negro y botas negras de tacón alto. Llevaba el cabello rojo brillante muy ahuecado y rizado. Se había pintado los ojos con lápiz negro y una gruesa capa de rímel. Parecía la Barbie Dominatriz.

—He oído decir que en ese rímel alarga-pestañas ponen pelos de rata —le dijo Lula a Joyce—. Confío en que leyeras los ingredientes al comprarlo.

Joyce le echó un vistazo a la máquina del viento.

—¿Ha llegado un circo a la ciudad? Éste es uno de esos coches de payaso, ¿verdad?

—Es un Rollswagen, una pieza única —respondió Lula—. ¿Tienes algún problema con eso?

Joyce sonrió.

—El único problema que tengo es decidir cómo voy a gastarme el dinero por la captura de Ranger.

—¡Oh, claro! —se burló Lula—. Será que te gusta perder el tiempo.

—Ya veremos —dijo Joyce—. Siempre consigo a mi hombre.

Sí, y perros y cabras y hortalizas... y a los hombres de todas las demás.

—Bueno, nos encantaría quedarnos aquí hablando contigo, Joyce —ironizó Lula—. Pero tenemos cosas mejores que hacer. Justo nos íbamos a pescar a un hijo de puta con una fianza muy alta.

—¿Vais en el coche de payaso? —quiso saber Joyce.

—Vamos en mi Firebird —respondió Lula—. Siempre vamos en el Firebird cuando tenemos a algún tarado de peso listo para sentencia.

—Tengo que ver a Vinnie —dijo Joyce—. Alguien ha cometido un error en la solicitud de fianza de Ranger. He comprobado su dirección, y corresponde a un descampado.

Lula y yo nos miramos y sonreímos.

—Vaya, fíjate —ironizó Lula.

Nadie sabe dónde vive Ranger. La dirección que figura en su carnet de conducir es la de un albergue para hombres de la calle Post. No es una dirección muy probable para un hombre que es propietario de edificios de oficinas en Boston y que habla a diario con su corredor de Bolsa. De vez en cuando Lula y yo hacemos desganados esfuerzos por seguirle la pista, pero nunca hemos tenido éxito.

—Bueno, ¿qué te parece? —me preguntó Lula cuando Joyce hubo desaparecido en el interior de la oficina—. ¿Quieres ir a hacerle un poco de daño a ese Morris Munson?

—No sé, está bastante loco.

—Bueno —dijo Lula—, pues a mí no me asusta. Seguro que ese mierda no puede conmigo. No te ha disparado, ¿verdad?

—No.

—Entonces no está tan loco como la mayoría de la gente de mi edificio.

—¿Estás segura de que quieres ir a por él en el Firebird después de lo que le ha hecho a la máquina del viento?

—En primer lugar, asumiendo que fuera capaz de meter todo mi cuerpo en la máquina del viento, creo que necesitarías un abrelatas para sacarme. Y teniendo en cuenta que en esta birria de cochecito hay dos asientos, y que tú y yo estaríamos sentadas en ellos..., supongo que tendríamos que atar a Munson al parachoques y ver cómo de rápido puede correr hasta la comisaría. No es que sea mala idea, en realidad, pero nos retrasaría ligeramente.

Lula se dirigió a los archivadores y le dio una patada al último cajón de la derecha. El cajón se abrió, Lula extrajo una pistola Glock del calibre 40 y se la metió en el bolso.

—¡Nada de disparos! —exclamé.

—Claro, ya lo sé —contestó—. Esto que llevo es el seguro del coche.

Cuando llegamos a la calle Rockwell sentía el estómago revuelto y el corazón como loco en el pecho.

—No tienes muy buen aspecto —comentó Lula.

—Creo que me he mareado.

—Tú nunca te mareas en coche.

—Sí lo hago cuando voy a por un tipo que acaba de amenazarme con un gato.

—No te preocupes. Si vuelve a hacer eso le meto un supositorio por el culo.

—¡No! Ya te lo he dicho..., nada de disparos.

—Bueno, vale, pero esto que llevo no es más que un seguro de vida.

Iba a regañarla, pero en lugar de hacerlo exhalé un suspiro.

—¿Cuál es su casa? —preguntó Lula.

—La de la puerta verde.

—Es difícil ver si hay alguien dentro.

Pasamos ante la casa dos veces, luego fuimos por el callejón de servicio hasta la parte posterior y nos detuvimos frente al garaje de Munson. Salí del coche y miré por la sucia ventana lateral. El Crown Victoria estaba allí. Mierda. Eso significaba que Munson estaba en casa.

—Éste es el plan —le dije a Lula—. Tú vas a la puerta principal. Nunca te ha visto. No sospechará de ti. Dile quién eres y que quieres llevarle contigo al centro. Entonces se escabullirá por la puerta trasera hacia su coche; le pillaré desprevenido y le pondré las esposas.

—Me parece bien. Y si hay algún problema sólo tienes que chillar y daré la vuelta a la casa.

Lula se alejó en el Firebird. Yo fui de puntillas hasta la puerta trasera de la casa de los Munson y me aplasté contra la pared para que no me viera. Agité el espray de autodefensa para asegurarme de que funcionaba y escuché por si oía a Lula llamar a la puerta.

Lo hizo al cabo de unos minutos; se oyó una conversación amortiguada, y luego el sonido de unas pisadas apresuradas al otro lado de la puerta trasera y del cerrojo que se descorría. La puerta se abrió y Morris Munson salió por ella.

—Alto ahí —le dije cerrando la puerta de una patada—. Quédate exactamente donde estás. No muevas un músculo o te rocío de espray.

—¡Tú! ¡Me has engañado!

Tenía el espray de autodefensa en la mano izquierda y las esposas en la derecha.

—Vuélvete —le ordené—. Las manos arriba, con las palmas contra la casa.

—¡Te odio! —chilló—. Eres igual que mi ex mujer. Una puta mentirosa, artera y mandona. Hasta te pareces a ella. Tienes el mismo pelo castaño rizado de drogadicta.

—¡Oye! ¿Cómo que pelo de drogadicta?

—En mi vida todo iba bien hasta que esa puta me jodió del todo. Tenía una casa grande y un buen coche. Tenía un equipo de sonido envolvente.

—¿Qué pasó?

—Que me dejó. Dijo que yo era aburrido. El aburrido viejo Morris. Así que un día se buscó un abogado, metió un camión marcha atrás hasta la puerta del patio y me vació la casa. Se llevó todos los muebles, hasta la última maldita pieza de vajilla, y todas las putas cucharas —indicó con un ademán la casa pareada—. Esto es todo lo que me queda. Esta mierda de casa adosada y un Crown Victoria usado con dos años de letras pendientes. Después de quince años en la fábrica de botones, dejándome la piel, tengo que cenar a base de cereales en esta ratonera.

—¡Vaya!

—Espera un momento —dijo—. Déjame al menos cerrar la puerta. Este sitio no vale gran cosa, pero es todo lo que tengo.

—Vale, pero no hagas ningún movimiento raro.

Me dio la espalda, cerró la puerta con llave, se volvió otra vez en redondo y chocó conmigo.

—¡Huy! —dijo—. Lo siento. He perdido el equilibrio.

Me aparté de él.

—¿Qué llevas en la mano?

—Es un mechero. Habías visto antes un mechero, ¿no? ¿Sabes cómo funciona? —lo encendió y salió una llama.

—¡Tíralo!

Lo movió de un lado a otro.

—Mira qué bonito. Mira qué mechero. ¿Sabes qué clase de mechero es? Apuesto a que no lo adivinas.

—He dicho que lo tires.

Lo sostuvo ante su cara.

—Vas a arder. Ya no puedes evitarlo.

—¿De qué estás hablando? ¡Mierda!

Llevaba pantalones vaqueros, una camiseta blanca metida por dentro y una camisa de franela verde y negra sobre la camiseta. Bajé la mirada y vi que uno de los faldones estaba ardiendo.

—¡Arde! —chilló Munson—. ¡Arde en el infierno!

Dejé caer las esposas y el espray y me abrí la camisa de golpe. Me la quité, la tiré al suelo y la pisoteé hasta apagar el fuego. Cuando acabé, levanté la vista y me percaté de que Munson se había esfumado. Traté de abrir la puerta trasera. Cerrada. Se oyó el sonido de un motor al ponerse en marcha. Miré hacia el callejón de servicio y vi alejarse el Crown Victoria.

Recogí la camisa del suelo y volví a ponérmela. El faldón del lado derecho había desaparecido.

Lula estaba apoyada contra su coche cuando volví la esquina y me dirigí hacia ella.

—¿Dónde está Munson? —preguntó.

—Se ha largado.

Miró mi camisa y enarcó una ceja.

—Juraría que habías llegado con la camisa entera.

—No quiero hablar de ello.

—A mí me parece que te han asado la camisa a la barbacoa. Primero el coche, ahora la camisa. Ésta podría convertirse en una semana récord para ti.

—No tengo por qué hacer esto, ¿sabes? —le dije a Lula—. Hay un montón de buenos empleos que podría conseguir.

—¿Como por ejemplo?

—En el McDonald's de Market buscan gente.

—He oído que se consiguen patatas fritas gratis.

Probé a abrir la puerta delantera de la casa de Munson. Cerrada con llave. Miré por la ventana que daba a la calle. Munson había pegado en el cristal un papel de flores desvaídas, pero había un trozo sin cubrir en un lado. La habitación que había al otro lado era cutre. El parqué estaba todo rayado. Había un sofá desfondado cubierto con una colcha raída de felpilla amarilla. Un viejo televisor sobre un carrito metálico barato. Una mesa baja de madera de haya delante del sofá; incluso a esa distancia se veían los desconchados en el barniz.

—Al chalado de Munson no le van muy bien las cosas —comentó Lula escudriñando a su vez la habitación—. Siempre imaginé que un violador homicida viviría mejor.

—Está divorciado —expliqué—. Su mujer lo dejó sin nada.

—Vaya, pues que nos sirva de lección. Más vale asegurarse de ser la primera en meter marcha atrás el camión hasta la puerta.

Cuando volvimos a la oficina el coche de Joyce aún estaba aparcado delante.

—Pensaba que a estas alturas ya se habría ido —dijo Lula—. Debe de estar ahí dentro haciéndole una mamada a Vinnie.

Se me arrugó involuntariamente el labio superior. Sabía que corría el rumor de que en cierta ocasión Vinnie se había enamorado de una pata. Y de Joyce se decía que le iban los perros grandes. Pero de alguna forma, la idea de pensar en ellos dos juntos era incluso más horrible.

Para mi gran alivio, Joyce estaba sentada en el sofá de la oficina cuando Lula y yo cruzamos la puerta.

—Sabía que unas perdedoras como vosotras no tardarían en volver —dijo Joyce—. No lo habéis atrapado, ¿verdad?

—La camisa de Steph ha sufrido un accidente —explicó Lula—. Así que hemos decidido no ir a por nuestro hombre.

Connie estaba sentada a su escritorio, pintándose las uñas.

—Joyce cree que vosotras sabéis dónde vive Ranger.

—Claro que lo sabemos —respondió Lula—. Pero no vamos a decírselo a Joyce, teniendo en cuenta cómo le gustan los desafíos.

—Será mejor que me lo digáis —amenazó Joyce—, o le diré a Vinnie que estáis ocultando información.

—Vaya —dijo Lula—, eso me ha hecho pensármelo dos veces.

—No sé dónde vive —intervine—. Nadie sabe dónde vive. Pero una vez lo oí hablar por teléfono, y hablaba con su hermana en Staten Island.

—¿Cómo se llama?

—Marie.

—¿Marie Manoso?

—No lo sé. Quizá esté casada. Sin embargo, no debería serte difícil encontrarla. Trabaja en la fábrica de abrigos de la calle Macko.

—Voy para allá —dijo Joyce—. Si se os ocurre algo más, llamadme al teléfono del coche. Connie tiene el número.

Se hizo el silencio en la oficina hasta que vimos el jeep de Joyce alejarse calle abajo.

—Cuando entra aquí juraría que puedo oler azufre —comentó Connie—. Es como tener al anticristo sentado en el sofá.

Lula me miró de soslayo.

—¿De verdad tiene Ranger una hermana en Staten Island?

—Todo es posible.

Pero no probable. De hecho, ahora que lo pensaba, la fábrica de abrigos podía no estar siquiera en la calle Macko.

Cuatro

—Oh, oh —dijo Lula mirando por encima de mi hombro—. No te vuelvas, pero ahí viene tu abuela.

Arqueé tanto las cejas que casi me llegaron a la coronilla.

—¿Mi abuela?

—¡Mierda! —se oyó decir a Vinnie desde su despacho. Nos llegó el sonido de un correteo; entonces, la puerta del despacho se cerró de golpe y se oyó el chasquido del cerrojo.

La abuela entró y miró en torno a sí.

—¡Vaya sitio de mala muerte! —comentó—. Justo lo que cabía esperar de la rama Plum de la familia.

—¿Dónde está Melvina? —pregunté.

—Está ahí al lado, en la charcutería, comprando algo de almuerzo. Se me ha ocurrido que ya que estábamos en el barrio podría hablar con Vinnie sobre un empleo.

Todas volvimos la cabeza hacia la puerta cerrada del despacho de Vinnie.

—¿En qué clase de empleo está pensando? —preguntó Connie.

—En cazarrecompensas —respondió la abuela—. Quiero ganar mucho dinero. Tengo una pistola y todo.

—Eh, Vinnie —llamó Connie—. Tienes visita.

La puerta se abrió y Vinnie asomó la cabeza para echarle mal de ojo a Connie. Luego miró a la abuela.

—Edna —dijo, tratando de sonreír, aunque no tuvo mucho éxito.

—Vincent —saludó la abuela, y su sonrisa fue pura sacarina.

Vinnie cambió el peso de uno a otro pie, con ganas de largarse aunque sabía que era inútil.

—¿Qué puedo hacer por ti, Edna? ¿Tienes que pagarle la fianza a alguien?

—No, qué va —dijo la abuela—. He estado pensando en conseguir un trabajo, y no me disgustaría ser cazarrecompensas.

—Oh, no es una gran idea —dijo Vinnie—; de hecho es muy mala idea.

La abuela se enfureció.

—No pensarás que soy demasiado vieja, ¿verdad?

—¡No! Dios santo, en absoluto. Es por tu hija..., le daría un ataque. No es que quiera decir nada malo de Ellen, pero no le gustaría nada la idea.

—Ellen es una persona maravillosa —explicó la abuela—, pero no tiene imaginación. Es igualita que su padre, que en paz descanse —apretó los labios—. Era como un grano en el culo.

—Eso es hablar en plata —opinó Lula.

—Bueno, ¿qué me dices? —le preguntó la abuela a Vinnie—. ¿Me das el trabajo?

—No puedo hacerlo, Edna. No es que no quiera ayudarte, pero ser cazarrecompensas requiere un montón de aptitudes especiales.

—Yo tengo esas aptitudes —contestó la abuela—. Sé disparar y maldecir y soy de lo más entrometida. Además, tengo ciertos derechos. Tengo derecho a un empleo —miró a Vinnie entrecerrando los ojos—. No veo que tengas a mucha gente mayor trabajando para ti. Eso no me parece precisamente igualdad de oportunidades. Estás discriminando a los ancianos. Tengo intención de denunciarte ante la AAJ.

—La AAJ es la Asociación Americana de Jubilados —le recordó Vinnie—. La J especifica *Jubilados*. No les preocupa si los viejos trabajan o no.

—Vale —dijo la abuela—. A ver qué te parece esto. A ver qué te parece que, si no me das un empleo, me siente en ese sofá de ahí y haga huelga de hambre.

Lula inspiró profundamente.

—¡Vaya!, eso es jugar duro.

—Lo pensaré —concluyó Vinnie—. No te prometo nada, pero a lo mejor, si sale un trabajito adecuado... —se escabulló de vuelta a su despacho y cerró la puerta con cerrojo.

—Bueno, al menos es algo —comentó la abuela—. Ahora tengo que ir a ver cómo le va a Melvina. Tenemos planes estupendos para esta tarde. Vamos a ver unos cuantos pisos y luego nos acercaremos a la funeraria Stiva para el velatorio de la tarde. Acaban de amortajar a Madeline Krutchman y he oído que tiene un aspecto estupendo. Dolly la ha peinado, y dice que le ha puesto un tinte para iluminarle un poco la cara. Dice que, si me gusta, me puede hacer lo mismo a mí.

—Adelante, pues —la animó Lula.

La abuela y Lula se dieron uno de esos complicados apretones de manos, y la abuela se marchó.

—¿Hay algo nuevo sobre Ranger o sobre Homero Ramos? —le pregunté a Connie.

Connie abrió un frasquito de esmalte de uñas.

—A Ranger lo tienen bien pillado. Hay quien dice que el asunto huele a ejecución.

Connie procede de una familia que lo sabe todo sobre ejecuciones. Jimmy *Hoyos* es su tío. No sé cuál es su apellido verdadero. Todo lo que sé es que si Jimmy te está buscando... acabas en el hoyo. Crecí oyendo historias sobre Jimmy Hoyos igual que otros niños las oyen sobre Peter Pan. Jimmy Hoyos es famoso en el barrio.

—¿Qué me decís de la policía? ¿Cuál es su punto de vista? —pregunté.

—Están buscando a Ranger... día y noche.

—¿En calidad de testigo?

—Por lo que sé, en calidad de lo que sea.

Connie y Lula se me quedaron mirando.

—¿Y bien? —quiso saber Lula.

—Y bien ¿qué?

—Lo sabes muy bien.

—No estoy segura, pero no creo que esté muerto. Simplemente me da esa sensación.

—¡Ja! —exclamó Lula—. ¡Lo sabía! ¿Estabas desnuda cuando tuviste esa sensación?

—¡No!

—Pues mal hecho —dijo Lula—. Yo habría estado desnuda.

—Tengo que irme —dije—. He de darle a El Porreta las malas noticias sobre la máquina del viento.

Lo bueno de El Porreta es que casi siempre está en casa. Lo malo es que, mientras que la casa está ocupada, su cabeza con frecuencia está vacía.

—Oh, vaya —dijo al abrirme la puerta—. ¿He vuelto a olvidar la vista ante el tribunal?

—Tu vista ante el tribunal es dentro de dos semanas.

—Genial.

—Tengo que hablar contigo sobre la máquina del viento. Está un poco abollada y ha perdido un piloto trasero. Pero la arreglaré.

—Eh, no te preocupes. Esas cosas pasan.

—Quizá debería hablar con el propietario.

—El Proveedor.

—Eso, El Proveedor. ¿Dónde tiene el local?

—Es la última casa de esta hilera. Tiene un garaje, chica. ¿Te enteras? Un garaje.

Como acababa de pasarme el invierno rascando hielo de mi parabrisas, entendía muy bien la excitación de El Porreta ante un garaje. También a mí un garaje me parecía algo maravilloso.

La última casa estaba a unos cuatrocientos metros, de forma que fuimos en coche.

—¿Crees que estará en casa? —le pregunté a El Porreta cuando llegamos al final de la manzana.

—El Proveedor siempre está en casa. Tiene que estar para administrar sus provisiones.

Llamé al timbre y Dougie Kruper nos abrió la puerta. Dougie Kruper iba al mismo colegio que yo, pero hacía años que no lo veía. De hecho, había oído decir que se había mudado a Arkansas y había muerto allí.

—¡Dios santo, Dougie! —dije—. Pensaba que estabas muerto.

—No, sólo habría deseado estar muerto. A mi padre lo trasladaron a Arkansas, de modo que me fui con ellos, pero te lo aseguro, Arkansas no era lugar para mí. No había acción..., ya sabes a qué me refiero. Y si uno quiere ir al mar le lleva varios días.

—¿Tú eres El Proveedor?

—Sí, señora, ése soy yo. Soy tu hombre. Si quieres algo, yo te lo consigo. Llegaremos a un acuerdo.

—Malas noticias, Dougie. La máquina del viento ha sufrido un accidente.

—Muchacha, la máquina del viento *es* un accidente. Pareció buena idea en su momento, pero no consigo colocársela a nadie. En cuanto la trajeras de vuelta iba a tirarla por un puente. A menos, por supuesto, que quieras comprarla.

—De hecho no se adapta muy bien a mis necesidades. Llama demasiado la atención. Necesito un coche que desaparezca.

—Un coche furtivo. Es posible que El Proveedor tenga un coche así —dijo Dougie—. Ven a la parte de atrás y echaremos un vistazo.

La parte de atrás estaba repleta de coches. Había coches en la calle, coches en el patio y un coche en su garaje.

Dougie me guió hasta un Ford Escort negro.

—Bueno, aquí tenemos un coche que desaparece de verdad.

—¿Es muy viejo?

—No lo sé exactamente, pero tiene unos cuantos kilómetros.

—¿No pone el año en los papeles?

—Este coche en particular no tiene papeles.

Vaya.

—Si necesitas un coche con papeles, va a tener un efecto desfavorable en el precio —dijo Dougie.

—¿Cómo de desfavorable?

—Estoy seguro de que podemos llegar a un acuerdo. Después de todo, para algo soy El Proveedor.

Dougie Kruper era el bicho raro por excelencia del último curso en el colegio. No salía con chicas, no hacía deporte y no comía como un ser humano. Su mayor logro en todo el bachillerato fue su habilidad para sorber gelatina por la nariz a través de una pajita.

El Porreta andaba por ahí posando las manos en los coches para captar su karma.

—Éste —indicó, de pie junto a un pequeño jeep de color caqui—. Este coche tiene cualidades protectoras.

—¿Te refieres a que es como un ángel de la guarda?

—Bueno, lo que quiero decir es que tiene cinturones de seguridad.

—¿Tiene papeles ese coche? —le pregunté a Dougie—. ¿Funciona?

—Estoy bastante seguro de que funciona.

Treinta minutos más tarde tenía dos pares nuevos de vaqueros y un reloj nuevo, pero no un coche nuevo. Dougie también estaba deseando llegar a un trato acerca de un microondas, pero yo ya tenía uno.

Era primera hora de la tarde y no hacía muy mal tiempo, de forma que fui andando hasta casa de mis padres y tomé prestado el Buick del 53 del tío Sandor. Era gratis, funcionaba y tenía papeles. Me dije que era un coche genial. Un clásico. El tío Sandor lo había comprado nuevo y aún estaba en buenas condiciones... que era más de lo que podía decirse del tío Sandor, que estaba bajo tierra. Era azul claro y blanco, con relucientes cromados y un gran motor de ocho válvulas. Esperaba tener el dinero del seguro para cuando la abuela se sacara el carnet y necesitara el Buick. Esperaba que el dinero del seguro llegara muy rápido porque detestaba ese coche.

Cuando finalmente me dirigí a casa el sol ya se estaba poniendo. El aparcamiento de mi edificio estaba muy lleno y el Lincoln negro se hallaba aparcado junto a una de las pocas plazas vacías. Aparqué en ella y la ventanilla del Lincoln se abrió con suavidad.

—¿Qué es eso? —preguntó Mitchell—. ¿Otro coche? No estarás tratando de confundirnos, ¿verdad?

Ah, ojalá fuera así de simple la cosa.

—He tenido algunos problemillas con los coches.

—Como no encuentres pronto a ese Ranger vas a tener otra clase de problemas que podrían resultarte fatales.

Probablemente Mitchell y Habib eran tipos muy duros, pero se me hacía muy difícil sentir un temor genuino ante ellos. Sencillamente no parecían jugar en la misma Liga que ese psicópata de Morris Munson.

—¿Qué le ha pasado a tu camisa? —quiso saber Mitchell.

—Alguien ha tratado de prenderme fuego.

Mitchell negó con la cabeza.

—La gente está sonada. Hoy en día tienes que tener ojos hasta en la nuca.

Eso dicho nada menos que por el tipo que acababa de amenazar con matarme.

Entré al vestíbulo, ojo avizor por si veía a Ranger. Las puertas del ascensor se abrieron y me asomé al interior. Estaba vacío. No supe si sentía alivio o decepción. El pasillo también estaba vacío. No hubo tanta suerte con mi casa. La abuela asomó desde la cocina en cuanto abrí la puerta.

—Justo a tiempo —dijo—. Las costillas de cerdo están listas para llevar a la mesa. Y he hecho macarrones con queso, además. Pero no he preparado nada de verdura, porque me figuro que si tu madre no está aquí podemos comer lo que queramos.

La mesa en la zona de comedor estaba puesta con platos de verdad y tenedores y cuchillos y servilletas de papel dobladas en triangulitos.

—Vaya —dije—. Muy amable por tu parte preparar una cena así.

—Podría haberlo hecho mejor, pero sólo tienes un cazo. ¿Qué le pasó a aquella batería Revere Ware de tu lista de bodas?

—La tiré cuando encontré a Dickie haciendo... ya sabes qué con Joyce.

La abuela llevó los macarrones con queso a la mesa.

—Sí, supongo que entiendo que lo hicieras —se sentó y se sirvió una costilla—. Tengo que darme prisa. Melvina y yo no hemos tenido tiempo esta tarde de ir al velatorio, así que vamos esta noche. Podrías venirte con nosotras.

Después de clavarme a mí misma un tenedor en el ojo, lo que más me gustaba en el mundo era visitar a los muertos.

—Gracias, pero esta noche tengo que trabajar. Hago de vigilante para un amigo.

—Qué pena —se lamentó la abuela—. Va a ser un buen velatorio.

Después de que la abuela se fuera vi en la tele una reposición de los *Los Simpson,* otra de *Nanny* y media hora de *La Dimensión Desconocida,* tratando de no pensar en Ranger. Un pequeño y desagradable rincón de mi mente albergaba dudas sobre su inocencia en el asesinato de Ramos. Y el resto de ella estaba lleno de ansiedad por que le pegaran un tiro o le arrestaran antes de que apareciera el asesino real. Y para complicar aún más las cosas, había accedido a hacer de vigilante para él. Ranger era el cazarrecompensas estrella de Vinnie, pero también se dedicaba a una serie de actividades empresariales, algunas de las cuales incluso eran legales. Yo había trabajado para Ranger en el pasado, con diferentes grados de éxito. Había acabado por borrar mi nombre de su nómina de empleados, decidiendo que no le convenía a nadie que yo me asociara con él. Por lo visto había llegado el momento de hacer una excepción. Aunque no estaba muy segura de por qué quería mi ayuda. Yo no era especialmente competente. Por otro lado, era leal y tenía suerte, y supongo que también era accesible.

Cuando casi había oscurecido me cambié de ropa. Pantalones de deporte de licra negra, camiseta negra, zapatillas de correr, jersey de chándal negro con capucha y, para completar el atuendo, espray de autodefensa en tamaño de bolsillo. Si me pillaban espiando podía decir que estaba haciendo footing. Todos y cada uno de los pervertidos del país utilizaban el mismo modus operandi y, por pobre que fuera, siempre funcionaba.

Le di un pedazo de queso a Rex y le expliqué que volvería a casa en un par de horas, luego salí a por el coche. Busqué un Honda Civic, pero entonces recordé que se había convertido en una tostada. Busqué en cambio la máquina del viento, pero no, tampoco estaba. Finalmente, con un suspiro de abatimiento, me dirigí hacia el Buick.

La calle Fenwood resultaba acogedora por las noches. Había luces en las ventanas y las farolas punteaban los senderos que conducían a las casas. No había actividad alguna en la calle.

Aníbal Ramos aún tenía las cortinas echadas, pero se filtraba luz a través de ellas. Di la vuelta a la manzana y aparqué el Buick justo detrás del carril bici que había recorrido aquel mismo día.

Hice unos cuantos estiramientos y correteé un poco sin moverme del sitio, por si acaso alguien estaba mirando y me consideraba un personaje sospechoso. Eché a correr despacito y pronto llegué al sendero que recorría el espacio comunitario en la parte posterior de las casas. Allí atrás, la luz ambiental que se filtraba entre los árboles era más escasa. Esperé unos instantes para que mis ojos se ajustaran a ella. Cada tapia tenía una puerta trasera, y fui contándolas hasta que me pareció que me hallaba detrás de la casa de Aníbal. No había luz en las ventanas del piso superior, pero sí en las de la parte trasera de la planta baja, pues su resplandor se dejaba ver detrás de la tapia.

Probé a abrir la puerta de la tapia. Estaba cerrada. La tapia de ladrillo medía algo más de dos metros. El ladrillo era liso. Imposible trepar por ella. No había asideros para manos o pies. Miré alrededor en busca de algo desde donde encaramarme. No había nada. Le eché un vistazo al pino que crecía junto a la tapia. Era grande y bonito y tenía ramas no muy lejos del suelo. Si trepaba al árbol sus ramas me ocultarían y podría espiar a Aníbal. Me agarré a una de las ramas bajas para izarme a ella. Trepé un poco más y me vi recompensada con la visión del jardín trasero de Aníbal. La tapia estaba bordeada de macizos de plantas aún por florecer. Un sendero de piedras irregulares llevaba hasta la puerta trasera de la casa. Y el resto del jardín era césped.

Tal como sospechaba, las cortinas no estaban corridas en la parte de atrás. Una ventana de doble cristal daba a la cocina. Las puertas del jardín se abrían a una zona de comedor. Más allá era visible otra habitación; probablemente era la sala de estar, pero se hacía difícil decirlo. No vi a nadie por ahí.

Trepé un poco más alto hasta encaramarme sobre la tapia. Me senté un rato en ella, mirando, pero no pasó nada. En casa de Aníbal no había acción. Tampoco la había en las casas vecinas. Muy aburrido. No había nadie en el carril bici. Ni paseando al perro. Ni haciendo footing. Estaba demasiado oscuro. Es por eso por lo que me encanta vigilar. Nunca pasa nada. Entonces una tiene que ir al lavabo y se pierde un doble homicidio.

Al cabo de una hora se me había dormido el trasero y sentía un hormigueo en las piernas por la inactividad. A la porra, me dije. De todas formas, no sabía qué se suponía que andaba buscando.

Me volví para bajar por el árbol, perdí el equilibrio y caí al suelo. Catapún. Espatarrada boca arriba. En el jardín trasero de Aníbal Ramos.

Las luces del jardín se encendieron y Aníbal se me quedó mirando.

—¿Qué demonios pasa? —preguntó.

Moví los dedos y luego las piernas. Todo parecía funcionar.

Aníbal estaba de pie junto a mí, con los brazos en jarras y con pinta de querer una explicación.

—Me he caído del árbol —dije, lo cual era bastante obvio puesto que había agujas y ramitas de pino esparcidas a mi alrededor.

Aníbal no movió ni un músculo.

Me puse en pie con esfuerzo.

—Trataba de hacer bajar a mi gato. Lleva ahí arriba desde esta tarde.

Alzó la mirada hacia el árbol.

—¿Sigue ahí el gato? —por su tono no parecía que creyese ni una palabra.

—Creo que ha saltado al caerme yo.

Aníbal Ramos lucía un bronceado californiano y tenía el cuerpo blandengue del teleadicto. Lo había visto en fotografías, así que no me sorprendió. Lo que no esperaba era el agotamiento que había en su rostro. Pero bueno, acababa de perder a un hermano y eso tenía que notarse. El cabello castaño y fino empezaba a escasearle. Los ojos eran calculadores tras las gafas de montura de concha. Llevaba unos pantalones de traje de color gris que necesitaban urgentemente un planchado, y una camisa blanca, con el cuello abierto y arrugada también. El señor Típico Hombre de Negocios tras un duro día en la oficina. Supuse que tenía cuarenta y pocos años y que le faltaban un par para el cuádruple bypass.

—Y supongo que se ha escapado, ¿no? —ironizó Ramos.

—Dios santo, espero que no. Estoy cansada de perseguirle.

Cuando se trata de mentir soy la mejor. A veces hasta me sorprendo a mí misma.

Aníbal abrió la puerta de la tapia y echó un rápido vistazo al carril bici.

—Malas noticias. No veo ningún gato.

Miré por encima de su hombro.

—Eh, gatito, gatito —llamé. Me sentía bastante imbécil, pero no podía sino seguir adelante con aquello.

—¿Sabes qué creo? —dijo Aníbal—. Creo que no hay ningún gato. Creo que te has subido a ese árbol para espiarme.

Le dirigí una mirada de absoluta incredulidad.

—Oye —le dije, al tiempo que le rodeaba a toda pastilla hacia la puerta—, tengo que irme. He de encontrar a mi gato.

—¿De qué color es?

—Negro.

—Buena suerte.

De camino hacia el carril bici miré bajo un par de arbustos.

—Eh, gatito, gatito.

—Quizá deberías darme tu nombre y número de teléfono, por si lo encuentro —sugirió Aníbal.

Nuestras miradas se encontraron por un instante y el corazón me dio un vuelco en el pecho.

—No —dije—. No creo que quiera hacer eso —y entonces me marché, no por donde había venido sino en la dirección contraria.

Salí del carril bici y rodeé la manzana para llegar a mi coche. Crucé la calle y permanecí en las sombras durante unos minutos, mirando la casa de Aníbal y pensando en él. De verle por la calle le etiquetaría de vendedor de seguros. O quizá de empresario medio de la Norteamérica corporativa. Jamás se me habría ocurrido que fuera el príncipe heredero del mercado negro de armas.

Se encendió una luz en una de las ventanas del piso de arriba. El príncipe heredero probablemente se estaba poniendo ropa más cómoda. Era temprano para irse a la cama y abajo las luces aún estaban encendidas. Estaba a punto de marcharme, cuando un coche se aproximó por la calle y entró en el camino de la casa de Aníbal.

Al volante iba una mujer. No le vi la cara. La puerta del conductor se abrió para revelar una larga pierna enfundada en una media, seguida por un cuerpo impresionante en un traje oscuro. Tenía el cabello rubio y corto y llevaba un maletín bajo el brazo.

Copié el número de matrícula en un bloc que llevaba en el bolso, saqué unos mini prismáticos de la guantera y me escabullí hacia la casa de Aníbal... otra vez. Todo estaba en silencio. Lo más probable era que Aníbal estuviese seguro de haberme asustado. Lo que quiero decir es que quién sería la idiota que cometería la locura de espiarle dos veces en la misma noche.

Pues esa idiota era yo, quién si no.

Trepé al árbol tan silenciosamente como pude. Me fue más fácil esta vez. Sabía adónde iba. Me senté donde antes y saqué los prismáticos. Por desgracia no había mucho que ver. Aníbal y su visitante estaban en la habitación de la parte de delante. Veía una porción de la espalda de Aníbal, pero la mujer estaba fuera de mi vista. Al cabo de unos minutos se oyó el sonido distante de la puerta principal al cerrarse, seguido del ruido de un motor al ponerse en marcha, y la mujer se marchó.

Aníbal entró en la cocina, sacó un cuchillo de un cajón y lo utilizó para abrir un sobre. Extrajo de él un papel y lo leyó. No mostró reacción alguna. Volvió a meter el papel en el sobre con cuidado y lo dejó sobre la encimera de la cocina.

Miró por la ventana, aparentemente sumido en sus pensamientos. Se dirigió a la puerta que daba al patio, la abrió y miró fijamente el árbol. Me quedé paralizada, sin atreverme a respirar. No puede verme, me dije. Aquí, en el árbol, está oscuro. No te muevas y volverá a entrar en la casa. Pues me equivocaba. Levantó de pronto una mano, encendió una linterna y me pescó de lleno.

—Eh, gatito, gatito —llamé, haciéndome visera con una mano para ver más allá de la luz.

Aníbal levantó la otra mano y vi la pistola.

—Baja —me ordenó dirigiéndose hacia mí—. Despacio.

Sí, claro. Lo que hice fue salir volando del árbol, rompiendo algunas ramas en el proceso, y cuando aterricé mis pies ya corrían.

Chiuuu. El inconfundible sonido de una bala disparada a través de un silenciador.

Normalmente no me considero muy veloz, pero recorrí aquel sendero a la velocidad de la luz. Fui derecha al coche, me subí de un salto y salí pitando de allí.

Miré varias veces por el retrovisor para asegurarme de que no me siguieran. Cuando llegué cerca de mi casa crucé la calle Makefield, volví la esquina, apagué las luces y esperé. No había ningún coche a la vista. Volví a encender las luces y advertí que las manos ya casi no me temblaban. Decidí que era buena señal y me dirigí a casa.

Cuando entré en el aparcamiento vi a Morelli a la luz de los faros. Estaba apoyado contra su 4x4, con los brazos cruzados sobre el pecho y los pies también cruzados. Cerré con llave el Buick y al acercarme a él vi cambiar su expresión de aburrida autocomplacencia a macabra curiosidad.

—¿Vuelves a conducir el Buick? —me preguntó.

—Durante una temporada.

Me miró de pies a cabeza y me quitó una aguja de pino del pelo.

—Me da miedo preguntar —dijo.

—Vigilancia.

—Estás toda pegajosa.

—Es resina. Estaba en un pino.

Sonrió.

—He oído que buscan gente en la fábrica de botones.

—¿Qué sabes acerca de Aníbal Ramos?

—Oh, no, no me digas que estabas espiando a Aníbal Ramos. Es un tipo malo de verdad.

—No parece tan malo. Parece corriente.

Hasta que me apuntó con la pistola.

—No le subestimes. Dirige el imperio Ramos.

—Pensaba que era su padre quien lo hacía.

—Alexander todavía tiene el poder, pero es Aníbal quien se encarga del día a día. Se rumorea que el viejo está enfermo. Siempre ha sido imprevisible, pero según ciertas fuentes la conducta de Alexander es cada vez más errática, y la familia le ha puesto canguros para asegurarse de que no se largue un día por ahí y no vuelvan a verle.

—¿Alzheimer?

Morelli se encogió de hombros.

—No lo sé.

Bajé la vista y me percaté de que me sangraba una rodilla.

—Podrías convertirte en cómplice de algo feo ayudando a Ranger —dijo Morelli.

—¿Quién, yo?

—¿Le dijiste que se pusiera en contacto conmigo?

—No tuve oportunidad. Además, si le estás dejando mensajes en el busca los está recibiendo. Simplemente no quiere contestar.

Morelli me atrajo con fuerza hacia sí.

—Hueles a bosque de pinos.

—Debe de ser la resina.

Me rodeó la cintura y me besó la nuca.

—Muy sexy.

A Morelli todo le parecía sexy.

—¿Qué tal si te vienes a casa conmigo? —propuso—. Te besaré la rodilla herida para curártela.

Qué tentador.

—¿Y la abuela?

—No se enterará. Lo más probable es que esté profundamente dormida.

Se abrió una ventana del segundo piso del edificio de apartamentos. Mi ventana. Y la abuela asomó la cabeza.

—¿Eres tú, Stephanie? ¿Quién está contigo? ¿Es Joe Morelli?

Joe la saludó con la mano.

—Hola, señora Mazur.

—¿Qué hacéis ahí fuera? —quiso saber la abuela—. ¿Por qué no entráis y tomáis un poco de postre? De camino a casa desde el velatorio nos hemos parado en el supermercado, y he comprado pastel.

—Gracias —dijo Joe—, pero he de irme a casa. Mañana me toca un turno temprano.

—Vaya —bromeé—, ¡conque pasas del pastel!

—No tengo hambre de pastel.

Se me contrajeron los músculos de la pelvis.

—Bueno, pues voy a cortarme un trozo para mí —dijo la abuela—. Estoy muerta de hambre. Los velatorios siempre me dan hambre.

La ventana se cerró y la abuela desapareció.

—No vas a venir a casa conmigo, ¿verdad? —preguntó Morelli.

—¿Tienes pastel?

—Tengo algo mejor.

Era verdad. Yo lo sabía a ciencia cierta.

La ventana se abrió de nuevo y la abuela asomó la cabeza.

—Stephanie, te llama un tipo por teléfono. ¿Quieres que le diga que llame más tarde?

Morelli arqueó las cejas.

—¿Un tipo?

Ambos pensamos que podía ser Ranger.

—¿Quién es? —quise saber.

—Un tipo llamado Brian.

—Debe de ser Brian Simon —le dije a Morelli—. Tuve que lloriquearle para sacar de un apuro a Carol Zabo.

—¿Y te llama por Carol Zabo?

—¡Santo Dios!, eso espero —prefería eso a que llamara para cobrarse su deuda—. Ahora mismo voy —le grité a la abuela—. Apunta su número y dile que enseguida lo llamo.

—Me estás rompiendo el corazón —se quejó Morelli.

—La abuela sólo se quedará un par de días más, y entonces podremos celebrarlo los dos solos.

—Un par de días más de morderme las uñas y me habré roído un brazo.

—Eso es serio.

—No lo dudes ni un instante —dijo Morelli. Me besó y no dudé de nada. Tenía una mano bajo mi camisa y la lengua en mi boca y... oí a alguien soltar un silbido de admiración.

Atraídos por el griterío entre la abuela y yo, la señora Fine y el señor Morgenstern asomaban por sus ventanas de cintura para arriba. Ambos empezaron a aplaudir y soltar abucheos.

La señora Benson abrió su ventana.

—¿Qué pasa? —preguntó.

—Sexo en el aparcamiento —respondió el señor Morgenstern.

Morelli me dirigió una mirada especulativa.

—Es posible.

Me volví, eché a correr hacia la puerta y me precipité escaleras arriba. Me corté un pedazo de pastel y luego llamé a Simon.

—¿Qué pasa? —le pregunté.

—Necesito que me hagas un favor.

—No practico el sexo telefónico —le dije.

—No se trata de sexo por teléfono. ¿Qué te ha hecho pensar eso?

—No lo sé. Lo he dicho sin pensar.

—Es acerca de mi perro. Tengo que pasar un par de días fuera de la ciudad y no tengo a nadie que se ocupe de mi perro. Así que, como me debes un favor...

—Pero yo vivo en un apartamento. No puedo tener un perro.

—Es sólo por un par de días. Y es un perro muy bueno.

—¿Y si lo dejas en una residencia canina?

—Odia las residencias caninas. No comerá. Se deprime mucho.

—¿Qué clase de perro es?

—Es un perro pequeño.

Maldición.

—¿Y es sólo por un par de días?

—Te lo dejaré mañana a primera hora y lo recogeré el domingo.

—No sé. Es que no es buen momento; tengo a mi abuela viviendo conmigo.

—Adora a las viejecitas. Te lo juro por Dios. A tu abuela le va a encantar.

Volví la mirada hacia Rex. Detestaría verlo deprimido y sin comer, así que supuse que entendía los sentimientos de Simon hacia su perro.

—De acuerdo —dije—. ¿A qué hora me lo dejas mañana?

—¿Sobre las ocho?

Abrí los ojos y me pregunté qué hora sería. Estaba en el sofá, fuera estaba oscuro como la boca de un lobo y olía a café. Tuve un instante de desorientación cercana al pánico. Mi mirada se posó en la silla que había frente al sofá y me di cuenta de que había alguien sentado en ella. Un hombre. No conseguía verle bien en la oscuridad. Me quedé sin aliento.

—¿Qué tal te ha ido esta noche? —preguntó—. ¿Te has enterado de algo que valga la pena?

Ranger. No tenía sentido preguntarle cómo había entrado con las puertas y ventanas cerradas. Ranger sabía hacer esas cosas.

—¿Qué hora es?

—Las tres.

—¿Se te ha ocurrido pensar que hay gente que duerme a estas horas?

—Aquí dentro huele como a bosque de pinos —comentó.

—Soy yo. Estaba en el pino de detrás de la casa de Aníbal, y no consigo quitarme la resina. Se me ha quedado pegada al pelo.

Vi a Ranger sonreír en la oscuridad y le oí reír suavemente.

Me incorporé para sentarme.

—Aníbal tiene una amiguita. Ha llegado a la casa a las diez en punto en un BMW negro. Ha permanecido con Aníbal unos diez minutos, le ha entregado una carta y se ha largado.

—¿Qué aspecto tiene?

—Cabello corto y rubio. Delgada. Bien vestida.

—¿Has conseguido el número de matrícula?

—Ajá. Lo he apuntado. Aún no he tenido oportunidad de comprobarlo.

Ranger tomó un sorbo de café.

—¿Algo más?

—Yo diría que me ha visto.

—¿Cómo que *dirías*?

—Me he caído del árbol a su jardín.

La sonrisa desapareció.

—¿Y?

—Y le he dicho que estaba buscando a mi gato, pero no estoy segura de que se lo haya tragado.

—Si te conociera mejor... —dijo Ranger.

—Entonces, la segunda vez me ha pillado en el árbol; él llevaba una pistola, así que he saltado y me he largado corriendo.

—Eso se llama pensar con rapidez.

—Eh —le dije dándome golpecitos con un dedo en la cabeza—, aquí arriba no crece la hierba.

Ranger sonreía de nuevo.

Cinco

—Pensaba que tú no tomabas café —le dije a Ranger—. ¿Y todo aquello de que tu cuerpo es un templo?

Tomó otro sorbo de café.

—Es parte del disfraz. Va con el corte de pelo.

—¿Volverás a dejártelo crecer?

—Probablemente.

—¿Y dejarás entonces de tomar café?

—Haces un montón de preguntas —opinó Ranger.

—Sólo trato de entender un poco todo esto.

Se había acomodado en la silla, con una de sus largas piernas extendida, sus brazos en los de la butaca y la mirada clavada en mí. Dejó la taza de café sobre la mesa de centro, se levantó de la butaca y se acercó al sofá. Se inclinó y me besó con suavidad en los labios.

—Hay cosas que es mejor dejar que continúen siendo un misterio —declaró, y se dirigió hacia la puerta.

—Eh, espera un momento —dije—. ¿Se supone que he de seguir vigilando a Aníbal?

—¿Puedes vigilarlo sin que te disparen?

Lo miré con cara de cabreo en la oscuridad.

—Ya veo —dijo.

—Morelli quiere hablar contigo.

—Quizá lo llame mañana.

La puerta de entrada se abrió y volvió a cerrarse. Ranger se había ido. Fui arrastrando los pies hasta la puerta y acerqué un ojo a la mirilla. Ni rastro de Ranger. Eché la cadena de seguridad y me volví al sofá. Ahuequé la almohada y me arrebujé bajo el edredón.

Pensé en el beso. ¿Qué se suponía que debía parecerme ese beso? Un beso de amigo, me dije. Había sido de amigo. Sin lengua. Sin manos que me aferrasen. Sin dientes que rechinasen a causa de una pasión incontrolable. Un beso de amigo. Sólo que a mí no me lo había parecido. A mí me había parecido... sexy.

¡Maldición!

—¿Qué quieres desayunar? —preguntó la abuela—. ¿Qué tal avena en copos bien calentita?

Si hubiera tenido que arreglármelas sola, me habría acabado el pastel.

—Claro —dije—, unos copos de avena me parecen bien.

Me serví una taza de café y alguien llamó a la puerta. Cuando la abrí, entró corriendo una cosa grandota y naranja.

—¡Madre santa! —exclamé—. ¿Qué es eso?

—Un labrador —respondió Simon—. En su mayor parte.

—¿No es un poco grande para ser un labrador?

Simon arrastró hasta el vestíbulo un saco de veinticinco kilos de pienso para perros.

—Lo saqué de la perrera y eso es lo que me dijeron, que era un labrador.

—Dijiste que tenías un perro pequeño.

—Te mentí. Demándame.

El perro entró corriendo en la cocina, hundió el hocico en la entrepierna de la abuela y olisqueó.

—Vaya —comentó la abuela—. Parece que mi nuevo perfume funciona. Voy a tener que probarlo en la próxima reunión del club de la tercera edad.

Simon apartó al perro de la abuela y me tendió una bolsa de plástico marrón.

—Aquí están sus cosas. Dos cuencos, algunas golosinas para perro, un juguete para que muerda, un cepillo de pelo y su recogedor de excrementos.

—¿Recogedor de excrementos? Eh, espera un momento...

—Tengo que irme corriendo —dijo Simon—. He de tomar un avión.

—¿Cómo se llama? —le grité cuando se alejaba pasillo abajo.

—Bob.

—Increíble —comentó la abuela—. Un perro que se llama Bob.

Llené el cuenco de agua de Bob y lo dejé en el suelo de la cocina.

—Sólo va a quedarse un par de días. Simon lo recogerá el domingo.

La abuela echó un vistazo al saco de pienso.

—Parece un saco enorme de comida para un par de días.

—A lo mejor come un montón.

—Si se come todo eso en dos días no vas a necesitar un recogedor de excrementos —comentó la abuela—. Necesitarás una pala quitanieves.

Le quité la correa a Bob y la colgué en el perchero del vestíbulo.

—Bueno, Bob —le dije—. La cosa no va a ser tan terrible. Siempre he querido tener un labrador.

Bob meneó la cola y nos miró alternativamente a la abuela y a mí.

La abuela sirvió copos de avena para los tres. La abuela y yo nos llevamos nuestros tazones al comedor, pero Bob se comió sus copos en la cocina. Cuando volvimos a la cocina, el cuenco de Bob estaba vacío. La caja de cartón que antes contuviera el pastel también estaba vacía.

—Sospecho que este Bob es un poco goloso —comentó la abuela.

Blandí ante él un dedo amenazador.

—Eso ha estado muy mal. Además, vas a engordar.

Bob movió la cola.

—Me temo que no es muy listo —dijo la abuela.

Lo bastante listo como para comerse el pastel.

La abuela tenía clase de conducir a las nueve en punto.

—Es probable que esté todo el día fuera —dijo—. Así que no te preocupes por mí. Después de clase voy a ir al centro comercial con Louise Greeber. Y luego iremos a ver unos cuantos pisos más. Si quieres, esta tarde cuando vuelva puedo comprar un poco de carne picada. He pensado que no estaría mal cenar pastel de carne.

Sentí una punzada de culpa. La abuela estaba cocinando en todas las comidas.

—Me toca a mí —le dije—. Yo me encargo del pastel de carne.

—No sabía que supieras preparar pastel de carne.

—Claro —respondí—. Sé cocinar un montón de cosas.

Mentira podrida. No sé cocinar nada de nada.

Le di una golosina a Bob, y la abuela y yo nos marchamos juntas. A medio camino del ascensor la abuela se detuvo.

—¿Qué es ese ruido? —preguntó.

Ambas aguzamos el oído. Bob aullaba al otro lado de la puerta.

La vecina de al lado, la señora Karwatt, asomó la cabeza.

—¿Qué es ese ruido?

—Es Bob —respondió la abuela—. No le gusta quedarse solo en casa.

Diez minutos más tarde estaba en el coche con Bob viajando de guardaespaldas, asomando la cabeza por la ventanilla y con las orejas aleteando al viento.

—Oh, vaya —comentó Lula cuando entramos en la oficina—. ¿Quién es éste?

—Se llama Bob. Soy su canguro.

—Oh, ¿de verdad? ¿Qué raza de perro es?

—Un labrador.

—Parece que haya estado demasiado tiempo debajo de un secador de pelo.

Le alisé un poco el pelaje.

—Es que ha sacado la cabeza por la ventanilla.

—Así está mejor —comentó Lula.

Cuando le solté la correa, Bob salió disparado hacia la entrepierna de Lula.

—Eh, aparta, me estás dejando huellas de hocico en mis pantalones nuevos —dijo Lula, y le dio unos golpecitos en la cabeza a Bob—. Si sigue así vamos a tener que convertirnos en sus chulas.

Utilicé el teléfono de Connie para llamar a mi amiga Marilyn Truro al Departamento de Vehículos a Motor.

—Necesito que me compruebes un número de matrícula —le dije—. ¿Dispones de tiempo?

—¿Estás de broma? Tengo a unas cuarenta personas haciendo cola. Como me vean hablar por teléfono van a hacer sus gestiones por correo —bajó el tono de voz—. ¿Es para algún caso? ¿Para un asesinato o algo así?

—Puede estar relacionado con el asesinato de Ramos.

—¿Estás bromeando? Eso sí que es emocionante.

Le di el número de matrícula.

—Espera un segundo —dijo Marilyn. La oí teclear en un ordenador y volvió a ponerse al teléfono—. La matrícula pertenece a Terry Gilman. ¿No trabaja para Vito Grizolli?

Me quedé momentáneamente sin habla. Después de Joyce Barnhardt, Terry es la persona que menos me gusta del mundo. A falta de un término mejor, digamos que había *salido* con Joe en el instituto, y tenía la sensación de que no le importaría reanudar la relación. Terry trabajaba ahora para su tío Vito Grizolli; lo cual suponía un impedimento en sus planes con Joe, puesto que Joe estaba en el negocio de borrar el crimen y Vito estaba en el de inventar el crimen.

—Oh, oh —comentó Lula—. ¿Te he oído bien? ¿Estás metiendo tus sucias narices en el caso Ramos?

—Bueno, resulta que me encontré por casualidad con...

Lula abrió mucho los ojos.

—¡Trabajas para Ranger!

La cabeza de Vinnie asomó de su despacho.

—¿Es verdad eso? ¿Trabajas para Ranger?

—No. No es verdad. No hay un solo ápice de verdad en eso.

Bueno, qué demonios importaba una mentira más.

La puerta de entrada se abrió de golpe y Joyce Barnhardt hizo su aparición.

Lula, Connie y yo corrimos a ponerle la correa a Bob.

—¡Tú, estúpida fulana! —me espetó Joyce—. Me enviaste tras una pista falsa. Ranger no tiene una hermana trabajando en la fábrica de abrigos de la calle Macko.

—A lo mejor lo dejó —contesté.

—Seguro —intervino Lula—, la gente no para de cambiar de empleo.

Joyce bajó la mirada hacia Bob.

—¿Qué es eso?

—Es un perro —expliqué acortándole la correa a Bob.

—¿Por qué tiene todo el pelo así de erizado?

Y eso viniendo de una mujer que añade diez centímetros a su estatura cardándose el pelo.

—Aparte de la pista falsa, ¿cómo te va con la caza de Ranger? —preguntó Lula—. ¿Ya sabes por dónde anda?

—Todavía no, pero estoy a punto.

—Creo que nos estás mintiendo —dijo Lula—. Apuesto a que no tienes nada de nada.

—Y yo apuesto a que tú no tienes nada de cintura —respondió Joyce.

Lula se adelantó.

—Conque no, ¿eh? Si te tiro un palo, ¿irás corriendo a buscarlo?

Bob meneó la cola.

—Quizá más tarde —le dije.

Vinnie asomó de nuevo la cabeza.

—¿Qué está pasando aquí? Ni siquiera me oigo pensar.

Lula, Connie y yo intercambiamos miradas y nos mordimos el labio inferior.

—¡Vinnie! —arrulló Joyce al tiempo que apuntaba sus pechos talla 95 hacia él—. Qué buen aspecto tienes, Vinnie.

—Bueno, a ti tampoco se te ve nada mal —respondió Vinnie, y miró a Bob—. ¿De dónde ha salido este perro con problemas de peinado?

—Soy su canguro —le expliqué.

—Espero que te paguen un montón de dinero. Es un verdadero desastre perruno.

Le acaricié una oreja a Bob.

—Yo lo encuentro mono —aunque en un sentido algo prehistórico.

—Bueno, ¿qué se cuece por aquí? —intervino Joyce—. ¿Tenéis algo nuevo para mí?

Vinnie lo consideró unos instantes; su mirada fue de Connie a Lula y de Lula a mí, y se batió en retirada a su despacho.

—Nada nuevo —dijo Connie.

Joyce contempló la puerta cerrada de Vinnie con los ojos entornados.

—Cobardica de mierda.

Vinnie abrió la puerta y la fulminó con la mirada.

—¡Sí, tú! —le gritó Joyce.

Vinnie volvió a meter la cabeza en el despacho, cerró la puerta y echó el cerrojo.

—Almorrana —soltó Joyce con un expresivo gesto. Se volvió sobre un tacón de aguja y salió por la puerta meneando el trasero.

Todas pusimos los ojos en blanco.

—Y ahora, ¿qué? —quiso saber Lula—. ¿Tenéis Bob y tú algún fantástico plan para hoy?

—Bueno, ya sabes..., un poco de esto, un poco de lo otro...

La puerta del despacho de Vinnie volvió a abrirse.

—¿Y qué tal un poco de Morris Munson? —exclamó—. Esto que dirijo no es una institución benéfica, ¿sabes?

—¡Morris Munson está chiflado! —contesté—. ¡Trató de prenderme fuego!

Vinnie estaba de pie con los brazos en jarras.

—Bueno, ¿qué pretendes decir con eso?

—Vale. De acuerdo —acepté—. Iré a por Morris Munson. Qué más da que me atropelle. Qué más da que me prenda fuego y me aplaste la cabeza con un gato. Es mi trabajo, ¿no? Pues allá voy, a hacer mi trabajo.

—¡Así me gusta! —dijo Vinnie.

—Espera —intervino Lula—. No quiero perdérmelo. Iré contigo.

Se puso la chaqueta y agarró un bolso lo bastante grande como para contener una escopeta de cañón recortado.

—Eh —le dije mirando el bolso—. ¿Qué llevas ahí?

—Una nueve milímetros.

El arma de asalto urbano por excelencia.

—¿Tienes permiso para llevar eso?

—¿Cómo dices?

—Me tomarás por loca, pero me sentiría mucho mejor si dejaras tu nueve milímetros aquí.

—Chica, desde luego sabes cómo arruinarle la fiesta a alguien —dijo Lula.

—Déjamela a mí —intervino Connie—. La usaré de pisapapeles. Dará un poco de ambiente a la oficina.

—Vaya —dijo Lula.

Abrí la puerta y Bob salió disparado. Se detuvo delante del Buick y se quedó ahí, meneando la cola y con los ojos brillantes.

—Mira qué perro tan listo —comenté—. Conoce mi coche y sólo ha ido en él una vez.

—¿Qué le ha pasado al Rollswagen?

—Se lo devolví a El Proveedor.

El sol ascendía en el cielo y refulgía lo bastante como para formar una calima matutina y calentar Trenton. Burócratas y tenderos empezaban a invadir el centro de la ciudad. Los autobuses escolares estaban de vuelta en sus aparcamientos, a la espera de que concluyera la jornada de colegio. Las amas de casa del Burg se inclinaban sobre sus aspiradoras. Y mi amiga Marilyn Truro, del Departamento de Vehículos a Motor, iba por su tercer descafeinado con leche, se preguntaba si serviría de algo añadir un segundo parche de nicotina al que ya llevaba en el brazo, y pensaba que sería de lo más agradable estrangular a la siguiente persona de la cola.

Lula, Bob y yo permanecimos sumidos en nuestros pensamientos mientras recorríamos Hamilton de camino a la fábrica de botones. Yo estaba haciendo inventario mental del equipo que llevaba. Pistola de descargas eléctricas en el bolsillo izquierdo. Espray de autodefensa en el derecho. Esposas sujetas a la trabilla trasera de mis Levi's. Pistola, en casa, en la caja de galletas. El valor, en casa, con la pistola.

—No sé tú —dijo Lula cuando llegamos a casa de Munson—, pero yo no pienso salir ardiendo. Voto por que echemos abajo la puerta de ese tipo y nos abalancemos sobre él antes de que tenga oportunidad de reaccionar.

—Claro —dije. Por supuesto, sabía a raíz de nuestras experiencias pasadas que ninguna de las dos era capaz en realidad de echar abajo una puerta. Aun así, sonaba bien mientras todavía estábamos con el motor en marcha y encerradas en el coche.

Llegué hasta la parte trasera, salí del coche y miré por la ventana del garaje de Munson. No había ningún coche dentro. Lo cual significaba que, probablemente, Munson no estaba en casa. Vaya, qué lástima.

—No hay ningún coche —le dije a Lula.

—Vaya —dijo ella.

Rodeamos de nuevo la manzana, aparcamos y llamamos a la puerta principal de la casa. No hubo respuesta. Miramos por las ventanas delanteras. Nada.

—Puede haberse escondido debajo de la cama —sugirió Lula—. Quizá debamos echar de todas formas la puerta abajo.

Retrocedí un paso y le hice un gesto invitador con la mano.

—Después de ti.

—Esto... no, tú primero —dijo Lula.

—No, no... insisto.

—Y una mierda. Soy yo quien insiste.

—Vale —concluí—. Aceptémoslo. Ninguna de las dos va a tirar esta puerta.

—Podría hacerlo si quisiera —dijo Lula—, pero ahora mismo no me apetece.

—Ya, claro.

—¿No me crees capaz de causar verdaderos daños en esta puerta?

—Precisamente, eso sugiero.

—Pues vaya —comentó Lula.

La puerta de la casa vecina se abrió y una anciana asomó la cabeza.

—¿Qué pasa aquí?

—Estamos buscando a Morris Munson —dije.

—No está en casa.

—Ah, ¿no? ¿Cómo lo sabe? —preguntó Lula—. ¿Cómo está tan segura de que no se ha escondido debajo de la cama?

—Yo estaba fuera, en la parte de atrás, cuando se fue en el coche. Había sacado al perro a pasear y Munson apareció con una maleta. Dijo que iba a estar fuera una temporadita. Por lo que a mí concierne, podría largarse para siempre. Es un chiflado. Lo arrestaron por matar a su mujer y algún estúpido juez lo dejó salir bajo fianza. ¿Se imaginan?

—Nos lo imaginamos —dijo Lula.

La mujer nos miró de arriba abajo.

—Supongo que son amigas suyas.

—No exactamente —respondí—. Trabajamos para el depositario de la fianza de Munson —le tendí mi tarjeta—. Si vuelve, le agradecería que nos llamara.

—Claro —contestó la mujer—, pero me da la sensación de que no va a volver lo que se dice pronto.

Bob esperaba pacientemente en el coche y se puso loco de alegría cuando volvimos a entrar.

—Quizá Bob necesite desayunar —comentó Lula.

—Bob ya ha desayunado.

—Déjame expresarlo de otra manera. Quizá Lula necesite desayunar.

—¿Tienes algo especial en mente?

—Supongo que podría comerme una de esas magdalenas grandotas del McDonald's. Y un batido de vainilla. Y patatas fritas.

Metí la marcha en el Buick y me dirigí al carril de venta desde el coche.

—¿Cómo te va? —me saludó el chico de la ventanilla—. ¿Todavía buscas trabajo?

—Lo estoy considerando.

Pedimos tres de todo y nos dirigimos al extremo del aparcamiento para comer y reagruparnos. Bob se zampó la magdalena y las patatas fritas de un solo bocado. Luego se tragó el batido a sorbetones y miró con expresión anhelante por la ventanilla.

—Me parece que Bob necesita estirar las patas —dijo Lula.

Abrí la puerta y le dejé salir.

—No te vayas muy lejos.

Bob bajó de un salto y empezó a caminar en círculos.

—¿Qué hace? —preguntó Lula—. ¿Por qué da vueltas así? ¿Por qué?... Oh, oh, esto no tiene buena pinta. Me parece que Bob va a echar una gran cagada en medio del aparcamiento. ¡Madre santa, mira eso! Eso es una montaña de caca.

Bob regresó junto al Buick y se sentó meneando la cola, a la espera de que lo dejasen entrar.

Le abrí la puerta, y Lula y yo nos hundimos cuanto pudimos en nuestros asientos.

—¿Crees que lo ha visto alguien? —pregunté.

—Creo que lo ha visto todo el mundo.

—Maldita sea. No he traído el recogedor de excrementos —recordé.

—A la mierda el recogedor. Yo no me acercaría a eso ni con un traje protector y una lavadora de carga frontal.

—No puedo dejarlo ahí sin más.

—Quizá podrías pasar por encima —sugirió Lula—. Ya sabes..., aplanarlo un poco.

Encendí el motor, metí marcha atrás y apunté con el Buick a la pila de caca.

—Será mejor que subamos las ventanillas —dijo Lula.

—¿Preparada?

Lula se sujetó fuertemente.

—Preparada.

Apreté a fondo el acelerador sin perder de vista el objetivo y se oyó el sonido amplificado de algo que se espachurraba.

Frené, bajamos las ventanillas y miramos atrás.

—Bueno, ¿qué te parece? ¿Crees que debo hacer otra pasada?

—No vendría mal —opinó Lula—. Y olvídate de conseguir un empleo aquí.

Quería echarle una rápida ojeada a la casa de Aníbal, pero no involucrar a Lula en mis asuntos con Ranger, así que le conté una historia sobre que quería pasar el día por ahí estrechando lazos con Bob y la llevé de vuelta a la oficina. Me detuve junto al bordillo y una berlina negra se materializó detrás de mí.

Mitchell salió del coche y se acercó a mirar por mi ventanilla.

—Así que aún conduces este viejo Buick —dijo—. Debe de suponer una especie de récord personal para ti. Vaya, ¿y de dónde han salido el perro y la chica grandota?

Lula miró a Mitchell de arriba abajo.

—Tranquila —dije—. Lo conozco.

—Apuesto a que sí —contestó Lula—. ¿Quieres que le pegue un tiro o algo así?

—Quizá más adelante.

—Vale —dijo. Salió con esfuerzo del coche y se dirigió sin prisa a la oficina.

—¿Y bien? —preguntó Mitchell.

—Y bien nada.

—Eso es muy decepcionante.

—Veamos, ¿así que no te gusta Alexander Ramos?

—Digamos sencillamente que no estamos en el mismo equipo.

—Debe de estar pasándolo mal, llorando a su hijo.

—No era un hijo al que valga la pena llorar —contestó Mitchell—. Era un perdedor. Se forraba de coca hasta las cejas.

—¿Qué me dices de Aníbal? ¿También consume drogas?

—Qué va, Aníbal no. Ése es un maldito depredador. Su padre debería haberle llamado *Tiburón.*

—Bueno, he de irme —dije—. Tengo cosas que hacer y he de ver a alguien.

—Cabeza de trapo y yo no tenemos gran cosa que hacer hoy, así que hemos decidido seguirte por ahí.

—Lo vuestro no es vida, chicos.

Mitchell sonrió.

—Y no quiero que me sigáis.

Mitchell sonrió un poco más.

Eché un vistazo al tráfico que se dirigía hacia nosotros por Hamilton y me fijé en un coche azul. Parecía un Crown Victoria. ¡Y el que iba al volante parecía Morris Munson!

—¡Mierda! —solté cuando Munson giró de golpe para invadir el carril contrario y dirigir el coche hacia mí.

—¡Mierda! —exclamó Mitchell y, presa del pánico, se quedó baiIoteando donde estaba, como un gran oso amaestrado.

Munson viró bruscamente en el último instante para evitar a Mitchell, perdió el control del coche y se estrelló contra la berlina. Por un momento los dos coches parecieron fusionados, y entonces se oyó a Munson pisar a fondo el acelerador. El

Crown Victoria retrocedió de un salto, el parachoques delantero cayó al suelo y Munson se alejó a toda velocidad.

Mitchell y yo corrimos hacia la berlina para ver cómo estaba Habib.

—¡Por todos los santos!, ¿qué ha sido eso? —exclamó Habib.

Todo el lateral delantero izquierdo del coche estaba abollado contra la rueda y el capó estaba todo retorcido. Habib parecía estar bien, pero la berlina no iba a ir a ninguna parte hasta que alguien desincrustara la rueda de aquel guardabarros. Mala pata para ellos. Golpe de suerte para mí. Habib y Mitchell no iban a estar en condiciones de seguir a nadie durante un buen rato.

—Ese hombre estaba loco —dijo Habib—. Le he visto los ojos. Era un loco. ¿Has apuntado el número de matrícula?

—Ha pasado todo tan rápido... —se excusó Mitchell—. Y venía derecho hacia mí. He creído que venía a por mí. He creído que... Dios... he creído que...

—Te has asustado como una mujer —se burló Habib, sonriendo.

—Ajá —intervine—, como una hija de cerda.

Me encontraba en un dilema. Deseaba de veras decirles quién iba al volante de aquel coche. Si mataban a Munson se acabarían mis preocupaciones. No más camisas ardiendo. No más maníacos con gatos. Por desgracia, también sería un poco responsable de la muerte de Munson, y semejante idea no acababa de hacerme sentir cómoda. Mejor dejárselo a un tribunal.

—Deberíais informar de esto a la policía —dije—. Me quedaría por aquí a echaros una mano, pero ya sabéis cómo son las cosas.

—Ajá —dijo Mitchell—. Tienes cosas que hacer y has de ver a alguien.

Era casi mediodía cuando Bob y yo pasamos en el coche ante la casa de Aníbal. Aparqué en la esquina y marqué el número de Ranger.

—Tengo noticias que darte —le dije al contestador. Luego me mordí el labio inferior un rato mientras hacía acopio del valor suficiente para salir del coche e ir a espiar a Aníbal.

Eh, no es nada del otro mundo, me dije. Mira la casa. Perfectamente tranquila. Aníbal no está. Haz igual que ayer. Rodea la casa, echa un vistazo y márchate. Sin sudores.

Vale, soy capaz de hacerlo. Inspira profundamente. Intenta ser positiva. Tomé la correa de Bob y me dirigí al carril bici de detrás de las casas. Cuando llegué ante el jardín de Aníbal me detuve y escuché. Todo estaba en silencio y Bob parecía aburrido. De haber habido alguien al otro lado de la tapia Bob habría mostrado excitación, ¿no? Estudié la tapia. Desalentadora. En especial teniendo en cuenta que la última vez que estuve allí me habían disparado.

Espera, me dije. Nada de mostrarse negativa. ¿Qué haría Spiderman en una situación como ésta? ¿Qué haría Batman? ¿Qué haría Bruce Willis? Bruce saltaría, plantaría una zapatilla y escalaría la tapia. Até la correa de Bob a un matorral y corrí hacia la tapia. Conseguí plantar mi zapatilla del 36 a media altura y las palmas de las manos sobre la parte superior de la tapia y ahí me quedé, colgando. Inspiré profundamente, apreté los dientes y traté de izarme... pero nada se izó. Maldición. Bruce habría conseguido izarse sobre la tapia. Pero bueno, probablemente Bruce vaya a un gimnasio.

Me dejé caer al suelo y miré de reojo al árbol. Tenía una bala alojada en el tronco. No me apetecía en absoluto trepar a ese árbol. Anduve de un lado para otro haciendo crujir los nudillos. ¿Qué pasa con Ranger?, me dije. Se supone que lo estás ayudando. Si se invirtiera la situación Ranger treparía al árbol para echar un vistazo.

—Sí, pero yo no soy Ranger —le dije a Bob.

Bob me dirigió una larga mirada.

—Vale, de acuerdo. Treparé a ese estúpido árbol.

Subí a toda prisa, eché una ojeada, comprobé que ni en la casa ni en el jardín pasaba nada y volví a bajar. Desaté a Bob y traté de pasar inadvertida mientras me dirigía al coche, donde me instalé a esperar que sonara el teléfono. Al cabo de un par de minutos Bob se pasó al asiento trasero y adoptó la postura de siesta.

A la una en punto aún estaba esperando a que Ranger llamara y empezaba a pensar en el almuerzo cuando la puerta del garaje de Aníbal se abrió y el Jaguar verde salió marcha atrás.

¡Por todos los santos, la casa no había estado vacía!

La puerta se cerró, el Jaguar dio la vuelta y se alejó calle abajo, hacia la autopista. Se hacía difícil decir quién iba al volante, pero aposté a que se trataba de Aníbal. Puse en marcha el motor, rodeé la manzana a toda prisa y pesqué al Jaguar justo cuando entraba en la autopista. Me mantuve todo lo alejada de él que me fue posible sin perderlo de vista.

Rodeamos el centro en dirección sur y luego nos dirigimos al este por la carretera nacional. Todavía no había carreras de caballos en Monmouth y el parque de atracciones aún no había abierto. Eso dejaba escasas posibilidades que no fueran la casa de la familia en Deal.

Bob se estaba tomando con calma toda aquella excitación, dormía profundamente en el asiento de atrás. Yo no me sentía tan relajada, ni mucho menos. No suelo seguir a mafiosos. Aunque, técnicamente, Aníbal Ramos no era miembro de la mafia. Bueno, en realidad no lo sabía con seguridad, pero tenía entendido que la mafia era una fraternidad distinta del cártel de armas.

Aníbal salió de la nacional 195 por la carretera comarcal, condujo hacia el norte hasta la segunda salida y se desvió hacia Asbury Park, donde giró a la izquierda por la avenida Ocean y continuó por ella hasta Deal.

Deal es una población costera donde los jardineros obligan al césped a crecer en el inhóspito aire salobre, las niñeras acuden cada día en tren desde la cercana Long Branch y el valor de la propiedad pesa mucho más que cualquier cuestión de origen nacional. Las casas son grandes y a veces tienen senderos con verja propia. Los residentes son en gran parte cirujanos plásticos y comerciantes de alfombras. Y el único suceso verdaderamente memorable que ha tenido lugar en Deal fue el asesinato a tiros del capo del crimen Benny *El Cucaracha* Raguchi en el motel Sea Breeze en 1982.

Aníbal iba dos coches delante de mí. Redujo la velocidad, puso el intermitente derecho y giró hacia un complejo residencial tapiado y con un camino particular. La casa se hallaba al fondo sobre una duna, por lo que eran visibles la primera planta y el techo, mientras que el resto de la propiedad quedaba oculto por una tapia de estuco rosa. La verja de entrada, de hierro forjado, formaba elaboradas volutas, y la casa también era visible a través de ella. Alexander Ramos, proveedor de armas internacional y todo un macho donde los haya, vivía en una casa rosa con una tapia rosa. Imagínense. Eso nunca pasa en el Burg. Vivir en una casa rosa en el Burg estaría más o menos a la altura de la castración.

Probablemente el estuco rosa queda muy mediterráneo. Y probablemente en verano, cuando se desenrollan los toldos y se les quitan las fundas a los muebles del porche, y el sol y el calor bañan la costa de Jersey, la casa rosa se ve muy viva. En marzo tenía aspecto de estar esperando que le dieran Prozac. Se veía pálida, fría e imperturbable.

Observé entrar al Jaguar a través de la verja y vislumbré brevemente al hombre que se bajaba de él cuando pasé despacio ante la casa. Tenía la misma complexión y el mismo color de pelo que Aníbal, así que supuse que era él. A menos, por supuesto, que Aníbal me hubiese vuelto a ver en el árbol, y que luego me viera observarlo desde la calle y hubiese hecho que un vecino idéntico a él se escabullese hasta su jardín para conducir el Jaguar hasta Deal... sólo para deshacerse de mí.

—¿Qué opinas tú? —le pregunté a Bob.

Bob abrió un ojo, me dirigió una mirada inexpresiva y volvió a dormirse.

Sí, yo también opinaba eso.

Conduje unos quinientos metros por la avenida Ocean, hice un cambio de sentido y volví a pasar por delante de la casa rosa. Aparqué donde no me vieran, a la vuelta de la esquina. Me recogí el cabello bajo una gorra de Metallica, me puse unas gafas de sol, agarré la correa de Bob y me dirigí con él a la residencia de Ramos. Deal era una población civilizada, con impecables aceras de cemento diseñadas pensando en niñeras y cochecitos. También resultaban muy adecuadas para fisgonas que fingían pasear al perro.

Estaba a sólo unos metros de la entrada cuando vi llegar una berlina negra; la verja se abrió y el coche la cruzó. En los asientos delanteros iban dos hombres. Las ventanillas de atrás eran de cristal tintado. Fingí juguetear con la correa de Bob y lo dejé olisquear un poco por ahí. La berlina se detuvo bajo el pórtico de entrada de la casa y los dos hombres de delante se apearon. Uno rodeó el coche para sacar el equipaje del maletero. El otro le abrió la puerta al pasajero de atrás. El pasajero parecía tener unos sesenta años. De mediana estatura y delgado. Vestido con chaqueta y pantalones de sport. Cabello canoso ondulado. Por la forma en que la gente se desvivía por atenderlo supuse que se trataba de Alexander Ramos. Probablemente acababa de llegar en avión para el entierro de su hijo. Aníbal salió a saludarlo. Una versión más joven y esbelta de Aníbal apareció en la puerta de la casa, pero no bajó las escaleras. Ulises, el hijo mediano, pensé.

Nadie parecía especialmente contento en aquella reunión. Supuse que era comprensible, considerando las circunstancias. Aníbal le dijo algo a su padre. Éste se puso tenso y le pegó a Aníbal un buen manotazo en la cabeza. No fue un golpe muy fuerte. No pretendía dejarlo fuera de combate. Más bien pareció que con él quisiera expresar su opinión: estúpido.

Aun así, parpadeé de forma automática. E incluso a aquella distancia advertí que Aníbal apretaba los dientes.

Seis

Durante todo el camino de regreso hubo algo que no dejó de darme vueltas en la cabeza. Si yo fuese un padre que llorase la pérdida de un hijo, ¿saludaría a mi primogénito con un manotazo en la cabeza?

—Pero bueno, qué sé yo —le dije a Bob—. Quizá pretendan ganar el premio a la familia disfuncional del año.

Y, en realidad, siempre supone un consuelo encontrar a una familia más disfuncional que la mía. Aunque lo cierto es que mi familia tampoco es tan disfuncional para los estándares de Jersey.

Cuando llegué al distrito de Hamilton me detuve en el mercado, saqué el móvil y llamé a mi madre.

—Estoy en el mostrador de la carnicería —le dije—. Quiero hacer un pastel de carne. ¿Qué necesito?

Hubo un silencio al otro lado de la línea e imaginé a mi madre santiguándose y preguntándose qué habría movido a su hija a querer preparar un pastel de carne, esperando contra todo pronóstico que se tratase de un hombre.

—Un pastel de carne —dijo por fin mi madre.

—Es para la abuela —expliqué—. Le apetece pastel de carne.

—Por supuesto —dijo—. En qué estaría yo pensando.

Volví a llamar a mi madre al llegar a casa.

—Bueno, ya estoy en casa —dije—. ¿Qué hago ahora con todo esto?

—Mézclalo todo bien, ponlo en un molde para pasteles y hornéalo a ciento sesenta grados durante una hora.

—No me has dicho que necesitara un molde cuando estaba en la tienda —me quejé.

—¿No tienes un molde para pasteles?

—Bueno, por supuesto que tengo un molde. Sólo quería decir que... da igual.

—Buena suerte —me deseó mi madre.

Bob estaba sentado en medio de la cocina, asimilando todo aquello.

—No tengo molde para pasteles —le confesé a Bob—. Pero bueno, no vamos a dejar que un detalle como ése nos detenga, ¿verdad?

Vertí la carne picada en un cuenco junto con los demás ingredientes esenciales del pastel de carne. Añadí un huevo y lo observé deslizarse por la superficie. Lo reventé con una cuchara.

—¡Puaj! —le dije a Bob.

Bob movió la cola. Por lo visto le gustaban las cosas pringosas.

Aplasté el contenido del cuenco con la cuchara, pero el huevo se negaba a mezclarse. Inspiré profundamente y hundí ambas manos en la mezcla. Al cabo de un par de minutos de amasarla tenía un aspecto ligado y estupendo. Le di la forma de un muñeco de nieve. Luego la del huevo Humpty Dumpty. Y luego la dejé totalmente plana. Así de plana se parecía un montón a lo que había dejado en el aparcamiento del McDonald's. Por fin formé con la masa dos grandes bolas.

Había comprado una tarta helada de crema de plátano para postre, así que la saqué de la bandeja de aluminio para servirla en un plato y utilicé la bandeja para las bolas gigantes de carne.

—La necesidad es la madre de la invención —le recordé a Bob.

Metí las bolas de carne en el horno, corté unas cuantas patatas y las puse a cocer, abrí una lata de crema de maíz y la vertí en un cuenco para poder calentarla en el microondas en el último momento. Me dije que cocinar no estaba tan mal. De hecho, se parecía mucho al sexo. A veces no parece una gran idea al principio, pero entonces, una vez que uno se ha metido en la faena...

Puse la mesa para dos y el teléfono sonó justo cuando terminaba.

—Hola, nena —dijo Ranger.

—Hola, tú. Tengo noticias para ti. El coche que llegó anoche a casa de Aníbal pertenece a Terry Gilman. Debí reconocerla cuando salió del coche, pero sólo la vi de espaldas y no esperaba encontrarla allí.

—Probablemente iba a darle el pésame de parte de Vito.

—No sabía que Vito y Ramos fuesen amigos.

—Vito y Alexander Ramos coexisten.

—Una cosa más —dije—. Esta mañana he seguido a Aníbal hasta la casa de Deal —y le expliqué a Ranger lo del viejo en la berlina y el manotazo en la cabeza, y la aparición de un hombre más joven al que había tomado por Ulises Ramos.

—¿Cómo sabes que era Ulises?

—Sólo lo supongo. Se parecía a Aníbal, pero en flaco.

Hubo un instante de silencio.

—¿Quieres que siga vigilando la casa pareada? —pregunté.

—Ve a echar un vistazo de vez en cuando. Quiero saber si vive alguien en ella.

—¿No te parece raro que Ramos le pegara un manotazo a su hijo? —comenté.

—No sé —dijo Ranger—, en mi familia nos estamos pegando manotazos constantemente.

Ranger cortó la comunicación y yo permanecí en pie sin moverme durante unos minutos, preguntándome qué era lo que no encajaba. Ranger nunca dejaba traslucir mucho, pero había habido una breve pausa y un levísimo cambio en la inflexión de la voz que me hacían pensar que le había dicho algo interesante. Repasé mentalmente la conversación y todo me pareció normal. Un padre y dos hijos que se reunían a causa de una tragedia familiar. La reacción de Alexander al saludo de Aníbal me había parecido extraña a mí, pero tenía la impresión de que no era eso lo que había llamado la atención de Ranger.

La abuela entró por la puerta tambaleándose.

—¡Vaya día he tenido! —dijo—. Estoy agotada.

—¿Cómo ha ido la clase de conducir?

—Bastante bien, supongo. No he atropellado a nadie. Y no he estrellado el coche. ¿Qué tal te ha ido a ti el día?

—Más o menos igual.

—Louise y yo hemos ido al centro comercial a caminar un poco, como nos recomiendan a los de la tercera edad, pero no parábamos de desviarnos a las tiendas. Luego, después de comer, hemos ido a ver más apartamentos. He visto dos que podrían servirme, pero ninguno que se adapte de verdad a mis necesidades. Mañana vamos a ir a ver un par de urbanizaciones

—la abuela echó una ojeada al cazo de patatas—. Vaya, qué maravilla. Llego a casa después de todo el día correteando por ahí y me encuentro con que me espera la cena. Justo igual que si fuera un hombre.

—He traído una tarta de plátano para postre —dije—, pero he tenido que usar el envase para el pastel de carne.

La abuela echó un vistazo a la tarta que estaba en la nevera.

—Quizá deberíamos comérnosla antes de que se descongele del todo y pierda la forma.

Me pareció buena idea, así que todos nos tomamos un pedazo de tarta helada mientras se horneaba el pastel de carne.

De pequeña nunca habría pensado que mi abuela fuese de la clase de personas que se come primero el postre. Su casa siempre estaba limpia e impoluta. Los muebles eran de madera oscura y los tapizados eran cómodos aunque poco memorables. Las comidas eran tradicionales. Comidas típicas del Burg, a mediodía y a las seis en punto. Col rellena, estofado, pollo asado o una ocasional pierna de cerdo. Mi abuelo no habría tolerado que fuese de otro modo. Había trabajado toda su vida en una planta de laminación del acero. Tenía opiniones contundentes y hacía parecer pequeñas las habitaciones de su casa pareada. La verdad es que la coronilla de mi abuela apenas me llega al mentón y que mi abuelo no era mucho más alto. Pero supongo que, en realidad, la estatura no tiene mucho que ver con los centímetros.

Últimamente me he estado preguntando qué habría sido de mi abuela de no haberse casado con mi abuelo. Me pregunto si no habría empezado a comerse el postre primero muchísimo antes.

Saqué las bolas de carne del horno y las puse en una bandeja. Así juntitas parecían gónadas gigantes.

—Pero bueno, qué par de bolas tenemos aquí —comentó la abuela—. Me recuerdan a tu abuelo, que en paz descanse.

Cuando acabamos de comer me llevé a Bob a dar un paseo. Las farolas estaban encendidas y las ventanas de las casas de detrás de mi edificio estaban iluminadas. Anduvimos varias manzanas en agradable silencio. Resulta que ésa es una de las cosas buenas que tienen los perros. No hablan mucho, de forma que una puede andar por ahí pensando en sus cosas y haciendo listas.

Mi lista consistía en atrapar a Morris Munson, preocuparme por Ranger y preguntarme qué pasaba con Morelli. Mi corazón tenía la sensación de que estaba enamorada. Mi cabeza no estaba tan segura. Aunque la verdad es que no importaba porque Morelli no quería casarse. De modo que ahí estaba yo, con mi reloj biológico avanzando implacable y rodeada tan sólo de indecisión.

—¡Odio que sea así! —le confesé a Bob.

Bob se detuvo y me miró por encima del hombro, como diciéndome: «Eh, ¿por qué armas todo ese revuelo ahí detrás?». Bueno, y qué iba a saber Bob. Alguien le había cortado sus cositas cuando era un cachorro. A Bob no le había quedado más que un poco de piel sobrante y un recuerdo lejano. Bob no tenía una madre esperando nietos. ¡Bob no tenía que soportar toda esa presión!

Cuando volví a casa la abuela estaba dormida delante del televisor. Escribí en una nota que tenía que salir un rato, la sujeté al jersey de la abuela con una pinza y le dije a Bob que se comportara y que no se comiera ningún mueble. Rex estaba enterrado bajo un montículo de virutas de periódico, durmiendo la mona tras el pedazo de tarta. Todo estaba en calma en la residencia de Stephanie Plum.

Me dirigí directamente a la casa pareada de Aníbal. Eran las ocho en punto y no parecía que hubiese nadie, pero lo cierto es que siempre parecía que no había nadie. Aparqué dos calles más allá, bajé del coche y anduve hasta la parte trasera de la casa. No había luz en ninguna de las ventanas. Trepé al árbol y contemplé el jardín de Aníbal. Totalmente a oscuras. Bajé del árbol y volví sobre mis pasos por el carril bici, pensando que tenía mucho miedo. Todo era negrura en los árboles y los matorrales. No había luna que iluminara el camino. Sólo el ocasional haz de luz que se filtraba por alguna ventana.

No deseaba encontrarme allí a ninguno de los malos. Ni a Munson. Ni a Aníbal Ramos. Quizá ni siquiera a Ranger..., aunque tenía una forma de portarse mal que me intrigaba bastante.

Moví el coche hasta la esquina de la manzana de Aníbal, donde disfrutaba de mayor visibilidad. Recliné el asiento hacia atrás, eché los cerrojos de las puertas y me dispuse a observar y esperar.

No tardé mucho en hartarme de esperar. Para matar el tiempo, enchufé el móvil en el encendedor y marqué el número de Morelli.

—¿A que no sabes quién soy? —dije.

—¿Se ha ido ya tu abuela?

—No. Estoy trabajando y ella está en casa con Bob.

—¿Bob?

—El perro de Brian Simon. Lo estoy cuidando mientras Simon está de vacaciones.

—Simon no está de vacaciones. Lo he visto hoy.

—¿Qué?

—No puedo creer que te hayas tragado esa mentira de las vacaciones —comentó Morelli—. Simon lleva tratando de deshacerse de ese perro desde que lo sacó de la perrera.

—¿Por qué no me lo dijiste?

—No sabía que iba a colocártelo a ti.

Agucé la mirada.

—¿Te estás riendo? ¿Es una risa eso que oigo?

—No, te lo juro.

Pero sí, se estaba riendo. Esa rata de alcantarilla se estaba riendo.

—No me parece asunto de risa —dije—. ¿Qué voy a hacer con un perro?

—Siempre pensé que querías tener uno.

—Bueno, sí..., algún día. ¡Pero no ahora! Y ese perro aúlla. No le gusta que lo dejen solo.

—¿Dónde estás? —quiso saber Morelli.

—Es un secreto.

—Dios santo, ya estás otra vez vigilando la casa de Aníbal, ¿verdad?

—Pues no. No estoy haciendo eso.

—Tengo pastel —dijo—. ¿Quieres venir a tomar un poco de pastel?

—Estás mintiendo. No tienes pastel.

—Podría conseguir uno.

—No estoy diciendo que esté vigilando la casa de Aníbal, pero si lo estuviese haciendo... ¿crees que serviría de algo?

—Por lo que sé, Ranger tiene un puñado de personas de confianza, y tiene a esas personas vigilando a la familia Ramos. He visto a alguien en la casa de Homero en el condado de Hunterdon y sé que tiene a alguien apostado en Deal. Te tiene a ti ahí, instalada en la calle Fenwood. No sé qué espera encontrar, pero sospecho que sabe lo que se hace. Tiene información sobre este crimen de la que nosotros no disponemos.

—Aquí no parece que haya nadie en casa —dije.

—Alexander está en la ciudad, de forma que Aníbal probablemente se haya mudado al ala sur de la casa de Deal —Morelli hizo una brevísima pausa—. Es probable que Ranger te tenga ahí vigilando porque es seguro hacerlo. Te da la sensación de que estás haciendo algo y así no te inmiscuyes en una operación de vigilancia más importante. Probablemente deberías dejarlo ya y venirte a mi casa.

—Buen intento, pero me parece que no.

—Valía la pena intentarlo —dijo Morelli.

Cortamos la comunicación y me arrellané para continuar con la vigilancia. Probablemente Morelli estaba en lo cierto y Aníbal estaba viviendo en la costa. Sólo había una forma de averiguarlo. Vigilar y esperar. A las doce de la noche Aníbal seguía sin haber aparecido. Tenía frío en los pies y estaba harta de permanecer sentada en el coche. Me bajé e hice unos estiramientos. Echaría un vistazo final a la parte de atrás y luego me iría a casa.

Recorrí el carril bici con el espray de autodefensa en la mano. Todo estaba oscuro como la boca de un lobo. No brillaba una luz en ninguna parte. Todo el mundo se había ido a la cama. Llegué a la puerta del jardín de Aníbal y alcé la mirada hacia las ventanas. Cristal frío y oscuro. Estaba a punto de irme cuando oí el sonido amortiguado de la cisterna de un baño. No abrigué la menor duda sobre cuál era la casa de la que había emanado el sonido. La casa de Aníbal. Un escalofrío me recorrió la espina dorsal. Alguien estaba viviendo ahí en la oscuridad, en la casa de Aníbal. Permanecí absolutamente inmóvil, sin apenas respirar, escuchando con cada molécula de mi cuerpo. No hubo más sonidos, ni señal alguna de vida en la casa. No sabía qué significaba aquello, pero me había puesto los pelos de punta.

Me escabullí hacia el sendero, crucé la hierba hasta llegar al coche y salí disparada de allí.

Rex correteaba en su rueda cuando entré por la puerta, y Bob vino a saludarme con los ojos brillantes, jadeando en busca de una palmadita en la cabeza y quizá algo de comer. Le dije hola a Rex y le di una pasa. Luego le di un par de pasas a Bob, logrando con ello que moviera la cola con tal fuerza que toda la parte inferior de su cuerpo dio bandazos de un lado a otro.

Dejé la caja de pasas sobre la encimera, fui al lavabo, y cuando volví las pasas habían desaparecido. Sólo quedaba una esquina de la caja, destrozada y llena de baba.

—Padeces un trastorno alimenticio —le dije a Bob—. Y hazme caso, pues sé de qué va... Comer de forma compulsiva no está bien. No te darás ni cuenta y la piel ya no te cabrá.

La abuela había dejado una almohada y una manta para mí en la sala de estar. Me quité los zapatos sin agacharme siquiera, me metí arrastrándome bajo la manta y al cabo de unos segundos ya estaba dormida.

Desperté sintiéndome cansada y desorientada. Consulté el reloj. Las dos de la madrugada. Miré la oscuridad con los ojos entrecerrados.

—¿Ranger?

—¿De dónde ha salido el perro?

—Lo estoy cuidando. Me temo que no es un gran perro guardián.

—Me habría abierto la puerta de haber podido encontrar la llave.

—Ya sé que no es tan difícil abrir una cerradura con ganzúa, pero ¿cómo te las arreglas con la cadena de seguridad?

—Secreto de oficio.

—Yo también estoy en el oficio.

Ranger me tendió un sobre grande.

—Comprueba estas fotos y dime a quién reconoces.

Me senté, encendí la lamparilla de la mesa y abrí el sobre. Identifiqué a Alexander y Aníbal Ramos. También había fotos de Ulises y Homero Ramos y de dos primos hermanos. Los cuatro hombres se parecían mucho entre sí, y cualquiera podría haber sido el hombre que vi de pie en el umbral de la casa de Deal. A excepción por supuesto de Homero, pues sabíamos que estaba muerto. Había una mujer fotografiada junto a Homero Ramos. Era menuda y rubia y sonreía. Homero la rodeaba con un brazo y también él sonreía.

—¿Quién es ella? —quise saber.

—La última novia de Homero. Se llama Cynthia Lotte. Trabaja en el centro. Es la recepcionista de alguien a quien tú conoces.

—¡Oh, Dios mío! Ahora la reconozco. Trabaja para mi ex marido.

—Ajá —confirmó Ranger—; el mundo es un pañuelo.

Le conté a Ranger que había encontrado la casa pareada a oscuras y sin señales de vida, y luego lo de la cisterna del baño.

—¿Qué significa eso? —le pregunté.

—Significa que hay alguien en la casa.

—¿Aníbal?

—Aníbal está en Deal.

Ranger apagó la lamparita y se levantó. Llevaba camiseta negra, cazadora de gore-tex negra y pantalones negros de bolsillos, embutidos en botas negras al estilo militar. El comando urbano bien vestido. Podía garantizar que cualquier hombre que se lo encontrase en un callejón sin salida tendría el escroto vacío, pues sus más preciadas posesiones estarían más al norte. Y que cualquier mujer se lamería los labios resecos y se aseguraría de llevar todos los botones bien abrochados. Ranger bajó la mirada hacia mí, con las manos en los bolsillos, su rostro apenas visible en la habitación a oscuras.

—¿Estarías dispuesta a hacerle una visita a tu ex y de paso a Cynthia Lotte?

—Claro. ¿Algo más?

Ranger sonrió y cuando respondió su voz fue dulce.

—No con tu abuela en la habitación de al lado.

Glups.

Cuando Ranger se fue, volví a poner la cadena de seguridad y me dejé caer de nuevo en el sofá, pero no dejaba de dar vueltas, presa de pensamientos eróticos. No me cabía ninguna duda. Era una fulana sin remedio. Miré hacia el cielo, pero el techo se me puso en medio.

—Son las hormonas —le dije a *Quien* estuviese escuchando—. No es culpa mía. Tengo demasiadas hormonas.

Me levanté y me tomé un vaso de zumo de naranja. Después volví al sofá y di unas cuantas vueltas más porque la abuela roncaba tan fuerte que temí que se tragara la lengua y muriese asfixiada.

—¿No te parece que hace una mañana fantástica? —me dijo la abuela de camino a la cocina—. ¡Hasta me apetece tomar tarta!

Consulté el reloj. Las seis y media. Me levanté con esfuerzo del sofá y me arrastré hasta el baño, donde permanecí largo rato bajo la ducha, huraña y de mal humor. Cuando salí de la ducha me contemplé en el espejo del lavabo. Tenía un grano enorme en el mentón. Vaya, sencillamente genial. Tengo que ir a ver a mi ex marido y me levanto con un grano en el mentón. Probablemente fuera un castigo divino por mi lujuria mental de la noche anterior.

Pensé en el 38 que guardaba en la caja de galletas. Cerré la mano en un puño, con el pulgar hacia arriba y el índice extendido, me llevé el índice a la sien y dije: «Bang».

Me vestí con un atuendo como el de Ranger. Camiseta negra, pantalones negros de bolsillos, botas negras. Grano gigantesco en la cara. Parecía una imbécil. Me quité la camiseta, los pantalones y las botas negras y me embutí en una camiseta blanca, una camisa de franela a cuadros y un par de Levi's con un pequeño agujero en la entrepierna; me convencí de que nadie podría verlo. Ése era el atuendo adecuado para alguien con un grano.

La abuela estaba leyendo el periódico cuando salí del dormitorio.

—¿De dónde has sacado el periódico? —quise saber.

—Me lo ha prestado ese hombre tan agradable del otro lado del descansillo. Pero aún no lo sabe.

La abuela era de las que aprenden rápido.

—No vuelvo a tener clase de conducir hasta mañana, así que Louise y yo vamos a ir hoy a ver unas cuantas urbanizaciones. También le he echado un vistazo a la situación laboral y me parece que hay un montón de cosas interesantes. Hay empleos de cocinera, de personal de limpieza, de maquilladora y de vendedor de coches.

—Si pudieses tener cualquier empleo del mundo, ¿cuál elegirías?

—La respuesta es fácil. Sería una estrella de cine.

—Serías una estupenda —dije.

—Por supuesto, me gustaría ser protagonista. Tengo algunas partes que han empezado a caérseme, pero mis piernas aún están muy bien.

Observé las piernas de la abuela sobresalir bajo el vestido. Supongo que todo es relativo.

Bob estaba sentado ante la puerta con los cuartos traseros muy juntos, de forma que le puse la correa y nos fuimos. Mira qué bien, me dije, estoy haciendo ejercicio a primera hora de la mañana. Dos semanas más con Bob, y estaré tan delgada que tendré que comprarme toda la ropa nueva. Y el aire fresco le va a venir bien a mi grano, además. A lo mejor hasta me lo cura. A lo mejor el grano ha desaparecido cuando vuelva a casa.

Bob y yo estábamos caminando a buen ritmo. Volvimos la esquina, entramos en el aparcamiento y vimos a Habib y Mitchell. Estaban esperándome en un Dodge de diez años forrado en su totalidad con una alfombra de algodón de color verde pálido, y con un letrero de neón en el techo en el que se anunciaban las Alfombras de Arturo. Hacía que la máquina del viento pareciese de buen gusto.

—¡Santo Dios! —solté—. ¿Qué es eso?

—Era cuanto había disponible de inmediato —explicó Mitchell—. Y yo que tú no haría muchos comentarios al respecto, porque es un tema peliagudo. Y no es que quiera cambiar de tema o algo así, pero nos estamos impacientando. No queremos asustarte, pero vamos a tener que hacerte algo malo de verdad si no nos entregas pronto a tu amiguito.

—¿Es una amenaza?

—Bueno, pues sí, claro —contestó Mitchell—. Es una amenaza.

Habib estaba sentado al volante y llevaba un gran collarín de gomaespuma para traumatismos cervicales. Inclinó levemente la cabeza para mostrar que estaba de acuerdo.

—Somos profesionales —insistió Mitchell—. No te dejes engañar por lo agradable de nuestra conducta.

—Eso —confirmó Habib.

—¿Vais a dedicaros a seguirme hoy?

—Ése es el plan —dijo Mitchell—, y espero que hagas algo interesante. No me apetece pasarme el día en el centro comercial viendo zapatos de señora. Como te hemos dicho, nuestro jefe ya está un poco nervioso.

—¿Qué quiere de Ranger vuestro jefe?

—Ranger tiene algo que le pertenece y le gustaría discutir el asunto. Puedes decirle eso.

Sospeché que discutir el asunto podía implicar un accidente fatal.

—Pasaré el mensaje si casualmente oigo algo de él.

—Dile que simplemente devuelva lo que tiene y todo el mundo estará contento. Lo pasado, pasado estará. Sin rencores.

—Hummm. Bueno, ahora tengo que ponerme en marcha. Hasta luego, chicos.

—Cuando vuelvas al aparcamiento, ¿te importaría traerme una aspirina? —pidió Habib—. Este collarín me está matando.

—No sé tú —le dije a Bob cuando entramos en el ascensor—, pero yo estoy asustadísima.

La abuela estaba leyéndole la sección de cómics a Rex cuando entré. Bob se acercó sigilosamente a ella para no perderse la diversión y yo me llevé el teléfono a la salita para llamar a Brian Simon.

Simon contestó al tercer timbrazo.

—Hola.

—Vaya viaje más corto —dije.

—¿Quién es?

—Soy Stephanie.

—¿Cómo has conseguido mi número? No viene en la guía.

—Está impreso en el collar de tu perro.

—¡Oh!

—Bueno, imagino que como ya estás en casa, vas a venir a buscar a Bob.

—Es que hoy estoy bastante ocupado...

—No hay problema. Yo te lo llevaré. ¿Dónde vives?

Hubo unos instantes de silencio.

—De acuerdo, te diré lo que pasa —dijo Simon—. En realidad no quiero que Bob vuelva.

—¡Pero si es tu perro!

—Ya no. La posesión supone un nueve sobre diez en lo que a la ley respecta. Tú tienes la comida. Tú tienes el recogedor de excrementos. Tú tienes el perro. Escucha, es un buen perro, pero no dispongo de tiempo para él. Y hace que me gotee la nariz. Creo que le tengo alergia.

—Y yo creo que eres un cretino.

Simon exhaló un suspiro.

—No eres la primera mujer que me dice eso.

—Yo no puedo tenerle aquí. Aúlla cuando me marcho.

—Como si no lo supiera. Y si lo dejas solo se come los muebles.

—¿Qué? ¿Qué quieres decir con... que se come los muebles?

—Olvídalo. No pretendía decir eso. En realidad no se come los muebles. Me refiero a que morder no es lo mismo que comer. Y la verdad es que ni siquiera los muerde. Oh, mierda —soltó

Simon—. Buena suerte —y colgó. Volví a marcar su número, pero no contestó al teléfono.

Volví a llevar el teléfono a la cocina y le di a Bob su cuenco de cereales para perro. Me serví una taza de café y me comí un pedazo de tarta. Quedaba un trozo más, así que se lo di a Bob.

—Tú no te comes los muebles, ¿verdad? —le pregunté.

La abuela estaba tumbada delante del televisor, mirando el tiempo.

—No te preocupes por la cena de hoy —me dijo—. Podemos comernos el pastel de carne que sobró.

Le hice un gesto con el pulgar para arriba, pero estaba concentrada en el tiempo que hacía en Cleveland y no me vio.

—Bueno, me parece que me voy —dije.

La abuela asintió.

A la abuela se la veía bien descansada. Y yo me sentía para el arrastre. No estaba durmiendo lo suficiente. Las visitas de madrugada y los ronquidos se estaban cobrando su precio. Salí de casa y recorrí el pasillo casi arrastrándome. Se me cerraron los ojos mientras esperaba el ascensor.

—Estoy agotada —le dije a Bob—. Necesito dormir más.

Conduje hasta casa de mis padres y Bob y yo entramos en tropel. Mi madre estaba en la cocina, canturreando mientras preparaba una tarta de manzana.

—Éste debe de ser Bob —dijo—. Tu abuela me ha dicho que tenías un perro.

Bob corrió hacia mi madre.

—¡No! —le grité—. ¡Ni se te ocurra!

Bob se detuvo a menos de un metro de mi madre y volvió la cabeza para mirarme.

—Ya sabes de qué estoy hablando —le dije.

—Qué perro tan bien educado —comentó mi madre.

Robé un pedazo de manzana de la tarta.

—¿Te ha contado también la abuela lo de los ronquidos, que se levanta al alba y que se pasa horas viendo el canal meteorológico? —me serví una taza de café—. Socorro —le dije al café.

—Probablemente se está tomando un par de tragos antes de irse a la cama —me informó mi madre—. Siempre ronca cuando ha empinado un poco el codo.

—No puede ser. No tengo licores en casa.

—Mira en el armario. Ahí es donde lo guarda normalmente. Estoy sacando constantemente botellas de su armario.

—¿Quieres decir que las compra ella y las esconde en el armario?

—Yo no he dicho que las esconda en el armario. Ahí es simplemente donde las guarda.

—¿Me estás diciendo que la abuela es una alcohólica?

—No, por supuesto que no. Sólo se echa algún traguito que otro. Dice que la ayuda a dormir.

Quizá fuera ése mi problema. Quizá debería echarme unos traguitos. El problema es que vomito cuando bebo demasiado. Y una vez que una ha empezado a echarse tragos se hace difícil decir cuándo son demasiados antes de que sea demasiado tarde. Un trago siempre parece llevar al siguiente.

El calor de la cocina me inundó y me traspasó la camisa y me sentí como la tarta, metida en el horno y echando humo. Me quité la camisa de franela, apoyé la cabeza en la mesa y me quedé dormida. Soñé que era verano y que me estaba tostando en la playa de Point Pleasant. Tenía arena caliente debajo de mí y el sol ardiente encima de mí. Y mi piel estaba morena y crujiente como la corteza de un pastel. Cuando desperté la tarta ya estaba fuera del horno y la casa olía a gloria. Y mi madre me había planchado la camisa.

—¿Alguna vez te comes primero el postre? —le pregunté.

Me miró atónita. Como si le hubiese preguntado si sacrificaba gatos ritualmente cada miércoles a medianoche.

—Supongamos que estuvieras sola en casa —expliqué—, y que hubiese una tarta de fresas en la nevera y un pastel de carne en el horno. ¿Qué te comerías primero?

Mi madre lo consideró unos instantes, con los ojos muy abiertos.

—No recuerdo haber cenado nunca sola. Ni siquiera logro imaginarlo.

Me abotoné la camisa y enfundé los brazos en la cazadora vaquera.

—He de irme. Tengo trabajo.

—Podrías venir mañana a cenar —dijo mi madre—. Y tráete a la abuela y a Joe. Voy a preparar cerdo al horno con puré de patata.

—Vale, pero no sé si Joe podrá venir.

Al abrir la puerta de entrada vi que el coche alfombra estaba aparcado detrás del Buick.

—¿Y ahora qué? —quiso saber mi madre—. ¿Quiénes son esos dos hombres que van en ese coche tan raro?

—Habib y Mitchell.

—¿Por qué están ahí aparcados?

—Me están siguiendo, pero no te preocupes, todo va bien.

—¿Qué quieres decir con que no me preocupe? Vaya cosa para decirle a una madre. Por supuesto que me preocupo. Tienen pinta de matones.

Mi madre me apartó para dirigirse al coche y dar unos golpecitos en la ventanilla.

La ventanilla se bajó y Mitchell miró a mi madre.

—¿Qué tal le va? —preguntó.

—¿Por qué están siguiendo a mi hija?

—¿Le ha dicho ella que la seguimos? No ha debido hacerlo. No nos gusta preocupar a las madres.

—Tengo una pistola en casa y la utilizaré si he de hacerlo —amenazó mi madre.

—Caramba, señora, no hace falta que se ponga de los nervios —dijo Mitchell—. Pero bueno, ¿qué le pasa a esta familia? Todo el mundo se muestra siempre tan hostil... Sólo estamos siguiendo un poco a su niña.

—Tengo su número de matrícula —dijo mi madre—. Como le pase algo a mi hija voy a denunciarles a ustedes ante la policía.

Mitchell oprimió un botón en el reposabrazos y la ventanilla se cerró lentamente.

—En realidad no tienes una pistola, ¿verdad? —le pregunté a mi madre.

—Sólo lo he dicho para asustarles.

—Hummm. Bueno, gracias. Creo que ahora estaré perfectamente.

—Tu padre podría utilizar sus influencias y conseguirte un buen empleo en la planta de Productos Personales —dijo mi madre—. La hija de Evelyn Nagy trabaja allí y tiene tres semanas de vacaciones pagadas.

Traté de visualizar a Supergirl trabajando en la cadena de montaje de Productos Personales pero la imagen no acababa de enfocarse.

—No sé —dije—. No creo que tenga futuro en esa planta.

Entré en el *Gran Azul* y me despedí con un ademán de mi madre.

Mi madre le dirigió a Mitchell una última mirada de advertencia y regresó a casa.

—Está en plena menopausia —le expliqué a Bob—. Se excita con facilidad. No hay de qué preocuparse.

Siete

Conduje hasta la oficina con Mitchell y Habib pegados detrás. Lula miró por la ventana cuando Bob y yo entramos.

—Por lo visto esos dos idiotas han conseguido un coche alfombra.

—Ajá. Llevan conmigo desde el amanecer. Dicen que su jefe está perdiendo la paciencia con lo de la caza de Ranger.

—No es el único —intervino Vinnie desde su despacho—. Joyce no está consiguiendo absolutamente nada y yo me siento al borde de la úlcera. Por no mencionar que he empeñado mucho dinero por Morris Munson. Harías mejor en mover el culo y encontrar a ese cretino.

Con un poco de suerte Morris Munson estaría para entonces en el Tíbet y yo jamás lo encontraría.

—¿Alguna novedad? —le pregunté a Connie.

—Nada que te interese saber.

—Díselo de todas formas. Ésa sí que es buena —dijo Lula.

—Anoche Vinnie sacó bajo fianza a un tipo llamado Douglas Kruper. Kruper le vendió un coche a la hija de quince años de uno de nuestros ilustres senadores. De camino a casa después de comprar el coche, la niña fue detenida por saltarse un semáforo y conducir sin carnet, y resultó que el coche era robado. Y ahora viene lo mejor: el coche se describe como un Rollswagen. ¿Por casualidad conoces a alguien llamado Douglas Kruper?

—También se le conoce por El Proveedor —respondí—. Iba conmigo al colegio.

—Bueno, pues no va a proveer muchas más cosas por una buena temporada.

—¿Cómo se tomó que lo arrestaran? —le pregunté a Vinnie.

—Lloró como una criatura —dijo Vinnie—. Fue muy desagradable; una verdadera deshonra para los criminales de todo el mundo.

Sólo por pasar el rato me dirigí al archivador a comprobar si teníamos algo sobre Cynthia Lotte. No me sorprendió demasiado que no lo hubiese.

—Tengo un recado que hacer en el centro —dije—. ¿Os parece bien que deje a Bob aquí? Estaré de vuelta en una hora o así.

—Siempre y cuando no entre en mi despacho —dijo Vinnie.

—Ya, no hablarías así si Bob fuese una cabra —intervino Lula.

Vinnie cerró de un portazo y echó el pestillo.

Le dije a Bob que volvería a tiempo para la comida y me apresuré hacia el coche. En el cajero automático más cercano saqué cincuenta dólares de mi cuenta corriente; luego me dirigí a la calle Grant. Dougie tenía dos cajas de perfume Dolce Vita que me habían parecido un lujo excesivo cuando devolví la máquina del viento, pero que quizá hubiesen bajado de precio ahora que tenía problemas legales. No es que yo fuera de las que se aprovechan de la desgracia ajena... pero qué demonios, estábamos hablando nada menos que de Dolce Vita.

Había tres coches aparcados ante la casa de Dougie cuando llegué. Reconocí uno de ellos como perteneciente a mi amigo Eddie Gazzara. Eddie y yo crecimos juntos. Ahora es policía y está casado con mi prima Shirley *La Quejica*. Había un distintivo de una asociación benéfica en pro de los polis en el segundo coche, y el tercero era un Cadillac de quince años que aún lucía la pintura original y no tenía ni una sola mota de óxido. No quería considerar lo que aquello implicaba, pero se parecía un montón al coche de Louise Greeber. ¿Qué estaría haciendo allí una de las amigas de la abuela?

En el interior, la pequeña casa adosada estaba atiborrada de gente y de mercancía. Dougie iba de una persona a otra con pinta de aturdido.

—Todo tiene que salir —me dijo—. Estoy liquidando.

El Porreta también estaba.

—Eh, esto no es justo —me comentó—. Este individuo tenía un negocio en marcha. Tiene derecho a llevar un negocio, ¿verdad? Quiero decir, ¿dónde están sus derechos? De acuerdo, le vendió un coche robado a una niña. Pero bueno, todos cometemos errores. ¿No tengo razón en eso?

—Si cometes un crimen luego tienes que pagarlo —intervino Gazzara sosteniendo un montón de Levi's—. ¿Cuánto pides por éstos, Dougie?

Me llevé a Gazzara a un lado.

—He de hablar contigo sobre Ranger.

—Allen Barnes lo está buscando sin parar —explicó Gazzara.

—¿Tiene Barnes algo sobre Ranger aparte de la cinta de vídeo?

—No lo sé. No estoy en el caso. No se filtra gran cosa sobre este caso. Nadie quiere cometer errores con Ranger.

—¿Busca Barnes a otros sospechosos?

—No que yo sepa. Pero, como te he dicho, no estoy en el ajo.

Un coche patrulla aparcó en segunda fila en la calle y entraron dos policías de uniforme.

—Me he enterado de que hay liquidación total por incendio —dijo uno de ellos—. ¿Queda alguna tostadora?

Saqué dos frascos de perfume de la caja y le di a Dougie un billete de diez dólares.

—¿Qué vas a hacer ahora?

—No lo sé. Me siento un fracasado, de verdad —contestó Dougie—. Nada de lo que hago me sale bien. Algunos sencillamente no tenemos suerte.

—Tienes que mantener la cabeza bien alta, amigo —le aconsejó El Porreta—. Ya saldrá otra cosa. Tienes que hacer como yo. Tienes que dejarte llevar por la corriente.

—¡Voy a ir a la cárcel! —se lamentó Dougie—. ¡Van a mandarme a la cárcel!

—¿Ves a qué me refería? —dijo El Porreta—. Siempre sale algo. Si vas a la cárcel no tienes que preocuparte por nada. Ni de pagar el alquiler. Ni de deslomarte para ganarte el pan. Tendrás el dentista gratis. Y eso merece la pena, amigo. No irás a hacerle ascos a un dentista gratis.

Todos nos quedamos un rato mirando a El Porreta, debatiendo si sería sensato responderle.

Crucé la casa y eché un vistazo por las ventanas de atrás, pero no vi a la abuela ni a Louise Greeber. Le dije adiós a Gazzara y me abrí camino hasta la puerta a través de la multitud.

—Un detalle por tu parte lo de echarle una mano a Dougie —me dijo El Porreta cuando me iba—. Has estado genial, chica.

—Sólo quería un poco de Dolce Vita —dije.

El Cadillac ya no estaba aparcado en la calle. El coche alfombra esperaba en la esquina. Entré en el Buick y me rocié con un poco de perfume para compensar el grano de la barbilla y los vaqueros hechos polvo y agujereados. Decidí que necesitaba algo más que perfume, así que me puse un poco más de rímel y me cardé el pelo. Mejor parecer una fulana con grano que una idiota con grano.

Conduje hacia el centro, hasta la oficina de mi ex marido en el edificio Shuman. Richard Orr, abogado y cerdo mujeriego. Era asociado en un bufete de esos con varios nombres: Rabinowitz, Rabinowitz, Zeller y Cerdo. Subí en ascensor hasta la primera planta y busqué la puerta con su nombre en letras doradas. No lo visitaba con frecuencia. El nuestro no había sido un divorcio amistoso y Dickie y yo no intercambiábamos tarjetas de Navidad. De vez en cuando nuestras sendas profesionales se cruzaban.

Cynthia Lotte estaba sentada al escritorio de la entrada y tenía el aspecto de un anuncio de Ann Taylor con un simple traje gris y camisa blanca. Alzó una mirada de alarma cuando entré por la puerta; era obvio que me reconocía de mi última visita, en la que Dickie y yo tuvimos un pequeño desacuerdo.

—No está en su despacho —me dijo.

Dios existe al fin y al cabo.

—¿Cuándo volverá?

—Es difícil decirlo. Hoy está en los tribunales.

No llevaba una alianza en el dedo. Y no parecía consternada. En realidad se la veía de lo más contenta aparte del hecho de que la loca de la ex mujer de Dickie estuviese en su oficina.

Fingí admirar la zona de recepción con ojos como platos.

—Qué bonito es esto. Ha de ser estupendo trabajar aquí.

—Normalmente.

Supuse que eso significaba: «Casi siempre, excepto en este momento».

—Supongo que es un buen sitio para trabajar si una está soltera. Probablemente tendrás oportunidad de conocer a montones de hombres.

—¿Pretendes llegar a alguna parte?

—Bueno, sólo pensaba en Homero Ramos. Ya sabes, me preguntaba si lo conociste aquí, en la oficina.

Se hizo un silencio sepulcral que duró varios segundos, y habría jurado que oí latir su corazón. No dijo nada. Y yo tampoco dije nada. No podía saber qué ocurría dentro de su cabeza, pero yo al menos estaba haciendo crujir mentalmente los nudillos. En realidad, la pregunta sobre Homero Ramos me había salido un poco más brusca de lo planeado y me sentía algo incómoda. Sólo suelo ser grosera con la gente mentalmente.

Cynthia Lotte recobró la compostura y me miró a los ojos. Su actitud fue recatada y su voz sonó solícita.

—No es que quiera cambiar de tema ni nada parecido —dijo—, pero ¿has probado a maquillarte un poco ese grano?

Inspiré entre dientes.

—Esto... no, no lo había pensado.

—Deberías tener cuidado, porque cuando se ponen tan grandes y rojos y llenos de pus pueden dejar cicatrices.

Me llevé los dedos a la barbilla antes de poder evitarlo. Dios santo, tenía razón. Lo sentía enorme. Estaba creciendo. ¡Maldición! Se me puso en marcha la función de reacción de emergencia y el mensaje que envió a mi cerebro fue: ¡Lárgate! ¡Escóndete!

—Bueno, de todas formas tengo que marcharme —dije, retrocediendo—. Dile a Dickie que no quería nada en especial. Andaba por el barrio y se me ocurrió pasar a decirle hola.

Salí de la oficina, bajé por las escaleras, crucé a toda prisa el vestíbulo y salí por la puerta. Me embutí en el Buick y volví de un tirón el retrovisor para verme el grano.

¡Qué asco!

Me recliné en el asiento y cerré los ojos. Ya era bastante malo tener un grano de mil demonios, pero además Cynthia Lotte había sabido ser más grosera que yo. No había descubierto nada para Ranger. Lo único que sabía sobre Lotte era que le sentaba bien el gris y que me había metido el dedo en la llaga. Una sola mención de mi grano había bastado para hacerme salir por la puerta.

Me volví para mirar el edificio Shuman y me pregunté si Ramos habría hecho negocios con la empresa de Dickie. Y qué clase de negocios. Habría tenido sentido que Cynthia conociese a Ramos de esa manera. Por supuesto, también podía habérselo encontrado por la calle. El edificio de oficinas de los Ramos no estaba más que a una manzana de distancia.

Metí la primera en el Buick y pasé lentamente ante el edificio de los Ramos. Habían quitado la cinta de precinto policial y vi obreros en el vestíbulo. El callejón de servicio que discurría al otro lado de la puerta trasera estaba atestado de camiones de obras. Volví por donde había venido y me detuve en Radio Shack, en la Tercera.

—Necesito alguna clase de alarma —le dije al chico del mostrador—. Nada del otro mundo. Sólo algo que me haga saber cuándo abren la puerta de mi casa. ¡Y deja ya de mirarme la barbilla!

—Yo no te estaba mirando la barbilla. ¡Te lo juro! Ni siquiera me había fijado en ese grano enorme.

Media hora más tarde iba de camino a la oficina para recoger a Bob. A mi lado, en el asiento, había una pequeña bolsa con un aparatito detector de movimiento para la puerta de mi casa. Me dije que era necesario para mi seguridad, pero la verdad es que sabía cuál era su propósito: alertarme siempre que Ranger entrase a hurtadillas en mi apartamento. Y ¿por qué sentía la necesidad de tener ese aparatito? ¿Tenía acaso algo que ver con el miedo? No. Aunque sí había veces en que Ranger podía resultar un poco terrorífico. ¿Tenía algo que ver con la desconfianza? No. Yo confiaba en Ranger. La verdad es que había comprado la alarma porque, sólo por una vez, quería ser yo quien tuviese ventaja. Me estaba volviendo loca que Ranger pudiese entrar en mi apartamento sin siquiera despertarme.

Me detuve en un Kentucky y compré un cubo de *nuggets* de pollo para el almuerzo. Me figuré que eran lo mejor para Bob. Sin huesos que se le pudiesen atragantar.

A todo el mundo le brillaron los ojos cuando entré por la puerta con mi cubo de *nuggets*.

—Bob y yo estábamos precisamente pensando en pollo —dijo Lula—. Debes de habernos leído la mente.

Le quité la tapa al cubo, la puse en el suelo y vertí en ella un buen montón de *nuggets* para Bob. Guardé uno para mí y le tendí el resto a Lula y Connie. Entonces llamé a mi prima Bunny al Departamento Estatal de Créditos y Morosos.

—¿Qué tienes sobre Cynthia Lotte? —le pregunté.

Un minuto más tarde estaba de vuelta con la respuesta.

—No hay gran cosa —explicó—. Un préstamo reciente para un coche. Paga sus facturas cuando es debido. Está todo en regla. Vive en Ewing —la línea quedó en silencio por unos instantes—. ¿Qué estás buscando?

—No lo sé. Trabaja para Dickie.

—¡Ah!

Como si aquello lo explicase todo.

Apunté la dirección y el teléfono de Lotte y me despedí de Bunny.

A la siguiente persona que llamé fue a Morelli. No contestaba en ninguno de sus números, de forma que le dejé un mensaje en el busca.

—Qué curioso —comentó Lula—. ¿No habías puesto el pollo sobre la tapa del cubo? Pues no consigo encontrar esa tapa por ninguna parte.

Todas miramos a Bob. Tenía un pequeño pedazo de cartón pegado al labio.

—Vaya —dijo Lula—. Me hace parecer una simple aficionada.

—A ver, ¿notas algo raro en mí? —pregunté.

—Sólo que tienes un grano enorme en la barbilla. Debes de estar en esos días del mes, ¿eh?

—¡Es estrés! —hundí la cabeza en el bolso en busca de maquillaje corrector. Linterna, cepillo de pelo, lápiz de labios, chicles Juicy Fruit, pistola de descargas eléctricas, pañuelos de papel, crema de manos, espray de autodefensa. No había maquillaje.

—Yo tengo tiritas —sugirió Connie—. Podrías probar a tapártelo con una tirita.

Me pegué una tirita sobre el grano.

—Así está mejor —opinó Lula—. Ahora parece que te hayas cortado al afeitarte.

Estupendo.

—Antes de que lo olvide —intervino Connie—. Mientras estabas al teléfono con el departamento de créditos y morosos he recibido una llamada sobre Ranger. Han expedido una orden para su arresto en relación con el asesinato de Ramos.

—¿Qué dice la orden? —pregunté.

—Que se lo busca para interrogarlo.

—Así empezó lo de O. J. Simpson —comentó Lula—. Sólo lo buscaban para interrogarlo. Y mirad cómo acabó la cosa.

Yo quería ir a echar un vistazo a la casa de Aníbal, pero no arrastrar hasta allí a Mitchell y Habib.

—Necesito una maniobra de distracción —le dije a Lula—. Quiero librarme de esos dos tipos del coche alfombra.

—¿Te refieres a que de verdad quieres librarte de ellos? ¿O a que no quieres que te sigan?

—A que no quiero que me sigan.

—Bueno, pues eso es bien fácil —extrajo un 45 del cajón de su escritorio—. No tengo más que pegar un par de tiros.

—¡No! ¡Nada de disparar!

—Siempre andas con todas esas normas —dijo Lula.

Vinnie asomó la cabeza desde su despacho.

—¿Y si les hacéis lo de la bolsa ardiendo?

Volvimos nuestras cabezas hacia él.

—Es una broma que suele hacerse en el porche de alguien —explicó Vinnie—. Uno pone un poco de mierda de perro en una bolsa. Luego deja la bolsa en el porche del imbécil en cuestión y llama al timbre. Entonces le prende fuego a la bolsa y se larga corriendo. Cuando la víctima abre la puerta ve la bolsa ardiendo y la pisotea para apagarla.

—¿Y?

—Y acaba con todo el zapato lleno de mierda de perro —concluyó Vinnie—. Si se lo hacéis a esos dos y acaban con los zapatos llenos de mierda, estarán distraídos cuando os larguéis en el coche.

—Pero no tenemos porche —comentó Lula.

—¡Usad la imaginación! —exclamó Vinnie—. Ponedla justo detrás del coche. Entonces os escondéis y alguien les dice a gritos desde la oficina que algo se quema bajo su coche.

—Me gusta bastante cómo suena eso —opinó Lula—. Sólo que necesitamos un poco de caca de perro.

La atención de todos se concentró en Bob.

Connie abrió el último cajón y sacó una bolsa de papel marrón de su almuerzo.

—Tengo una bolsa, y podéis utilizar el cubo de pollo vacío de recogedor de excrementos.

Le puse la correa a Bob, y Lula, Bob y yo salimos por la puerta trasera para dar un paseo. Bob hizo unos cuarenta pipís, pero ninguna contribución para nuestra bolsa.

—No se le ve motivado —comentó Lula—. Quizá deberíamos llevarle al parque.

El parque estaba a sólo dos manzanas, de forma que llevamos a Bob allí y esperamos a que atendiera a la llamada de la naturaleza. Pero la naturaleza no estaba llamando a Bob.

—¿Te has dado cuenta de que cuando no quieres caca de perro parece haberla por todas partes? —dijo Lula—. Y ahora que sí la queremos... —abrió mucho los ojos—. Espera un momento. Perro a las doce en punto. Y es un perro bien grande.

En efecto, alguien más estaba paseando a su perro en el parque. El perro era grande y negro. La anciana del otro extremo de la correa era menuda y blanca. Llevaba zapatos de tacón bajo, un voluminoso abrigo de tweed marrón y el cabello entrecano recogido bajo un gorrito de punto. En una mano llevaba una bolsa de plástico y una servilleta de papel. La bolsa estaba vacía.

—No es que quiera blasfemar o algo así —dijo Lula—, pero Dios nos ha enviado a este perro.

El perro se paró de pronto y se encorvó, y Lula, Bob y yo echamos a correr por el césped. Yo llevaba a Bob sujeto con la correa y Lula agitaba en el aire el cubo de pollo y la bolsa de papel, y ya íbamos a toda velocidad cuando la mujer alzó la mirada y nos vio. Se quedó lívida y retrocedió tambaleándose.

—Soy vieja —dijo—. No tengo dinero. Márchense. No me hagan daño.

—No queremos su dinero —explicó Lula—. Queremos su caca.

La mujer bloqueó la correa del perro.

—No pueden quedarse con la caca. Tengo que llevármela a casa. Es lo que dice la ley.

—La ley no dice que sea usted quien tenga que llevársela —corrigió Lula—. Sólo que alguien tiene que hacerlo. Y nos estamos ofreciendo voluntarias.

El perro negro dejó de hacer lo que estaba haciendo y olisqueó a Bob inquisitivamente. Bob le olisqueó a su vez y luego miró la entrepierna de la anciana.

—Ni se te ocurra —le dije.

—No sé si eso está bien —dijo la mujer—. Nunca he oído hablar de algo así. Se supone que soy yo quien ha de llevarse la caca a casa.

—De acuerdo —respondió Lula—, le pagaremos la caca —se volvió hacia mí—. Dale un par de dólares por su caca.

Rebusqué en mis bolsillos.

—No llevo dinero encima. No he traído el bolso.

—No pienso aceptar menos de cinco dólares —dijo la mujer.

—Resulta que no llevamos dinero encima —explicó Lula.

—Entonces la caca es mía —concluyó la mujer.

—¡Y un cuerno que es suya! —gritó Lula, apartando de en medio a la mujer para recoger la caca y meterla en el cubo de pollo—. Necesitamos esta caca.

—¡Socorro! —exclamó la mujer—. ¡Se llevan mi caca! ¡Deténganlas! ¡Ladronas!

—La tengo —anunció Lula—. La tengo toda —y Lula, Bob y yo corrimos como el viento de vuelta a la oficina con nuestro cubo de caca.

Nos reunimos en la puerta trasera de la oficina. Bob estaba encantado y daba saltos por ahí. Pero Lula y yo estábamos sin aliento.

—Por un momento he creído que iba a alcanzarnos —comentó Lula—. Corre bastante rápido para ser una anciana.

—No estaba corriendo —expliqué—. El perro la estaba arrastrando en su intento de alcanzar a Bob.

Sostuve abierta la bolsa de papel y Lula echó la caca dentro.

—Esto va a ser divertido —dijo Lula—. No puedo esperar a ver a esos dos pisotear esta bolsa de mierda.

Lula se dirigió a la parte delantera del edificio con la bolsa y un Bic. Y Bob y yo entramos en la oficina por la puerta trasera. Habib y Mitchell estaban aparcados junto al bordillo, justo detrás de mi Buick.

Connie, Vinnie y yo espiamos a través de la ventana delantera mientras Lula se acercaba con sigilo a la parte de atrás del coche alfombra. Dejó la bolsa en el suelo, justo detrás del parachoques. Vimos encenderse el mechero, y Lula se apartó de un salto y se escabulló rodeando la esquina.

Connie asomó la cabeza por la puerta.

—¡Eh! —exclamó—. ¡Eh, los del coche..., hay algo ardiendo detrás de vosotros!

Mitchell bajó la ventanilla.

—¿Qué?

—¡Está ardiendo algo detrás de vuestro coche!

Mitchell y Habib salieron a echar un vistazo y todos salimos precipitadamente de la oficina para unirnos a ellos.

—No es más que basura —le dijo Mitchell a Habib—. Apártala de una patada, no vaya a dañar el coche.

—Está ardiendo —se quejó Habib—. No quiero tocar una bolsa ardiendo con el zapato.

—Esto es lo que le pasa a uno cuando contrata a un maldito jinete de camellos —soltó Mitchell—. En tu país no sabéis lo que es la ética laboral.

—Eso no es verdad. Trabajo muy duro en Pakistán. En mi pueblo tenemos una fábrica de alfombras y yo me encargo de pegar a los niños rebeldes que trabajan en ella. Es un empleo muy bueno.

—Vaya —ironizó Mitchell—. ¿Les pegas a los niños pequeños que trabajan en la fábrica?

—Sí, con un bastón. Es un puesto que requiere gran destreza. Al pegarles a los niños tienes que ir con cuidado de no aplastarles los deditos o no serán capaces de atar los nudos más pequeños.

—Eso es repugnante —intervine.

—Oh, no —dijo Habib—. A los niños les gusta, y ganan mucho dinero para sus familias —se volvió hacia Mitchell y blandió el índice ante él—. Y trabajo muy duro pegándoles a esos niños, así que no deberías decir esas cosas acerca de mí.

—Lo siento —dijo Mitchell—. Supongo que me había equivocado contigo.

Le dio una patada a la bolsa. La bolsa se rompió y parte del contenido se le pegó al zapato.

—¿Qué diablos...? —Mitchell sacudió el pie y la mierda de perro ardiendo voló en todas direcciones. Un gran pegote aterrizó en la alfombra del coche; se oyó el siseo de la ignición y las llamas se propagaron por todas partes.

—¡Me cago en la leche! —soltó Mitchell; agarró a Habib y ambos cayeron hacia atrás sobre el bordillo.

El fuego crepitó y chisporroteó y el interior fue pasto de las llamas. Hubo una pequeña explosión cuando éstas llegaron al depósito de gasolina, y el coche quedó envuelto en humo negro.

—Me temo que no utilizaron una de esas alfombras ignífugas —comentó Lula.

Mitchell y Habib estaban pegados a la pared del edificio, boquiabiertos.

—Probablemente podrías irte —ironizó Lula—. No creo que vayan a seguirte.

Para cuando llegaron los camiones de bomberos, el coche alfombra era en su mayor parte carcasa y el fuego se había reducido hasta el punto perfecto para asar salchichas. Mi Buick estaba a unos tres metros del coche alfombra, pero el Gran Azul quedó intacto. Ni siquiera le habían salido ampollas en la pintura. La única diferencia era una manecilla de la puerta algo más caliente de lo habitual.

—Tengo que irme —le dije a Mitchell—. Qué pena lo del coche. Y yo no me preocuparía de vuestras cejas. Ahora mismo están un poco chamuscadas, pero lo más probable es que os vuelvan a crecer. Una vez me pasó esto mismo a mí, y al final todo salió bien.

—¿Qué?... ¿Cómo?... —preguntó Mitchell.

Cargué a Bob en el Buick y me aparté del bordillo para abrirme paso entre coches de policía y camiones de bomberos.

Carl Costanza iba de uniforme y dirigía el tráfico.

—Por lo visto estás de buena racha —bromeó—. Éste es el segundo coche que tuestas esta semana.

—¡No ha sido culpa mía! ¡Ni siquiera era mi coche!

—He oído que alguien les ha gastado la vieja broma de la bolsa llena de mierda a los dos títeres de Arturo Stolle.

—¿Lo dices en serio? Supongo que no sabrás quién lo ha hecho, ¿no?

—Qué divertido, yo iba a preguntarte a ti si lo sabías.

—Yo he preguntado primero.

Costanza esbozó una pequeña mueca.

—No. No sé quién lo ha hecho.

—Yo tampoco.

—Eres una tonta —dijo Costanza—. No puedo creer que te dejaras embaucar y te quedaras el perro de Simon.

—Digamos que me gusta.

—Sólo procura no dejarle solo en el coche.

—¿Lo dices porque va contra la ley?

—No. Porque se comió el asiento delantero de Simon. Lo único que quedó fueron unos trocitos de gomaespuma y unos cuantos muelles.

—Gracias por compartir eso conmigo.

Costanza esbozó una amplia sonrisa.

—Pensaba que querrías saberlo.

Me alejé de allí, pensando que si Bob se comía el asiento del Gran Azul éste probablemente se regeneraría. A riesgo de sonar como la abuela, empezaba a preguntarme qué pasaba con el Gran Azul. Era como si aquel maldito trasto fuese inmune a los daños. Tenía casi cincuenta años y la pintura original estaba en perfectas condiciones. En torno a mí los coches acababan abollados, calcinados o más planos que un crep, pero al Gran Azul nunca le pasaba nada.

—Es absolutamente espeluznante —le dije a Bob.

Bob tenía el hocico pegado a la ventanilla y no pareció que le importara gran cosa mi comentario.

Aún transitaba por Hamilton cuando oí sonar el móvil.

—Hola, nena —dijo Ranger—. ¿Qué tienes para mí?

—Sólo unos datos básicos sobre Lotte. ¿Quieres saber dónde vive?

—Paso.

—Le sienta bien el gris.

—Eso va a hacerme seguir viviendo.

—¿Qué, hoy estás de mala leche?

—Con eso te quedas pero que muy corta. Tengo que pedirte un favor. Necesito que le eches un vistazo a la parte trasera de la casa de Deal. Sospecharían de cualquier otro miembro del equipo, pero una mujer paseando el perro por la playa no les va a parecer una amenaza a los guardaespaldas de Ramos. Quiero una descripción de la casa. Cuenta puertas y ventanas.

Había una playa pública a unos cuatrocientos metros de la residencia de los Ramos. Aparqué en la carretera y Bob y yo cruzamos un corto trecho de dunas bajas. El cielo estaba cubierto y el aire era más frío que en Trenton. Bob apuntó el hocico al viento y pareció muy animado, yo me abroché la chaqueta hasta el cuello y deseé haberme puesto algo de más abrigo. La mayor parte de las casas grandes y caras que se alzaban sobre las dunas estaban cerradas y desocupadas. Espumosas olas grises avanzaban rugientes hacia nosotros. Unas cuantas gaviotas correteaban en la orilla, pero eso era todo. Sólo estábamos Bob, yo y las gaviotas.

La gran casa rosa apareció ante mi vista, más expuesta por el lado de la costa que por el de la calle. La mayor parte de la planta baja y todo el primer piso eran claramente visibles. Un porche recorría a lo largo toda la estructura principal. De ella partían dos alas adosadas. El ala norte consistía en garajes en la planta baja y sobre ellos, posiblemente, dormitorios. El ala sur tenía dos plantas y parecía enteramente residencial.

Continué caminando por la arena, pues no quería parecer excesivamente curiosa mientras hacía recuento de puertas y ventanas. No era más que una mujer paseando al perro y congelándose el culo. Llevaba conmigo unos prismáticos, pero me daba miedo utilizarlos. No quería levantar sospechas. Me era imposible saber si alguien me observaba desde una ventana. Bob correteaba a mi alrededor, ajeno a todo, encantado de estar al aire libre. Continué varias casas más allá, dibujé un diagrama en un pedazo de papel, me volví y emprendí el camino de regreso hacia la rampa de acceso en la que había aparcado el Buick. Misión cumplida.

Bob y yo nos metimos en el Gran Azul y nos alejamos con estruendo calle abajo para pasar una vez más ante la casa de los Ramos. Cuando me detuve en la esquina un hombre de sesenta y tantos años saltó del bordillo hacia mí. Llevaba chándal y zapatillas de deporte. Y me hacía señas con las manos.

—Para —dijo—. Para un segundo.

Habría jurado que se trataba de Alexander Ramos. No, qué ridiculez.

Llegó corriendo hasta la puerta del copiloto y dio unos golpecitos en la ventanilla.

—¿Tienes un cigarrillo? —preguntó.

—Yo... esto... no.

Me enseñó un billete de veinte dólares.

—Llévame a la tienda a comprar cigarrillos. Sólo tardaremos un minuto.

Acento marcado. Las mismas facciones aguileñas. La misma altura y la misma complexión. Desde luego, parecía Alexander Ramos.

—¿Vive usted por aquí? —le pregunté.

—Ajá, vivo en esa monstruosidad rosa de mierda. ¿Y a ti qué más te da? ¿Vas a llevarme a la tienda o no?

¡Dios santo! Sí que era Ramos.

—No suelo subir a extraños en mi coche.

—Venga, no fastidies. Necesito cigarrillos. Además, llevas un perrazo en el asiento de atrás y tienes pinta de andar por ahí llevando extraños en tu coche. ¿Qué te has creído? ¿Que nací ayer?

—Ayer no, desde luego.

Abrió de un tirón la puerta del pasajero y entró en el coche.

—Muy graciosa. Tenía que parar a una payasa.

—No conozco muy bien la zona. ¿Dónde he de ir para comprar cigarrillos?

—Dobla esa esquina. Hay una tienda a unos quinientos metros.

—Si está sólo a quinientos metros, ¿por qué no va andando?

—Tengo mis razones.

—Se supone que no debería fumar, ¿eh? ¿No quiere que nadie le pille yendo a la tienda?

—Malditos médicos. Tengo que salir a hurtadillas de mi propia casa sólo para fumarme un cigarrillo —hizo un ademán despreciativo—. No soporto estar en esa casa, además. Es como un mausoleo lleno de fiambres. Maldito pedazo de mierda rosa.

—Si no le gusta la casa, ¿por qué vive en ella?

—Buena pregunta. Debería venderla. Nunca me gustó, ni siquiera al principio, pero acababa de casarme y mi mujer quería esta casa. Todo lo relacionado con ella era rosa —reflexionó unos instantes—. ¿Cómo se llamaba? ¿Trixie? ¿Trudie? Dios, ni siquiera me acuerdo.

—¿No se acuerda del nombre de su esposa?

—He tenido un montón de esposas. Un montón. Cuatro. No, espera un segundo..., cinco.

—¿Está casado ahora?

Negó con la cabeza.

—Para mí se acabó lo del matrimonio. Me operaron de la próstata el año pasado. Antes las mujeres solían casarse conmigo por mis pelotas y mi dinero. Ahora sólo se casarían conmigo por mi dinero —negó con la cabeza—. Uno tiene que tener ciertos estándares, ¿sabes?

Me paré en la tienda y Ramos bajó del coche de un salto.

—No te vayas. Vuelvo enseguida.

Una parte de mí quería poner pies en polvorosa. Ésa era la parte cobarde. Y otra quería exclamar: «¡Yupi!». Ésa era la parte estúpida.

Al cabo de dos minutos estaba de vuelta en el coche encendiendo un cigarrillo.

—¡Eh! —le dije—, en mi coche no se fuma.

—Te daré otros veinte.

—No quiero los primeros veinte. Y la respuesta es no. En este coche no se fuma.

—Odio este país. Nadie sabe disfrutar de la vida. Todo el mundo bebe esa mierda de leche desnatada —señaló el cruce—. Gira ahí y ve hacia la avenida Shoreline.

—¿Adónde vamos?

—A un bar que conozco.

Justo lo que necesitaba, que Aníbal saliera en busca de su padre y nos encontrara a los dos tan amigos en un bar.

—No creo que sea buena idea.

—¿Vas a dejarme fumar en el coche?

—No.

—Entonces vamos a Sal's.

—Vale, le llevaré a Sal's, pero no pienso entrar.

—Claro que vas a entrar.

—Pero mi perro...

—Que tu perro venga también. Le invitaré a una cerveza y un bocadillo.

Sal's era pequeño y oscuro. La barra recorría todo el local. En un extremo había sentados dos hombres que bebían en silencio y veían la televisión. A la derecha de la puerta se apiñaban tres mesas. Ramos se sentó en una de ellas.

Sin que se lo pidieran, el barman le trajo a Ramos una botella de ouzo y dos vasitos. Nadie dijo nada. Ramos apuró un vasito de ouzo; luego encendió un cigarrillo e inhaló profundamente.

—Ahhh —exclamó al exhalar el humo.

A veces envidio a la gente que fuma. Se los ve siempre tan felices al tragarse esa primera bocanada de alquitrán. No se me ocurren muchas cosas que me hagan así de feliz; quizá el pastel de cumpleaños.

Ramos se sirvió un segundo ouzo e inclinó la botella hacia mí.

—No gracias —dije—. He de conducir.

Negó con la cabeza.

—Vaya país de mariquitas —apuró el segundo vasito—. No me malinterpretes. Hay cosas que sí me gustan. Me gustan los cochazos americanos. Y me gusta el fútbol americano. Y me gustan las americanas de tetas grandes.

Oh, Dios.

—¿Hace autostop con frecuencia? —le pregunté.

—Siempre que puedo.

—¿No le parece peligroso? Suponga que lo recoge un chiflado.

Extrajo una calibre 22 del bolsillo.

—Le pegaría un tiro —dejó la pistola sobre la mesa, cerró los ojos y tragó más humo—. ¿Vives por aquí?

—No. Sólo vengo de vez en cuando a pasear al perro. Le gusta correr por la playa.

—¿Por qué llevas una tirita en la barbilla?

—Me he cortado al afeitarme.

Dejó un billete de veinte dólares sobre la mesa y se levantó.

—Conque te has cortado al afeitarte. Eso me gusta. No estás mal. Ya puedes llevarme a casa.

Lo dejé a una manzana de su casa.

—Vuelve mañana —dijo—. A la misma hora. A lo mejor te contrato como mi chófer particular.

La abuela estaba poniendo la mesa cuando Bob y yo llegamos a casa. El Porreta estaba apoltronado en el sofá viendo la tele.

—¡Eh! —saludó—, ¿cómo te va?

—No puedo quejarme —respondí—. ¿Qué tal te va a ti?

—No sé, chica. Sencillamente, no puedo creer que ya no exista El Proveedor. Pensaba que El Proveedor estaría ahí siempre. Me refiero a que estaba haciendo un servicio; era El Proveedor —negó con la cabeza—. Hace que mi mundo se tambalee.

—Necesita tomarse otra cervecita y calmarse un poco —intervino la abuela—. Y luego tendremos una cenita muy agradable. Siempre me gusta tener compañía para cenar. En especial cuando se trata de un hombre.

No estaba segura de que El Porreta contara como hombre. El Porreta era una especie de versión colocada de Peter Pan; El Porreta pasaba un montón de tiempo en la tierra de Nunca Jamás.

Bob salió de la cocina para dirigirse a El Porreta y pegarle una buena olisqueada en la entrepierna.

—Eh, amigo —se quejó El Porreta—, en la primera cita no, hombre.

—Hoy me he comprado un coche —anunció la abuela—. Y El Porreta me lo ha traído hasta aquí.

Me quedé boquiabierta.

—Pero si ya tienes un coche. Tienes el Buick del tío Sandor.

—Eso es verdad. Y no me malinterpretes, creo que es un coche estupendo. Sólo que decidí que no encajaba con mi nueva imagen. Me pareció que debía tener algo más deportivo. La cosa ha sido de lo más rocambolesca; cuando ha venido Louise para llevarme a conducir me ha contado que El Proveedor estaba liquidando. Así que, por supuesto, hemos ido corriendo a hacer acopio de Metamucil. Y entonces, mientras estábamos allí, me he comprado el coche.

—¿Le has comprado un coche a Dougie?

—Y que lo digas. Y es una monada.

Le dirigí a El Porreta una mirada asesina, pero fue un desperdicio con él. El alcance emocional de El Porreta no llegaba mucho más allá del sosiego.

—Espera a ver el coche de tu abuelita —comentó El Porreta—. Es un coche excelente.

—Es un coche de bombón —aseguró la abuela—. En él parezco Christie Brinkley.

Que se pareciera a David Brinkley aún podía creérmelo; lo de Christie era llevar la cosa un poco lejos. Pero bueno, si creerse eso hacía feliz a la abuela, por mí estupendo.

—¿Qué clase de coche es?

—Es un Corvette —respondió la abuela—. Y es rojo.

Ocho

De manera que mi abuela tiene un Corvette rojo y yo tengo un Buick del 53 y un grano enorme en la barbilla. Bueno, podría ser peor, me dije. Podría tener el grano en la nariz.

—Además —continuó la abuela—, sé lo mucho que te gusta ese Buick; no quería quitártelo.

Asentí con la cabeza y traté de sonreír.

—Perdonadme —dije—. Voy a lavarme las manos para cenar.

Me dirigí con calma al cuarto de baño, cerré la puerta, eché el pestillo, me contemplé en el espejo sobre el lavabo y solté un gemido. Una lágrima se me derramó del ojo izquierdo. Contrólate, me dije. No es más que un grano. Acabará por irse. Sí, pero ¿y el Buick?, me pregunté. El Buick sí que era preocupante; no parecía que fuera a irse a ninguna parte. Se me escapó otra lágrima. Eres demasiado emotiva, le dije a la persona del espejo. Estás haciendo una montaña de un grano de arena. Probablemente no se trata más que de un desequilibrio hormonal pasajero, provocado por la falta de sueño.

Me lavé la cara y me soné la nariz. Al menos esa noche dormiría mejor sabiendo que tenía una alarma en la puerta. No era tanto que me importara que Ranger me visitara a las dos de la madrugada; era más bien que odiaba que anduviese espiándome. ¿Y si babeaba mientras dormía y Ranger estaba ahí sentado mirándome? ¿Y si permanecía ahí sentado mirándome el grano?

El Porreta se marchó después de cenar y la abuela se fue a la cama temprano, después de enseñarme su coche nuevo.

Morelli me llamó a las nueve y cinco.

—Lo siento, no he podido llamarte antes. He tenido un día espantoso. ¿Qué tal te ha ido a ti?

—Me ha salido un grano.

—No puedo competir con eso.

—¿Conoces a una mujer llamada Cynthia Lotte? Se rumorea que era la novia de Homero Ramos.

—Por lo que sé sobre Homero, cambiaba de novia con la frecuencia con que otros hombres cambian de calcetines.

—¿Conoces a su padre?

—He hablado un par de veces con él.

—¿Y qué opinión te merece?

—Es el típico traficante de armas griego de la vieja escuela. Hace tiempo que no lo veo —hizo una pausa—. ¿Aún está contigo la abuela Mazur?

—Ajá.

Morelli exhaló un profundo suspiro.

—Mi madre quiere saber si te gustaría ir mañana a cenar. Va a preparar un asado de cerdo.

—Claro —respondió Morelli—. Tú estarás, ¿no?

—Yo y la abuela y Bob.

—¡Oh, Dios santo! —se lamentó Morelli.

Colgué el teléfono, me llevé a Bob a dar una vuelta a la manzana, le di una uva a Rex y luego vi un rato la tele. Me quedé dormida en algún momento del partido de hockey y me desperté a tiempo para ver la mitad de un programa especial sobre asesinos en serie y técnicas forenses. Cuando el programa terminó comprobé tres veces las cerraduras de la puerta de entrada y colgué del pomo el detector de movimiento. Si alguien abría la puerta se dispararía la alarma. La verdad es que confiaba en que no pasara, porque aquel programa me había dejado un poco asustada. Ranger mirándome el grano no parecía muy preocupante, comparado con alguien que me cortara la lengua y se la llevara a casa para su colección de lenguas congeladas. Sólo por si acaso fui a la cocina y escondí todos los cuchillos. No tenía sentido facilitarle las cosas a un loco para que me rajase con mi propio cuchillo de cortar carne. Entonces saqué la pistola de la caja de galletas y la metí bajo uno de los cojines del sofá por si la necesitaba con urgencia.

Apagué las luces y me arrebujé bajo el edredón en mi cama improvisada en el sofá. La abuela roncaba en el dormitorio. La nevera zumbó en la cocina al iniciar el ciclo de descongelado. Se oyó el sonido distante de la puerta de un coche al cerrarse en el aparcamiento. Me dije que todos ellos eran sonidos normales. Entonces, ¿por qué me palpitaba de aquella manera el corazón? Porque había visto ese estúpido programa sobre asesinos en la televisión, ahí estaba el motivo.

Vale, pues olvídate del programa. Duérmete ya. Piensa en otra cosa.

Cerré los ojos. Y pensé en Alexander Ramos, quien probablemente no era tan distinto de aquellos asesinos dementes que me producían palpitaciones. ¿Qué pasaba con Ramos? Un hombre que controlaba el flujo de armas clandestinas en el mundo entero, y tenía que parar a una desconocida para comprarse cigarrillos. Corría el rumor de que Ramos estaba enfermo, pero no me había parecido senil o chiflado cuando estaba conmigo. Un poco agresivo quizá. No le sobraba paciencia. Supuse que había sitios en los que su conducta habría parecido errática, pero en Jersey Ramos encajaba perfectamente.

Me había puesto tan nerviosa que apenas si le había hablado. Ahora que había transcurrido cierto tiempo, tenía un millón de preguntas. No sólo quería hablar más con él; sentía también una extraña curiosidad por ver el interior de su casa. De niña mis padres me habían llevado a Washington a ver la Casa Blanca. Habíamos hecho cola durante una hora y luego nos habían enseñado las habitaciones públicas. Vaya chasco. ¿A quién le importaba el comedor de Estado? Yo quería ver la cocina. Quería ver el baño del Presidente. Y ahora quería ver la alfombra de la sala de estar de Alexander Ramos. Quería curiosear en la suite de Aníbal y echar un vistazo en la nevera. Lo que quiero decir es que, después de todo, habían sido portada de *Newsweek*. Así que debían de ser interesantes, ¿no?

Eso me llevó a pensar en Aníbal, que no me había parecido interesante en absoluto. Y en Cynthia Lotte, quien tampoco era muy interesante que digamos. ¿Qué tal Cynthia Lotte desnuda con Homero Ramos? La cosa seguía sin ponerse interesante. Vale, entonces, ¿qué tal Cynthia Lotte con Batman? Eso estaba mejor. Un momento, ¿qué tal Aníbal Ramos y Batman? Qué asco. Corrí al lavabo a lavarme los dientes. No creo ser especialmente homofóbica, pero me dije que de Batman ya no pasaba.

Cuando salí del baño alguien hurgaba en la cerradura de mi puerta de entrada y se oía el sonido de algo que rascaba. La puerta se abrió de pronto y la alarma se disparó. La puerta quedó bloqueada por la cadena de seguridad y cuando llegué al vestíbulo vi a El Porreta mirarme desde el hueco de la puerta.

—Eh —dijo cuando hube desconectado la alarma—. ¿Qué tal te va?

—¿Qué haces aquí?

—He olvidado darle el duplicado de la llave del coche a tu abuela. La llevaba en el bolsillo. Así que se la he traído —dejó caer la llave en la palma de mi mano—. Chica, vaya alarma genial que tienes. Sé de alguien que consiguió una con la banda sonora de *Bonanza.* ¿Te acuerdas de *Bonanza*? Esa serie sí que era buena.

—¿Cómo has abierto la puerta?

—Con una ganzúa. No quería molestarte tan tarde.

—Muy considerado por tu parte.

—El Porreta siempre trata de ser considerado.

Me hizo el signo de la paz y se alejó tranquilamente escaleras abajo.

Cerré la puerta y volví a conectar la alarma. La abuela aún roncaba en el dormitorio y Bob ni se había movido de su sitio en el sofá. Si el asesino en serie aparecía en el apartamento, tendría que arreglármelas por mi cuenta.

Fui a echarle un vistazo a Rex y le expliqué lo de la alarma.

—No hay de qué preocuparse —le dije—. Ya sé que hace mucho ruido, pero al menos cuando ha sonado estabas despierto y correteando.

Rex mantenía el equilibrio sobre su minúsculo trasero de hámster; tenía las patas delanteras colgando ante sí, retorcía los bigotes, le vibraban las orejas tan finas como pergamino y abría desmesuradamente los ojillos como cojinetes negros. Dejé caer un pedazo de galleta salada en su taza de comida y se precipitó hacia ella para embutírsela en un carrillo y desaparecer en su lata de sopa. Rex sabe cómo enfrentarse a una crisis.

Volví al sofá y me tapé con el edredón hasta la barbilla. Nada de pensar en Batman, me dije. Nada de husmear bajo ese gran taparrabos de goma que lleva. Y nada de asesinos en serie. Y nada de Joe Morelli, pues podía verme tentada a llamarle y rogarle que se casara conmigo... o algo así.

¿En qué podía pensar entonces? ¿Qué tal en los ronquidos de la abuela? Eran lo bastante altos como para provocarme problemas de audición para el resto de mi vida. Habría enterrado la cabeza bajo la almohada, pero entonces a lo mejor no oía la alarma y el asesino en serie entraba y me cortaba la lengua. Oh, mierda, ya estaba pensando otra vez en el asesino en serie.

Volvió a oírse un ruido en la puerta. Traté de ver el reloj en la oscuridad. Tenía que ser alrededor de la una. La puerta se abrió con un leve chasquido y la alarma sonó. Ranger, sin duda. Me arreglé un poco el pelo y me aseguré de que la tirita estuviese aún en su sitio. Llevaba unos shorts de franela y una camiseta blanca y sufrí un ataque de pánico de última hora al pensar que quizá se me transparentaran los pezones. ¡Caramba! Tendría que haberlo pensado antes. Me precipité hacia el vestíbulo para silenciar la alarma, pero antes de que llegara aparecieron unas tenazas entre la puerta y la jamba que cortaron en dos la cadena de seguridad, y la puerta se abrió de par en par.

—Eh —le dije a Ranger—. ¡Eso es trampa!

Pero no fue Ranger quien entró por la puerta. Fue Morris Munson. Arrancó la alarma del pomo y la acuchilló con las tenazas. La alarma profirió un último chillido y murió. La abuela seguía roncando. Bob seguía despatarrado junto al sofá. Y Rex estaba en posición de firmes, haciendo su imitación de un oso pardo.

—Sorpresa —dijo Munson; cerró la puerta y dio unos pasos por el vestíbulo.

La pistola de descargas eléctricas, la linterna cachiporra y la lima de uñas estaban en mi bolso, que pendía del perchero fuera de mi alcance, detrás de Munson. La pistola estaba en algún sitio en el sofá, pero en realidad no quería utilizarla. Las pistolas me dan un miedo de muerte... y matan a la gente. Matar a la gente no está en los primeros puestos de mi lista de cosas favoritas que hacer.

Probablemente debería haberme alegrado de ver a Munson. Me refiero a que se suponía que le estaba buscando, ¿no? Y ahí estaba, en pleno allanamiento de mi morada.

—Quédate donde estás —le amenacé—. Has violado tu contrato de fianza, y quedas arrestado.

—Has arruinado mi vida —respondió—. Lo hice todo por ti, y has arruinado mi vida. Te lo quedaste todo. La casa, el coche, los muebles...

—¡Ésa fue tu ex mujer, pedazo de imbécil! ¿Me parezco a tu ex mujer?

—Más o menos.

—¡Qué va! —en especial puesto que su ex mujer estaba muerta y tenía huellas de neumático en la espalda—. ¿Cómo me has encontrado?

—Te seguí hasta casa un día. Es difícil perderte en ese Buick.

—En realidad no crees que sea tu esposa, ¿verdad?

Esbozó una sonrisa de completo chiflado.

—No, pero si creen que he perdido la cabeza puedo alegar demencia. El pobre marido consternado se vuelve loco. Contigo ya he preparado bien el terreno. Ahora lo único que tengo que hacer es rajarte un poco y prenderte fuego, y quedaré libre cual pajarito.

—¡Estás loco!

—¿Lo ves? Ya empieza a funcionar.

—Bueno, pues no estás de suerte, porque soy una profesional entrenada en autodefensa.

—No me tomes el pelo. He indagado por ahí sobre ti. No tienes ninguna formación. Vendías ropa interior de señora hasta que te despidieron.

—No me despidieron. Hubo reducción de plantilla.

—Lo que sea —abrió la mano con la palma para arriba para enseñarme una navaja automática. Oprimió el botón y la hoja se abrió—. Ahora, si cooperas un poco no será tan malo. No es que quiera matarte; sólo pensaba darte un par de navajazos para que la cosa quede bien. Quizá cortarte un pezón.

—¡Ni en broma!

—Oye, nena, no me fastidies, ¿de acuerdo? Me estoy enfrentando nada menos que a una acusación de asesinato.

—Esto es una estupidez. ¡Nunca funcionará! ¿Has hablado de ello con un abogado?

—¡No puedo permitirme un abogado! Mi mujer me dejó limpio.

Mientras hablábamos yo retrocedía muy poco a poco hacia el sofá. Ahora que conocía su plan de cortarme un pezón no me parecía tan mala idea utilizar la pistola.

—Quédate quieta —dijo—. No me vas a hacer perseguirte por todo el apartamento, ¿verdad?

—Sólo quiero sentarme. No me encuentro muy bien.

Eso no estaba muy lejos de la verdad. Sentía el corazón desbocado en el pecho y empezaba a sudar en la raíz del cabello. Me dejé caer en el sofá y hundí los dedos en el espacio entre los cojines. La pistola no estaba. Pasé la mano bajo el cojín que estaba junto a mí. La pistola seguía sin aparecer.

—¿Qué haces? —preguntó Munson.

—Busco un cigarrillo —respondí—. Necesito un último cigarrillo para calmarme los nervios.

—Olvídalo. Se acabó el tiempo —se abalanzó sobre mí con la navaja. Rodé sobre mí misma para apartarme y Munson hundió la navaja en el cojín del sofá.

Solté un grito y me puse a cuatro patas para buscar la pistola; al fin la encontré bajo el cojín del centro. Munson arremetió de nuevo y le disparé en un pie.

Bob abrió un ojo.

—¡Hija de puta! —chilló Munson; dejó caer la navaja y se aferró el pie—. ¡Hija de puta!

Retrocedí apuntándole con la pistola.

—Quedas arrestado.

—Me has disparado. Me has disparado. Voy a morirme. Voy a morir desangrado.

Ambos bajamos la mirada hacia su pie. No estaba lo que se dice manándole la sangre. Tenía una manchita sobre el dedo meñique.

—Por lo visto sólo te ha rozado —dije.

—¡Jesús! —dijo—, vaya desastre de tiro. Estabas justo encima de mí. ¿Cómo puedes haber fallado?

—¿Quieres que lo intente otra vez?

—Ya lo has fastidiado todo. Como siempre. Cada vez que tengo un plan tienes que fastidiármelo. Lo tenía todo bien pensado. Iba a venir aquí, cortarte un pezón y prenderte fuego. Y ahora se ha fastidiado todo —hizo un ademán que indicó repugnancia—. ¡Mujeres! —se volvió y empezó a cojear hacia la puerta.

—¡Eh! —exclamé—. ¿Adónde vas?

—Me largo. El dedo me está matando. Y mira mi zapato. Tiene un buen agujero. ¿Qué te crees, que los zapatos crecen en los árboles? ¿Lo ves?, a eso me refería. No piensas más que en ti misma. Las mujeres sois todas iguales; siempre es: «Mío, mío; dame, dame».

—No te preocupes por el zapato. El Estado se encargará de que consigas uno nuevo.

Además de un bonito mono de presidiario y unos grilletes.

—Olvídalo. No pienso volver a la cárcel hasta que todo el mundo esté convencido de mi demencia.

—Pues a mí me has convertido en creyente. Además, tengo una pistola y te dispararé si he de hacerlo.

Levantó ambas manos.

—Adelante, dispárame.

No sólo no podía dispararle a un hombre desarmado, sino que además me había quedado sin balas. Estaban en mi lista de la compra: leche, pan, balas.

Pasé corriendo junto a él, arranqué el bolso del perchero y volqué el contenido en el suelo, pues era la ruta más rápida para encontrar las esposas y el espray de autodefensa. Ambos nos sumergimos en la basura desparramada, y Munson ganó. Se hizo con el espray y dio un salto hacia la puerta.

—Si vienes a por mí te rocío de espray —amenazó.

Le observé alejarse pasillo abajo con una especie de galope para no forzar el pie herido. Se detuvo ante las puertas del ascensor y agitó el espray hacia mí.

—Volveré —dijo. Entonces entró en el ascensor y desapareció.

Cerré la puerta y eché la llave. Genial, como si eso sirviera de algo. Me dirigí a la cocina y busqué algo que me consolase. La tarta se había acabado. El pastel de carne también. No había barritas Mounds olvidadas en los oscuros recovecos del armario. No había alcohol, ni patatas al queso. El bote de mantequilla de cacahuete estaba vacío.

Bob y yo nos comimos un par de aceitunas, pero no eran exactamente lo que la ocasión requería.

—Estarían mejor escarchadas —le dije a Bob.

Recogí el desastre del suelo del vestíbulo y volví a meterlo todo en el bolso. Dejé la alarma rota sobre la encimera de la cocina, apagué las luces y volví al sofá. Permanecí ahí tendida en la oscuridad, pero la palabra de despedida de Munson no se me iba de la cabeza. En realidad no importaba que estuviese loco de verdad o lo fingiera; lo esencial era que había estado a punto de quedarme sin pezón. Probablemente no debería dormirme hasta que me pusieran un cerrojo en la puerta. Había dicho que volvería, y no sabía si con eso se refería a una hora o un día más tarde.

El problema era que apenas lograba mantener los ojos abiertos. Traté de cantar, pero me dormí en algún punto de esa canción de los elefantes que se balancean sobre la tela de una araña. Lo último que recordaba era que iba por el elefante número cincuenta y siete, y entonces desperté con un respingo y con la sensación de que no estaba sola en la habitación. Me quedé absolutamente inmóvil, con el corazón dándome vuelcos y los pulmones en animación suspendida. No había oído el sonido de zapatos deslizarse por la alfombra. Y el aire que me rodeaba no se había visto alterado por el olor corporal de un maníaco.

No tenía más que la certeza irracional de que alguien había invadido mi espacio.

Y entonces, sin previo aviso, las yemas de unos dedos se posaron en mi muñeca, y me vi impulsada a la acción. La adrenalina me pegó un subidón y me catapulté desde el sofá contra el intruso.

Pillados por sorpresa, ambos caímos sobre la mesilla y rodamos hasta el suelo en una maraña de brazos y piernas. Un instante después estaba inmovilizada debajo de él, lo cual no fue una experiencia del todo desagradable una vez que me percaté de que se trataba de Ranger. Estábamos entrepierna contra entrepierna, pecho contra pecho, y sus manos me aferraban las muñecas. Transcurrió un instante en que no hicimos otra cosa que respirar.

—Buen placaje, nena —dijo. Y entonces me besó. Esa vez no dudé de su intención. No era la clase de beso que uno le daría a su prima, por ejemplo. Más bien era la clase de beso que un hombre le daría a una mujer cuando quisiera arrancarle la ropa y darle motivos para entonar el coro del Aleluya.

El beso se volvió aún más apasionado y Ranger deslizó las manos bajo mi camiseta para posarlas planas sobre mi abdomen. Una oleada de calor eléctrico me contrajo los pezones. ¡Gracias a Dios que aún tenía los dos!

Se abrió la puerta del dormitorio y la abuela asomó la cabeza.

—¿Va todo bien ahí fuera?

Estupendo. ¡Se despierta justo ahora!

—Ajá. Todo va estupendamente —respondí.

—¿Ése que está encima de ti no es Ranger?

—Me estaba enseñando un movimiento de defensa personal.

—No me importaría aprender un poco de defensa personal —comentó la abuela.

—Bueno, la verdad es que ya más o menos habíamos acabado.

Ranger rodó para quitarse de encima de mí y quedó boca arriba.

—Si no fuera tu abuela le pegaba un tiro.

—Demonios —dijo la abuela—. Siempre me pierdo las cosas buenas.

Me puse en pie de un salto y me arreglé la camiseta.

—No te has perdido gran cosa. Justo iba a preparar un poco de chocolate caliente. ¿Quieres?

—Claro —respondió la abuela—. Voy a ponerme la bata.

Ranger alzó la mirada hacia mí. La habitación estaba en penumbra y sólo entraba un rayo de luz que se filtraba por la puerta abierta del dormitorio. Aun así, me bastó para ver que Ranger sonreía pero que sus ojos estaban serios.

—Salvada por la abuela.

—¿Quieres chocolate caliente?

Me siguió hacia la cocina.

—No.

Le tendí el pedazo de papel con el dibujo de la casa.

—Toma, el diagrama que querías.

—¿Hay algo más que quieras decirme?

Se había enterado de lo de Alexander Ramos.

—¿Cómo lo sabes?

—He estado vigilando la casa de la playa. Te vi recoger a Ramos.

Serví leche en dos tazones y los metí en el microondas.

—¿Qué pasa con ese hombre? Me paró a mí para pedirme un cigarrillo.

Ranger sonrió.

—¿Has tratado alguna vez de dejar de fumar?

Negué con la cabeza.

—Entonces no lo entenderías.

—¿Tú fumabas?

—Yo he hecho de todo.

Tomó el detector de movimiento que estaba sobre la encimera y le dio vueltas en la mano.

—He visto la cadena de seguridad rota.

—No has sido mi único visitante esta noche.

—¿Qué ha pasado?

—Un no compareciente ha irrumpido en mi apartamento. Le he disparado en un pie, y se ha ido.

—No debes de haber leído el *Manual del Cazarrecompensas*. Se supone que tenemos que atrapar a los malos y arrastrarles de vuelta a la cárcel.

Revolví el cacao en la leche caliente.

—Ramos quiere que vuelva hoy. Me ofreció un empleo de traficante de cigarrillos.

—No es un empleo que te convenga aceptar. Alexander puede ser impulsivo, imprevisible y paranoico. Le han puesto una medicación, pero no siempre se la toma. Aníbal ha contratado guardaespaldas para vigilar al viejo, pero les hace parecer aficionados. Se escabulle a la menor oportunidad. Entre él y Aníbal está teniendo lugar una lucha de poder, y más te vale no encontrarte bajo el fuego cruzado.

—¡Qué maravilla! —comentó la abuela al entrar en la cocina arrastrando los pies; tomó el tazón de chocolate—. Es mucho más divertido vivir contigo. Nunca nos visitaban hombres en plena noche cuando vivía con tu madre.

Ranger volvió a dejar la alarma en la encimera.

—Tengo que irme. Que aproveche el chocolate.

Lo acompañé hasta la puerta.

—¿Hay algo más que quieras que haga? ¿Comprobar tu correo? ¿Regarte las plantas?

—El correo se lo envían directamente a mi abogado. Y yo riego mis propias plantas.

—O sea, que te sientes seguro en la Batcueva, ¿eh?

Las comisuras de su boca se curvaron en una levísima sonrisa. Se inclinó para besarme en la nuca, justo por encima del cuello de la camiseta.

—Dulces sueños.

Antes de marcharse le dijo buenas noches a la abuela, que aún estaba en la cocina.

—Qué joven tan agradable y educado —comentó la abuela—. Y además está buenísimo.

Me fui derecha a su armario, encontré la botella de licor y vertí un buen chorro en mi chocolate.

A la mañana siguiente tanto la abuela como yo teníamos resaca.

—Tengo que dejar de beber chocolate a altas horas de la noche —dijo la abuela—. Me siento como si me fuesen a explotar los ojos. Quizá debería examinármelos por si tengo glaucoma.

—Mejor aún, ¿qué tal examinarte el nivel de alcohol en sangre?

Me tomé un par de aspirinas y me arrastré hasta el aparcamiento. Habib y Mitchell me esperaban sentados en un monovolumen verde con dos sillitas de niño en el asiento de atrás pero sin niños.

—Bonito coche para una operación de vigilancia —me burlé—. Encaja muy bien.

—No empieces —me advirtió Mitchell—. No estoy de buen humor.

—Es el coche de tu esposa, ¿verdad?

Me dirigió una mirada inexpresiva.

—Sólo para haceros la vida más fácil, no sea que os perdáis, os diré que me dirijo en primer lugar a la oficina.

—Odio ese sitio —se lamentó Habib—. ¡Está maldito! ¡Es fatídico!

Conduje hasta la oficina y aparqué delante. Habib se quedó a media manzana de distancia con el motor encendido.

—Eh, amiga mía —saludó Lula—. ¿Dónde está Bob?

—Está con la abuela. Hoy van a levantarse tarde.

—Por la pinta que tienes tú también tendrías que haber dormido hasta tarde. Estás horrorosa. Si tuvieras el resto de la cara tan negra como las ojeras podrías mudarte a mi barrio. Claro que con esas ojeras y los ojos inyectados en sangre casi no se te ve ese grano tan asqueroso.

Lo que sí era una buena noticia es que esa mañana me importaba un pepino el grano. Resulta gracioso cómo una cosa tan nimia como que la amenacen a una de muerte puede poner un grano en perspectiva. Lo que me importaba ese día era apresar a Munson. No quería pasar otra noche en vela, preocupándome por salir ardiendo.

—Tengo el presentimiento de que Munson está de vuelta en su casa esta mañana —le dije a Lula—. Voy para allá, y voy a aplastarle.

—Voy contigo —dijo Lula—. Hoy no me importaría aplastar a alguien. De hecho, estoy del humor perfecto para aplastar a quien sea.

Saqué mi pistola del bolso.

—Me temo que no me quedan muchas balas —le dije a Connie—. No te sobrará alguna por ahí, ¿eh?

Vinnie asomó la cabeza de su despacho.

—¿Vas a ponerle balas a la pistola? ¿He oído bien? ¿Qué se celebra?

—Muchísimas veces llevo balas en la pistola —respondí aguzando la mirada y de mal talante—. De hecho, anoche mismo le pegué un tiro a alguien.

Hubo un grito ahogado colectivo.

—¿A quién le pegaste un tiro? —preguntó Lula.

—A Morris Munson. Irrumpió en mi apartamento.

Vinnie se acercó precipitadamente.

—¿Dónde está? ¿Está muerto? No le habrás pegado un tiro en la espalda, ¿no? Siempre os digo lo mismo: ¡no les disparéis por la espalda!

—No le disparé por la espalda. Le pegué un tiro en un pie.

—¡Oh, Dios mío! —se lamentó Lula—. Le diste en un pie con tu última bala, ¿verdad? Le volaste un dedito y te quedaste sin balas —negó con la cabeza—. ¿No te da una rabia tremenda que te pase eso?

Connie volvió de la habitación trasera con una caja de balas.

—¿Seguro que las quieres? —me preguntó—. No tienes buen aspecto. No sé si es buena idea darle una caja de balas a una mujer que tiene un grano.

Metí cuatro balas en la pistola y dejé caer la caja en el bolso.

—Estaré bien.

—Ésta es una mujer con un plan —dijo Lula.

Ésa era una mujer con resaca que sólo pretendía llegar viva al final de aquel día.

A medio camino de la casa de Munson en la calle Rockwell me detuve junto al bordillo y vomité. Habib y Mitchell esbozaron sendas muecas detrás de mí.

—Vaya nochecita debes de haber pasado —comentó Lula.

—No quiero ni pensarlo —y era más que una pura expresión. De veras que no quería ni pensarlo. A lo que me refería era a qué demonios estaba pasando entre Ranger y yo. ¡Debía de estar loca! Y no podía creer que de verdad me hubiera sentado a beber bourbon con chocolate caliente con la abuela. No soy buena bebedora. Me emborracho con dos botellines de cerveza. Me sentía como si me hubiesen lanzado el cerebro al espacio exterior y mi cuerpo se hubiese quedado atrás.

Conduje medio kilómetro más y entré en el carril de venta desde el coche del McDonald's para obtener un remedio para la resaca que nunca falla: patatas fritas y Coca-Cola.

—Ya que estamos aquí también podría tomarme algo —dijo Lula—. Una magdalena, patatas fritas, un batido de chocolate y un Big Mac —pidió a gritos.

Sentí que me ponía verde.

—¿Eso es un aperitivo?

—Sí, tienes razón —dijo Lula—. Anule las patatas.

El chico de la ventanilla me tendió la bolsa de comida y miró hacia el asiento trasero.

—¿Dónde está tu perro?

—En casa.

—Qué pena. Lo de la última vez no estuvo mal. Chica, vaya montaña de...

Apreté el acelerador y despegué. Cuando llegamos a casa de Munson la comida había desaparecido y me sentía mucho mejor.

—¿Qué te hace pensar que el chico habrá vuelto? —preguntó Lula.

—Sólo tengo esa sensación. Necesitaba vendarse el pie y cambiarse los zapatos. En su caso, yo habría ido a casa a hacer esas cosas. Y era muy tarde. Así que ya me habría quedado a dormir en mi propia cama.

El exterior de la casa no nos dijo nada. No había luz en las ventanas ni señales de vida en el interior. Di la vuelta a la manzana y crucé el callejón hasta el garaje. Lula bajó para mirar a través de la ventana.

—Pues sí, está aquí —dijo al volver al Gran Azul—. Por lo menos está esa porquería de coche que tiene.

—¿Tienes la pistola de descargas y el espray de autodefensa?

—¿Tiene pico un pollo? Podría invadir Bulgaria con la mierda que llevo en el bolso.

Conduje de vuelta a la fachada principal y dejé a Lula para que vigilara la puerta de entrada. Entonces aparqué el coche dos casas más abajo, donde Munson no pudiese verlo, en el callejón. Habib y Mitchell aparcaron detrás de mí en el coche familiar, pusieron los seguros de las puertas y abrieron sus bolsas del McDonald's.

Recorrí dos patios, llegué a la parte de atrás de la casa de Munson y miré con cautela a través de la ventana de la cocina. No pasaba nada. Sobre la mesa de la cocina había una caja de tiritas y un rollo de servilletas de papel. ¿Soy un genio o qué?, me dije. Retrocedí y alcé la mirada hacia el primer piso. Se oía el sonido muy tenue del agua al correr. Munson se estaba duchando. Bueno, la cosa no podía ponerse mucho mejor.

Probé a abrir la puerta. Cerrada. Probé a abrir las ventanas. Cerradas. Estaba a punto de romper un cristal cuando Lula abrió la puerta trasera.

—La puerta de entrada no tenía una gran cerradura —explicó.

Yo debía de ser la única persona del mundo entero incapaz de forzar una cerradura.

Entramos en la cocina y escuchamos. Aún se oía correr el agua encima de nosotras. Lula llevaba el espray en una mano y la pistola de descargas en la otra. Yo tenía una mano libre y con la otra sujetaba las esposas. Subimos con sigilo las escaleras y nos detuvimos al llegar arriba. La casa era pequeña. Dos dormitorios y un baño en la primera planta. Las puertas de los dormitorios estaban abiertas; no había nadie en ninguno de los dos. La puerta del baño estaba cerrada. Lula se apostó a un lado de ella con el espray a punto. Yo me situé al otro lado. Ambas sabíamos cómo hacer aquello, porque veíamos los programas de policías en la tele. No se sabía que Munson tuviera pistola, y no era probable que fuese armado en la ducha, pero no estaba de más mostrarse cautelosa.

—A la de tres —vocalicé en silencio para que Lula me leyera los labios—. ¡Uno, dos, y tres!

Nueve

—Espera un momento —dijo Lula—, va a estar desnudo. Puede que no queramos verle así. En otro tiempo vi a un montón de hombres feos. No es que ansíe precisamente ver más.

—A mí no me importa que esté desnudo —contesté—. Lo que me importa es que no lleve encima una navaja o un soplete de butano.

—En eso tienes razón.

—Vale, pues voy a volver a contar. Prepárate. Uno, dos, ¡y tres!

Abrí la puerta del baño y las dos saltamos dentro.

Munson descorrió la cortina de la ducha.

—¿Qué demonios...?

—Quedas arrestado —dijo Lula—. Y agradeceríamos que te taparas con una toalla, teniendo en cuenta que no me apetece ver tus tristes y ajadas partes.

Munson tenía el pelo lleno de champú y un gran vendaje en el pie que había protegido con una bolsa de plástico sujeta al tobillo con una banda elástica.

—¡Estoy loco! —chilló—. ¡Estoy loco de atar, y nunca me atraparéis vivo!

—Sí, lo que tú digas —dijo Lula, y le tendió una toalla—. Ahora, ¿quieres cerrar ese grifo?

Munson agarró la toalla y se la tiró otra vez a Lula.

—¡Eh! —exclamó ella—, un momento. Vuelve a tirarme así esa toalla y acabarás con la cara llena de espray.

Munson volvió a arrojársela.

—Gorda, gordita —canturreó.

Lula se olvidó del espray y se le abalanzó al cuello. Munson levantó una mano, dirigió la alcachofa hacia Lula y salió de la ducha. Traté de agarrarle, pero estaba mojado y resbaladizo por el jabón, y Lula agitaba los brazos tratando de librarse del agua.

—¡Rocíale con el espray! —exclamé—. ¡Electrocútalo! ¡Dispárale! ¡Haz algo!

Munson nos apartó a las dos de un empujón y salió disparado escaleras abajo. Cruzó la casa corriendo y salió por la puerta trasera. Yo le seguía de cerca y Lula iba unos tres metros detrás de mí. El pie le debía de estar matando, pero cruzó a la carrera dos patios y luego giró hacia el callejón. Di un buen brinco para arremeter contra él y le di de lleno en los riñones. Los dos caímos al suelo y empezamos a rodar, agarrados el uno al otro, maldiciendo y arañando. Munson trataba de escabullirse y yo intentaba aferrarme a él y ponerle las esposas. Habría sido más fácil si hubiese llevado ropa a la que agarrarse. Tal como estaba la cosa, no quería echar mano de lo que estaba disponible.

—¡Dale, dale donde le duele! —exclamaba Lula—. ¡Dale donde le duele!

Eso hice. Llega un punto en el que una persona simplemente ya no quiere seguir rodando. Tomé impulso y le di un rodillazo a Munson en los testículos.

—¡Huy! —soltó Munson, y adoptó la posición fetal.

Lula y yo le apartamos las manos de míster colgajo y se las esposamos detrás de la espalda.

—Me gustaría haberte filmado luchando con este tipo —comentó Lula—. Me ha recordado a ese chiste sobre el enano en una colonia nudista que no para de meter las narices en los asuntos de los demás.

Mitchell y Habib se habían bajado del coche y permanecían a unos metros de distancia con expresión afligida.

—He sentido ese rodillazo desde aquí —dijo Mitchell—. Si nos llega la orden de darte una paliza, pienso llevar suspensorio.

Lula corrió de vuelta a la casa para hacerse con una manta y cerrarlo todo. Y Habib, Mitchell y yo arrastramos a Munson hasta el Buick. Cuando Lula volvió envolvimos a Munson en la manta, lo metimos en el asiento trasero y lo llevamos a la comisaría de policía de North Clinton. Nos dirigimos a la entrada trasera, que tenía un carril para carga y descarga.

—Justo igual que el McDonald's —comentó Lula—. Sólo que vamos a descargar en lugar de a recoger.

Llamé al interfono y me identifiqué. Unos instantes después Carl Costanza abrió la puerta trasera y echó un vistazo al Buick.

—¿Qué pasa ahora?

—Tengo a un tipo en el asiento de atrás. Morris Munson, NCT.

Carl miró a través de la ventanilla del coche y sonrió.

—Está desnudo.

Exhalé un suspiro.

—No irás a ponerme pegas por eso, ¿no?

—Eh, Juniak —exclamó Costanza—, ven a echarle un vistazo a este tipo en pelotas. ¡Adivina quién lo ha traído!

—Bueno —le dijo Lula a Munson—, fin del trayecto. Ahora ya puedes bajar.

—No —contestó Munson—, no pienso salir.

—Y una mierda que no.

Juniak y dos policías más se unieron a Costanza en la puerta. Todos esbozaban sonrisas de polis bobalicones.

—Hay veces en que pienso que este trabajo nuestro es una porquería —comentó uno de los polis—, pero luego hay otras en que ves cosas como ésta, que hacen que valga la pena. ¿Por qué lleva ese tipo desnudo una bolsa de plástico en el pie?

—Le pegué un tiro —respondí.

Costanza y Juniak intercambiaron miradas.

—No quiero saberlo —dijo Costanza—. Yo no he oído nada.

Lula le dirigió a Munson su mirada de perro rabioso.

—Si no sacas ahora mismo tu blanco y huesudo trasero de este coche, voy a ir ahí atrás a por ti.

—¡Que te jodan! —contestó Munson—. Que te den por ese culo gordo que tienes.

Todos los policías contuvieron el aliento y dieron un paso atrás.

—Se acabó —dijo Lula—. Me has puesto de muy mal humor. Has abusado de mi buen carácter. Voy a sacarte de ahí atrás por esa colita minúscula que tienes, rata apestosa.

Salió del coche, abrió de un tirón la puerta trasera y Munson bajó de un salto del coche.

Le envolví en la manta y todos entramos arrastrando los pies en la comisaría, a excepción de Lula, que tiene fobia a las comisarías. Salió marcha atrás del carril de servicio para buscar una plaza en el aparcamiento.

Esposé a Munson al banco que había junto al oficial de turno, le tendí a éste los papeles pertinentes y obtuve a cambio un recibo por la entrega. Lo siguiente que tenía en mi lista era hacerle una visita a Brian Simon.

Ya iba de camino a la segunda planta cuando Costanza me detuvo.

—Si buscas a Simon, no te molestes. Se ha esfumado en cuanto se ha enterado de que estabas aquí —me miró de reojo—. No es que quiera insultarte o algo parecido, pero tienes un aspecto horroroso.

Estaba cubierta de polvo de la cabeza a los pies, tenía un desgarrón en la rodilla de los Levi's, mi pelo no había conocido días peores, y encima tenía ese grano.

—Parece que lleves días sin dormir —comentó Costanza.

—Eso es porque llevo días sin dormir.

—Podría hablar con Morelli.

—No es por Morelli. Es culpa de mi abuela. Se ha venido a vivir conmigo, y ronca.

Por no mencionar que tenía a El Porreta en mi vida. Y a varios chiflados. Y a Ranger.

—A ver si lo entiendo, ¿estás viviendo con tu abuelita y con el perro de Simon?

—Ajá.

Costanza esbozó una amplia sonrisa.

—Eh, Juniak —exclamó—, espera a oír esto —volvió a mirarme—. No me extraña que Morelli esté últimamente de tan mal humor.

—Dile a Simon que lo he estado buscando.

—Puedes contar con ello —dijo Costanza.

Salí de la comisaría y conduje hasta la oficina; una vez allí entré con Lula con intención de regodearme en mis excelentes aptitudes de cazarrecompensas. Lula y yo habíamos apresado a nuestro hombre. Un maníaco homicida. Bueno, vale, quizá no había sido una operación absolutamente intachable, pero lo habíamos atrapado, ¿no?

Planté el recibo por la entrega sobre el escritorio de Connie.

—¿Qué? ¿Somos buenas o no?

Vinnie asomó la cabeza de su despacho.

—¿Eso que oigo son noticias de un arresto?

—Morris Munson —confirmó Connie—. Firmado, sellado y entregado.

Vinnie se meció sobre los talones, con las manos en los bolsillos del pantalón y una sonrisa de oreja a oreja.

—Maravilloso.

—Esta vez ni siquiera nos ha prendido fuego a ninguna de las dos —añadió Lula—. Lo hemos hecho de perlas. Ha acabado con el culo en la cárcel.

Connie recorrió a Lula con la mirada.

—¿Ya sabes que estás toda mojada?

—Ajá. Bueno, es que hemos tenido que sacar a ese idiota de la ducha.

Vinnie arqueó tanto las cejas que casi le llegaron al nacimiento del pelo.

—¿Me estás diciendo que lo habéis arrestado desnudo?

—No habría estado tan mal de no haber sido porque ha salido disparado de la casa, corriendo calle abajo —respondió Lula.

Vinnie negó con la cabeza con una sonrisa más amplia que nunca.

—Me encanta este trabajo.

Connie me pagó mis honorarios; le di su parte a Lula y me fui a casa a cambiarme.

La abuela aún estaba allí, arreglándose para la clase de conducir. Iba vestida con el chándal violeta, zapatillas deportivas con plataforma y una camiseta de manga larga con la frase «Bésame el culo» estampada en la pechera.

—Hoy he conocido a un hombre en el ascensor —dijo—. Y voy a llevarle a la cena de esta noche.

—¿Cómo se llama?

—Myron Landowsky. Es un viejo pesado, pero me figuro que tengo que empezar por alguna parte —quitó el bolso de la encimera, se lo embutió bajo el brazo y le dio a Bob una palmadita en la cabeza—. Bob ha sido buen chico, excepto por lo de comerse el rollo de papel de váter. Por cierto, confiaba en que pudiésemos ir contigo y Joseph en el coche. Myron no conduce cuando está oscuro, teniendo en cuenta que por la noche no ve tres en un burro.

—No hay problema.

Me preparé un sándwich de huevo frito para almorzar, me cambié los vaqueros, me cepillé el pelo y lo recogí en una coleta, y me apliqué una tonelada de maquillaje sobre el grano. Me puse una montaña de rímel en las pestañas y me contemplé en el espejo. Stephanie, Stephanie, me dije. ¿Qué estás haciendo?

Me estaba preparando para volver a la casa de la playa, eso estaba haciendo. Me estaba tirando de los pelos por haber desperdiciado la oportunidad de hablar con Alexander Ramos. El día anterior había permanecido sentada ante él en la mesa como una idiota. Estábamos vigilando a la familia Ramos, y cuando me veía inesperadamente metida en el gallinero ni siquiera era capaz de hacerle una sola pregunta al gallo. Estaba segura de que el consejo de Ranger de que no me acercara a Alexander Ramos era sensato, pero me parecía absurdo no tratar de sacar algún provecho de la situación.

Me puse la chaqueta y le puse la correa a Bob. Pasé por la cocina para decirle adiós a Rex y para dejar otra vez la pistola en la caja de galletas. No creía que fuese buena idea ir armada mientras le hacía de chófer a Alexander Ramos. No me sería fácil explicar la presencia de la pistola si me cacheaban el propio Ramos o sus canguros.

Joyce Barnhardt estaba en mi aparcamiento cuando bajé.

—Bonita cara de pizza —se burló.

Supuse que el maquillaje no era del todo eficaz.

—¿Quieres algo?

—Ya sabes lo que quiero.

Joyce no era la única idiota que perdía el tiempo en mi aparcamiento. Mitchell y Habib estaban al fondo, dentro de su coche. Me dirigí hacia ellos y Mitchell bajó la ventanilla del conductor.

—¿Veis a esa mujer con la que acabo de hablar? —les dije—. Es Joyce Barnhardt. Es la agente de fianzas que ha contratado Vinnie para apresar a Ranger. Si queréis llegar hasta Ranger, lo que tenéis que hacer es seguir a Joyce.

Los dos hombres miraron a Joyce.

—Si una mujer se vistiera así en mi pueblo le tiraríamos piedras hasta matarla —comentó Habib.

—Bonitos melones, sin embargo —dijo Mitchell—. ¿Son de verdad?

—Que yo sepa, sí.

—¿Qué posibilidades crees que tiene de atrapar a Ranger?

—Ninguna.

—¿Qué posibilidades tienes tú?

—Ninguna.

—Nos han dicho que te vigilemos a ti —concluyó Mitchell—. Y eso es lo que vamos a hacer.

—Qué pena —se lamentó Habib—. La verdad es que me gusta mirar a esa fulana de Joyce Barnhardt.

—¿Vais a seguirme toda la tarde?

El color rojo del cuello de Mitchell se extendió a sus mejillas.

—Tenemos otras cosas que hacer.

Sonreí.

—¿Tienes que llevar el coche a casa?

—¡Me cago en el parque móvil de la empresa! —soltó Mitchell—. Mi hijo tiene partido de fútbol.

Regresé al Buick y metí a Bob en el asiento de atrás. Por lo menos no tendría que preocuparme de que me siguieran, gracias al partido de fútbol. Miré por el espejo retrovisor, sólo para asegurarme. Ni rastro de Habib y Mitchell, pero tenía a Joyce pegada al guardabarros. Me paré en el arcén y Joyce se detuvo a sólo unos metros de mí. Bajé del coche y me dirigí hacia ella.

—Déjalo ya —le dije.

—Éste es un país libre.

—¿Vas a seguirme todo el día?

—Probablemente.

—Supongamos que te lo pido amablemente.

—¡Venga ya!

Observé su coche. Un 4X4 negro y nuevo. Luego volví la mirada hacia mi coche. El Gran Azul. Volví al Buick y me senté al volante.

—Agárrate —le dije a Bob. Entonces metí la marcha atrás.

¡Catapún!

Cambié de marcha y avancé unos metros. Salí del coche y examiné los daños. El guardabarros del 4X4 estaba hecho añicos y Joyce se las veía y se las deseaba con el airbag. La parte de atrás del Buick estaba intacta. Ni una rozadura. Volví a subirme al Buick y me alejé. Meterse con una mujer que tiene un grano no es una gran idea.

Estaba nublado en Deal y desde el mar se aproximaba una densa niebla. Cielo gris, mar gris, aceras grises, gran casa rosa perteneciente a Alexander Ramos. Pasé por delante de la casa, hice un cambio de sentido, pasé ante la casa por segunda vez, doblé y aparqué en la esquina. Me pregunté si Ranger me estaría observando. Me figuré que sí. En la calle no había aparcados camiones o furgonetas. Eso significaba que tenía que estar en una casa. Y la casa tendría que estar deshabitada. Resultaba fácil decir cuáles eran las casas de primera línea de mar que estaban deshabitadas. No lo era tanto saber cuáles de las que daban a la calle lo estaban. Ninguna de ésas se veía cerrada a cal y canto.

Consulté el reloj. La misma hora y el mismo sitio. Ni rastro de Ramos. Al cabo de diez minutos me sonó el móvil.

—Hola —dijo Ranger.

—Hola, tú.

—No eres muy buena siguiendo instrucciones.

—¿Te refieres a lo de no aceptar el empleo de traficante de cigarrillos? Me pareció demasiado bueno para dejarlo correr.

—Vas a tener cuidado, ¿verdad?

—Verdad.

—Nuestro hombre tiene ciertas dificultades para salir de su casa. No te muevas de ahí.

—¿Cómo lo sabes? ¿Dónde estás?

—Prepárate. Empieza el espectáculo —dijo Ranger. Y colgó.

Alexander Ramos salió de la verja y corrió por la calle hacia mi coche. Abrió de un tirón la puerta del pasajero y se zambulló en el interior.

—¡Vámonos! —gritó—. ¡Venga!

Despegué del bordillo y vi a dos hombres de traje salir por la puerta y lanzarse hacia nosotros. Apreté a fondo el acelerador y el Buick se alejó con estruendo.

Ramos no tenía buen aspecto. Estaba pálido, sudaba y jadeaba.

—¡Dios santo! —soltó—, pensaba que no iba a conseguirlo. Vaya numerito de mierda que tiene lugar en esa casa. Menos mal que se me ha ocurrido mirar por la ventana y he visto tu coche. Me estaba volviendo loco ahí dentro.

—¿Quiere que vayamos a la tienda?

—No. Ése es el primer sitio en que mirarán. Tampoco puedo ir a Sal's.

Yo empezaba a tener una sensación de lo más desagradable. Como si aquél fuese uno de esos días en que Alexander Ramos no se tomaba la medicación.

—Llévame a Asbury Park —dijo—. Conozco un sitio en Asbury Park.

—¿Por qué lo perseguían esos hombres?

—A mí no me perseguía nadie.

—Pero si los he visto.

—Tú no has visto nada.

Diez minutos más tarde señaló con el índice.

—Ahí. Párate en ese bar.

Los tres entramos en el bar, nos sentamos en una mesa y seguimos el mismo ritual de la última vez. El barman nos trajo una botella de ouzo sin que se lo pidiésemos. Ramos apuró dos vasos y luego encendió un cigarrillo.

—Todo el mundo le conoce —comenté.

Volvió la mirada hacia los ajados reservados que recorrían una pared y la oscura barra de caoba que recorría la otra. Detrás de la barra, el habitual despliegue de botellas. Detrás de las botellas, el clásico espejo. Uno de los taburetes del otro extremo estaba ocupado. El hombre tenía la mirada fija en su bebida.

—Hace varios años que vengo aquí —explicó Ramos—. Vengo cuando necesito huir de los majaderos.

—¿Los majaderos?

—Mi familia. He criado a tres hijos despreciables que se gastan el dinero más rápido de lo que yo consigo ganarlo.

—Usted es Alexander Ramos, ¿no es así? Vi su foto hace un tiempo en *Newsweek*. Siento lo de Homero. Leí lo del incendio en los periódicos.

Se sirvió otro trago.

—Un majadero menos del que ocuparme.

Sentí que mi rostro palidecía. Era una respuesta escalofriante en boca de un padre.

Le dio una profunda calada al cigarrillo, cerró los ojos y saboreó el momento.

—Creen que el viejo no sabe de qué va la cosa. Bueno, pues se equivocan. El viejo lo sabe todo. No he levantado este negocio comportándome como un estúpido. Y tampoco lo he levantado mostrándome amable, así que más les vale andarse con cuidado.

Eché una ojeada hacia la puerta.

—¿Está seguro de que aquí estamos a salvo?

—Siempre que estés con Alexander Ramos estarás a salvo. Nadie le toca un pelo a Alexander Ramos.

Sí, claro. Por eso teníamos que escondernos en un bar en Asbury Park. La cosa empezaba a tener una pinta un poco estrafalaria.

—Sencillamente no me gusta que me molesten cuando fumo —dijo—. No quiero tener que ver a todas esas sanguijuelas.

—¿Por qué no se libra de ellos? Dígales que se vayan de su casa.

Me miró bizqueando a través de una nube de humo.

—¿Qué iba a pensar la gente? Son mi familia —tiró la colilla al suelo y la pisó—. Sólo hay una forma de librarse de la familia.

Oh, vaya.

—Bueno, ya estamos —dijo Ramos—. Tengo que volver antes de que mi hijo me quite hasta el pellejo.

—¿Aníbal?

—Don Grandes Expectativas. Nunca debí enviarle a la universidad —se levantó y dejó un fajo de billetes sobre la mesa—. ¿Y tú? ¿Fuiste a la universidad?

—Ajá.

—¿Qué haces ahora?

Temía que me disparase si le decía que era cazarrecompensas.

—Bueno, hago cosillas aquí y allá.

—¿Cómo? ¿Has tenido una buena educación y sólo haces cosillas aquí y allá?

—Me recuerda usted a mi madre.

—Probablemente le has provocado a tu madre una angina de pecho.

Eso me hizo sonreír. Estaba loco como una cabra, pero en cierto sentido me gustaba. Me recordaba a mi tío Punky.

—¿Sabe quién mató a Homero?

—Homero se mató a sí mismo.

—Leí en el periódico que no encontraron ninguna pistola, así que descartaron el suicidio.

—Existe más de una manera de matarse. Mi hijo era estúpido y avaricioso.

—Esto... no lo mató usted, ¿verdad?

—Yo estaba en Grecia cuando lo dispararon.

Clavé mi mirada en la suya. Ambos sabíamos que aquello no respondía a mi pregunta. Ramos podía haber ordenado la ejecución de su hijo.

Conduje de vuelta a Deal y aparqué en una calle lateral, a una manzana de la casa rosa.

—Siempre que quieras ganarte veinte dólares sólo tienes que aparecer en la esquina —me dijo Ramos.

Sonreí. No había aceptado ningún dinero de él y probablemente no volvería.

—Vale —contesté—, tenga los ojos bien abiertos por si aparezco.

Arranqué en cuanto se hubo bajado del coche. No quería arriesgarme a que me viesen los tipos de traje. Diez minutos más tarde me llamaron al móvil.

—Una visita corta —dijo Ranger.

—Bebe, fuma y se vuelve a casa.

—¿Te has enterado de algo?

—Creo que puede estar loco.

—Ése es el consenso general.

Unas veces sonaba como si Ranger estuviese ahí, en la calle, y otras me recordaba a un corredor de Bolsa. Ricardo Carlos Manoso, el hombre misterioso.

—¿Crees posible que Ramos haya matado a su propio hijo?

—Es capaz.

—Me ha dicho que a Homero le mataron porque era avaricioso y estúpido. Tú conocías a Homero. ¿Era avaricioso y estúpido?

—Homero era el más débil de los tres hijos. Siempre elegía el camino más fácil. Pero a veces el camino más fácil acababa por causarle problemas.

—¿Cómo?

—Homero podía perder cien mil dólares en el juego y buscaba entonces una manera fácil de obtener el dinero, como secuestrar un camión o traficar con droga. En el proceso interfería en los asuntos de la mafia o tenía roces con la policía y Aníbal tenía que pagar la fianza para sacarlo.

Lo cual me llevaba a preguntarme qué hacía Ranger con Homero Ramos la noche en que le habían pegado un tiro. No tenía sentido preguntárselo.

—Hasta luego, nena —dijo Ranger. Y la comunicación se cortó.

Llegué a casa a tiempo para pasear a Bob y darme una ducha. Invertí media hora extra en peinarme el cabello de forma que quedara engañosamente natural, como si en realidad no me preocupara lo suficiente como para dedicarle grandes esfuerzos pero mi belleza natural hiciese que mi aspecto fuese extraordinario de todas formas. Parecía casi un sacrilegio llevar un peinado tan sexy y tener un grano tan grande y feo, de modo que me lo apreté hasta que reventó. Entonces lo que me quedó fue un enorme agujero sanguinolento en la barbilla. Qué cagada. Me puse un pedazo de papel higiénico sobre el agujero para que dejara de sangrar mientras me maquillaba. Me vestí con unos pantalones negros ajustados y un jersey rojo de cuello redondo. Me quité el papel de la barbilla y retrocedí para echarme un vistazo. Las ojeras se me habían reducido considerablemente y el agujero de la barbilla empezaba a cicatrizar. No estaba para posar para la portada de una revista, pero daría el pego si no había mucha luz.

Oí abrirse y cerrarse la puerta de entrada y la abuela pasó como una exhalación por delante del lavabo hacia el dormitorio.

—Chica, esto de las clases de conducir es fantástico —comentó—. No sé en qué estaba pensando dejando pasar tantos años sin sacarme el carnet. Esta tarde he tenido una clase, luego Melvina ha venido a buscarme para llevarme al centro comercial y me ha dejado conducir en círculos. Lo he hecho muy bien, además. Bueno, excepto esa vez que he frenado tan en seco que Melvina se ha hecho un esguince en la espalda.

Sonó el timbre y abrí la puerta para encontrarme a Myron Landowsky resoplando en el descansillo. Landowsky siempre me recordaba a una tortuga con su cabeza calva y llena de manchas de vejez echada para adelante, los hombros hundidos y los pantalones subidos casi hasta las axilas.

—Te lo digo de verdad, si no hacen algo con ese ascensor voy a mudarme —dijo—. Llevo veintidós años viviendo aquí, pero me iré si he de hacerlo. Esa anciana, la señora Bestler se mete ahí con su andador y luego aprieta el botón de parada antes de salir. La he visto hacerlo millones de veces. Le lleva un cuarto de hora sólo salir del ascensor y luego se olvida de que ha apretado el botón de parada. Y entre tanto, ¿qué se supone que tenemos que hacer los del tercer piso? He tenido que bajar andando hasta aquí.

—¿Quiere usted un vaso de agua?

—¿Tienes algún licor?

—No.

—Entonces da igual —miró alrededor—. He venido a ver a tu abuela. Vamos a salir a cenar.

—Se está arreglando. Saldrá en un segundo.

Se oyeron unos golpecitos en la puerta y Morelli hizo su entrada. Me miró. Y luego miró a Landowsky.

—Tenemos una cita doble —expliqué—. Éste es un amigo de la abuela, Myron Landowsky.

—¿Nos disculpa un momento, por favor? —dijo Morelli, y tiró de mí hacia el descansillo.

—De todas formas tengo que sentarme —respondió Landowsky—. He tenido que bajar andando hasta aquí.

Morelli cerró la puerta, me inmovilizó contra la pared y me besó. Cuando hubo acabado me contemplé para asegurarme de que aún estaba vestida.

—Vaya —dije.

Sus labios me rozaron la oreja.

—Como no saques de una vez a estos viejos de tu apartamento voy a ser víctima de una combustión espontánea.

Sabía cómo se sentía. Yo había sufrido una combustión espontánea en la ducha aquella mañana, aunque no había servido de mucho.

La abuela abrió la puerta y asomó la cabeza.

—Por un momento he creído que os ibais sin nosotros.

Fuimos en el Buick porque en la camioneta de dos plazas de Morelli no cabíamos todos. Morelli conducía, Bob iba sentado junto a él y yo en la ventanilla. La abuela y Myron iban en el asiento de atrás discutiendo sobre antiácidos.

—¿Has sabido algo sobre el asesinato de Ramos? —le pregunté a Morelli.

—Nada nuevo. Barnes sigue convencido de que fue Ranger.

—¿No hay otros sospechosos?

—Hay sospechosos suficientes para llenar un estadio de fútbol. Pero ninguna prueba contra ellos.

—¿Qué me dices de la familia?

Morelli me miró de soslayo.

—¿Qué pasa con ellos?

—¿Son sospechosos?

—Además de todos los habitantes de tres países.

Mi madre estaba de pie en la puerta cuando aparcamos. Me pareció extraño verla allí sola. Hacía un par de años que siempre veía a la abuela de pie junto a ella. La madre y la hija cuyos papeles se habían intercambiado: la abuela había renunciado encantada a sus responsabilidades como progenitora, y mi madre había aceptado semejante tarea con ímpetu, esforzándose en encontrar un lugar para una anciana que se había convertido de pronto en un extraño híbrido de madre tolerante e hija rebelde. Mi padre, que estaba en la salita, no quería tener nada que ver en el asunto.

—Vaya, qué increíble —comentó la abuela—. Se ve de otra manera desde este lado de la puerta.

Bob saltó del coche y cargó contra mi madre, llevado por el aroma a cerdo asado que emanaba de la cocina.

Myron se movió algo más despacio.

—¡Vaya coche que tienes! —me dijo—. Es una verdadera maravilla. Ya no hacen coches como ése. Hoy en día no fabrican más que basura. Porquerías de plástico, hechas por un atajo de extranjeros.

Mi padre acudió al vestíbulo. Ésa era la clase de conversación que le gustaba. Mi padre era un americano de segunda generación y le encantaba despotricar contra los extranjeros, parientes excluidos. Titubeó cuando vio que era el Hombre Tortuga quien hablaba.

—Éste es Myron —dijo la abuela a modo de presentación—. Esta noche ha salido conmigo.

—Qué bonita casa tienen —comentó Myron—. Nada puede competir con la carpintería de aluminio. Ésta es carpintería de aluminio, ¿no?

Bob corría por la casa como un perro chiflado, enardecido por el olor a comida. Se detuvo en el vestíbulo y le pegó una buena olisqueada al trasero de mi padre.

—Sacad a este perro de aquí —dijo mi padre—. ¿De dónde ha salido este perro?

—Es Bob —dijo mi abuela—. Sólo te está diciendo hola. Vi un programa sobre perros por la tele y decían que para ellos oler traseros es como darse un apretón de manos. Ahora lo sé todo sobre perros. Y tenemos mucha suerte de que a Bob le cortaran sus cositas antes de que se habituara a follar con la pierna de uno. Dicen que es de lo más difícil quitarle ese hábito a un perro.

—Yo tuve un conejo de niño que era follador de piernas —comentó Myron—. Cuando se le agarraba a uno a la pierna no había quién se lo quitara. Y a ese conejo no le importaba con quién se marcaba un tanto. Una vez le hizo una llave al gato y casi lo mata.

Sentí que Morelli se estremecía de risa en silencio a mis espaldas.

—Me muero de hambre —anunció la abuela—. Vamos a comer.

Todos ocupamos nuestros sitios en la mesa, a excepción de Bob, que comía en la cocina. Mi padre se sirvió un par de tajadas de cerdo y le pasó el resto a Morelli. Fuimos pasándonos el puré de patatas. Y las judías verdes, la salsa de manzana, los pepinillos en vinagre, la cesta de panecillos y la remolacha en escabeche.

—Yo no voy a tomar remolacha —dijo Myron—. Me produce diarrea. No sé qué pasa, pero cuando uno se hace viejo todo le da diarrea.

Ése era el tipo de cosas que le hace a una desear hacerse mayor.

—Pues qué suerte que puedas ir —comentó la abuela—. Tienes suerte de no necesitar Metamucil. Ahora que El Proveedor ha cerrado, los precios de los medicamentos se van a poner por las nubes. También nos vamos a quedar sin otros artículos. Me compré el coche justo a tiempo.

Tanto mi madre como mi padre alzaron la vista de sus platos.

—¿Te has comprado un coche? —preguntó mi madre—. Nadie me lo ha dicho.

—Es una monada, además —dijo la abuela—. Es un Corvette rojo.

Mi madre se santiguó.

—Virgen santa —musitó.

Diez

—¿Cómo has podido permitirte un Corvette? —quiso saber mi padre—. Sólo tienes el seguro social.

—Tengo dinero de cuando vendí la casa —explicó la abuela—. Además, hice un buena compra. Hasta El Porreta dijo que era una buena compra.

Mi madre volvió a santiguarse.

—El Porreta —repitió, levemente histérica—. ¿Le has comprado un coche a El Porreta?

—No, a El Porreta no —respondió mi abuela—. El Porreta no vende coches. Mi coche se lo compré a El Proveedor.

—Gracias a Dios —dijo mi madre llevándose una mano al corazón—. Por un momento he creído que... Bueno, la verdad es que me alegro de que le compraras el coche a un proveedor autorizado.

—No, no es un proveedor autorizado —explicó la abuela—. Le compré el coche al proveedor de Metamucil. Le pagué cuatrocientos cincuenta dólares por él. Es una buena compra, ¿no?

—Depende —intervino mi padre—. ¿Tiene motor?

—No lo he mirado —dijo la abuela—. ¿No lo tienen todos los coches?

Joe parecía afligido. No quería ser él quien acusara a mi abuela de posesión de propiedad robada.

—Mientras Louise y yo mirábamos los coches, había un par de tipos en el patio trasero de El Proveedor que estaban hablando sobre Homero Ramos —dijo la abuela—. Decían que era un importante distribuidor de coches. Yo no sabía que la familia Ramos vendiese coches. Pensaba que sólo vendían armas.

—Homero Ramos vendía coches robados —especificó mi padre con la cabeza inclinada sobre el plato—. Todo el mundo lo sabe.

Me volví hacia Joe.

—¿Es cierto eso?

Joe se encogió de hombros. No se comprometía al respecto. Se había puesto la máscara de policía. Si una sabía cómo interpretar las señales, ésa decía: «Investigación en curso».

—Y eso no es todo —continuó la abuela—. Engañaba a su mujer. Era un verdadero canalla. Dicen que su hermano es exactamente igual. Vive en California, pero tiene una casa aquí para poder verse con mujeres a escondidas. Si me lo preguntáis os diré que toda esa familia está corrompida.

—Ha de ser bastante rico si tiene dos casas —comentó Myron—. Yo debería ser así de rico. También tendría una amiguita.

Hubo una pausa colectiva mientras todos nos preguntábamos qué haría Landowsky con una amiguita.

Tendió la mano hacia el cuenco de puré, pero estaba vacío.

—Espera, déjame llenarlo otra vez —se ofreció la abuela—. Ellen siempre tiene más sobre el fogón para que se conserve caliente.

La abuela tomó el cuenco y se alejó con un trotecillo.

—¡Huy, huy, huy! —la oímos decir al entrar en la cocina.

Mi madre y yo nos levantamos simultáneamente y fuimos a investigar. La abuela estaba de pie en medio de la habitación mirando el pastel que había en la mesa.

—La buena noticia es que Bob no se ha comido todo el pastel —dijo—. La mala noticia es que ha lamido el glaseado de todo un lado.

Sin perder un instante, mi madre sacó una espátula del cajón de los cubiertos de cocina y quitó un poco de glaseado de la parte superior del pastel para embadurnar con él el lado que Bob había lamido. Luego espolvoreó de coco rallado todo el pastel.

—Hacía mucho tiempo que no tomábamos pastel de coco —comentó la abuela—. Ha quedado muy bonito.

Mi madre puso el pastel encima de la nevera, fuera del alcance de Bob.

—Cuando eras pequeña siempre estabas lamiendo el glaseado de los pasteles —me explicó—. Comíamos pastel de coco muy a menudo.

Morelli me miró con las cejas enarcadas cuando volví.

—No preguntes —le dije—. Y no te comas la corteza del pastel.

El aparcamiento estaba casi lleno cuando volvimos a mi edificio de apartamentos. Las personas mayores estaban en casa, apoltronadas ante sus televisores.

Myron balanceó las llaves de su casa ante la abuela.

—¿Qué tal si te vienes a mi casa a tomar una última copita, ricura?

—Los hombres sois todos iguales —afirmó la abuela—. Sólo pensáis en una cosa.

—¿En qué cosa? —quiso saber Myron.

La abuela esbozó una mueca.

—Si además tengo que explicártelo, no tiene sentido que vaya a tomar esa última copita.

Morelli nos acompañó a mí y a la abuela hasta mi casa. Hizo pasar a la abuela y luego me apartó a un lado.

—Podrías venirte a mi casa.

Era muy tentador. Y por ninguna de las razones en las que pensaba Morelli. Estaba muerta de cansancio. Y Morelli no roncaba. De hecho, a lo mejor incluso conseguía dormir de verdad en su casa. Hacía mucho tiempo que no dormía una noche entera. Ni recordaba lo que era eso.

Morelli me besó levemente en los labios.

—A la abuela no le importaría. Tiene a Bob.

Ocho horas, pensé. Todo lo que quería eran ocho horas de sueño, y estaría como nueva.

Morelli deslizó las manos bajo mi jersey.

—Sería una noche memorable.

Sería una noche sin un pirómano babeante que me amenazara con una navaja.

—Sería una maravilla —afirmé, sin percatarme siquiera de que lo decía en voz alta.

Morelli estaba tan cerca que podía sentir cada parte de su cuerpo presionando contra mí. Y una de esas partes estaba creciendo. Corrientemente, eso habría provocado la reacción correspondiente en mi propio cuerpo. Pero esa noche lo que pensaba era que se trataba de algo de lo que bien podría prescindir. Aun así, si era el precio a pagar por una noche de sueño decente, estaba más que dispuesta a hacerlo.

—Sólo déjame entrar corriendo a por un par de cosas —le dije a Morelli, y me imaginé toda arrebujada en su cama con una camisa de dormir calentita—. Y tengo que decírselo a la abuela.

—No irás a entrar ahí, cerrar la puerta con llave y dejarme aquí fuera, ¿verdad?

—¿Por qué iba a hacer eso?

—No lo sé. Sólo que tengo la sensación de que...

—Deberíais entrar —llamó la abuela—. En la televisión están dando un programa sobre caimanes —ladeó la cabeza—. ¿Qué es ese ruido tan raro? Suena parecido a un grillo.

—Mierda —soltó Morelli.

Morelli y yo sabíamos qué era ese ruido. Era su busca. Y Morelli se empeñaba en ignorarlo.

Fui yo quien cedió primero.

—Tarde o temprano tendrás que mirar quién es.

—No tengo que mirarlo —replicó él—. Ya sé quién es, y no va a tratarse de nada bueno.

Comprobó el visor, esbozó una mueca y se dirigió al teléfono de la cocina. Cuando volvió, sujetando una servilleta de papel con una dirección garabateada en ella, le dirigí una mirada expectante.

—He de irme —anunció—. Pero volveré.

—¿Cuándo? ¿Cuándo volverás?

—Como muy tarde el miércoles.

Puse los ojos en blanco. Humor de policía.

Me dio un beso rápido y se marchó.

Oprimí el botón de rellamada en mi teléfono. Contestó una mujer, y reconocí su voz. Terry Gilman.

—Mira esto —dijo la abuela—. El caimán se ha comido una vaca. Eso no se ve todos los días.

Me senté junto a ella. Por suerte ya no se estaban comiendo a ninguna vaca. Aunque, ahora que sabía que Joe iba camino de encontrarse con Terry Gilman, la muerte y la destrucción mostraban cierto atractivo. El hecho de que se tratara sin duda de un encuentro de negocios le quitaba cierta diversión a lo de ponerse como una moto. Aun así, probablemente podría haber llegado a ponerme bastante frenética de no haberme sentido tan agotada.

Cuando el programa de caimanes hubo acabado, vimos el canal de televentas durante un rato.

—Voy a retirarme —anunció la abuela—. Tengo que dejar reposar mi belleza.

En cuanto salió de la habitación saqué la almohada y el edredón, apagué las luces y me derrumbé en el sofá. Me dormí al instante, profundamente y sin sueños. Y bien poco que duró. Me despertaron los ronquidos de la abuela. Me levanté para cerrar la puerta, pero ya estaba cerrada. Exhalé un suspiro, en parte de autocompasión y en parte de puro asombro de que pudiese dormir con tanto ruido. Lo lógico habría sido que se despertase a sí misma. Bob no parecía darse cuenta. Estaba dormido en el suelo junto a un extremo del sofá, tumbado sobre un costado.

Me arrebujé bajo el edredón y me empeñé en volver a dormir. Me revolví un poco. Me tapé los oídos con las manos. Me revolví un poco más. El sofá era incómodo. El edredón era una maraña. Y la abuela no paraba de roncar.

Solté un gruñido. Bob no se movió.

La abuela iba a tener que irse, de una forma u otra. Me levanté y fui arrastrando los pies hasta la cocina. Miré en los armarios y en la nevera. Nada interesante. Eran poco más de las doce. En realidad no era tan tarde. Quizá debería salir a comprar una barrita de chocolate para calmarme los nervios. El chocolate calma, ¿no?

Me puse los pantalones vaqueros, los zapatos y un abrigo encima del pijama. Tomé el bolso del perchero del vestíbulo y salí. Sólo me llevaría diez minutos conseguir una dosis de barrita de chocolate, luego volvería a casa y sin duda esa vez caería redonda.

Entré en el ascensor casi esperando encontrarme con Ranger, pero Ranger no apareció. Tampoco había ningún Ranger en el aparcamiento. Puse en marcha el Buick, conduje hasta la tienda y me compré un Milky Way y un Snickers. Me comí el Snickers de inmediato y pretendía guardar el Milky Way para la cama. Pero, no sé cómo, también me comí allí mismo el Milky Way.

Pensé en la abuela y en sus ronquidos, y no conseguí que me volviera loca la idea de volver a casa, de forma que conduje hasta casa de Joe. Joe vive justo a las afueras del Burg en una casa pareada que heredó de su tía. Al principio se me había hecho extraño pensar en él como propietario. Pero de alguna manera la casa se había ajustado a Joe y la unión había resultado confortable. Era una casita agradable en una calle tranquila. Una casa pareada como las de los recién casados, con la cocina en la parte de atrás y los dormitorios y el baño en la primera planta.

La casa estaba a oscuras. No brillaba ninguna luz detrás de las cortinas. No había ninguna camioneta aparcada junto al bordillo. Ni rastro de Terry Gilman. Vale, a lo mejor estaba un poco chiflada. Y a lo mejor las barritas de chocolate no eran más que una excusa para acercarme hasta allí. Marqué el número de Joe en el móvil. No hubo respuesta.

Qué pena que no tuviese la habilidad de forzar cerraduras. Podría haber entrado y haberme acostado en la cama de Joe. Justo igual que Ricitos de Oro.

Metí la marcha en el Buick y recorrí lentamente el resto de la manzana; ya no me sentía tan cansada. Qué demonios, me dije, ya que estaba ahí fuera sin nada que hacer, ¿por qué no echarle un vistazo a la casa de Aníbal?

Salí del barrio de Joe por la calle Hamilton y conduje hacia el río. Me metí en la nacional 29 y al cabo de unos minutos pasaba ante la casa de Aníbal. Estaba a oscuras, allí tampoco había ni una luz. Aparqué en la manzana de arriba, a la vuelta de la esquina, y regresé andando a la casa. Me paré justo delante y observé las ventanas. ¿Eso que veía en la habitación delantera no era un tenue destello de luz? Me acerqué con sigilo, cruzando el césped, hasta llegar a los matorrales que crecían contra la fachada, y apoyé la nariz contra el cristal de la ventana. Desde luego había luz en alguna parte de la casa. Quizá fuera alguna especie de lamparilla. Era difícil decir de dónde procedía.

Me escabullí de vuelta a la acera y rodeé a toda prisa la casa hasta el carril bici, donde aguardé un momento a que mis ojos se acostumbraran a la oscuridad. Entonces me abrí paso con cautela hacia el jardín trasero de Aníbal. Trepé al árbol y observé las ventanas. Todas las cortinas estaban echadas. Pero volví a advertir un leve resplandor procedente de algún lugar en el piso de abajo. Estaba pensando que aquella luz no indicaba nada cuando de pronto se apagó.

Eso hizo que los latidos de mi corazón se aceleraran un poco, pues no me entusiasmaba la idea de que volviesen a dispararme. De hecho, probablemente no era buena idea quedarme en el árbol. Probablemente sería más seguro vigilar desde mayor distancia..., desde Georgia, por ejemplo. Fui bajando poco a poco y en silencio hasta llegar al suelo y estaba a punto de alejarme de puntillas cuando oí el sonido de una cerradura. O alguien cerraba la casa, o venía a dispararme. Eso me puso en marcha.

Estaba a punto de doblar la esquina cuando oí abrirse una puerta. Me aplasté contra la valla, oculta en las sombras. Contuve el aliento y observé el carril bici. Una figura solitaria apareció ante mi vista. Cerró la puerta. Se detuvo un instante y miró directamente hacia mí. Estaba casi segura de que había salido del patio de Aníbal. Y estaba casi segura de que no podía verme. Había una buena distancia entre los dos y la figura casi se perdía en la oscuridad, la luz ambiental no revelaba más que su silueta. Giró en redondo y se alejó de mí. Pasó bajo el haz de luz que salía de una ventana y quedó brevemente iluminado. Me quedé sin aliento. Era Ranger. Abrí la boca para gritar su nombre, pero ya no estaba; se había disuelto en la noche. Como una aparición.

Corrí hasta la calle y traté de oír pisadas. No las oí, pero sí el motor de un coche al ponerse en marcha no muy lejos de allí. Un 4X4 negro apareció en el cruce y dobló para alejarse en silencio. Casi temí haber perdido la cabeza, que todo fuese una alucinación provocada por la falta de sueño. Anduve de vuelta al coche sintiéndome realmente fatal y volví a casa.

La abuela aún roncaba como un leñador cuando dejé el bolso sobre la encimera de la cocina. Le dije hola a Rex y me arrastré hasta el sofá. No me molesté en quitarme los zapatos. Tan sólo me derrumbé y me tapé con el edredón.

Cuando volví a abrir los ojos, El Porreta y Dougie estaban sentados en la mesa de centro, mirándome fijamente.

—¡Eh! —exclamé—. ¿Qué demonios pasa?

—Tranqui, amiga —dijo El Porreta—. Espero que no te hayamos... ya sabes, asustado o algo así.

—¿Qué hacéis aquí? —chillé.

—Este chico que antes fuera El Proveedor necesita hablar con alguien. Está un poco confuso. Ya sabes, un día es un próspero hombre de negocios, y de pronto, cataplán, todo su futuro le es arrebatado. Sencillamente, no es justo, hombre.

Dougie negó con la cabeza.

—No es justo —repitió.

—Así que hemos pensado que quizá podrías darnos algunas ideas para nuestro futuro empleo —continuó El Porreta—. Teniendo en cuenta que tú tienes tanto éxito con el tuyo. Tú y Dougie sois algo así como... colegas empresariales.

—La verdad es que ofertas no me faltan —comentó Dougie.

—Cierto —dijo El Porreta—. Dougie está muy solicitado en el comercio farmacéutico. Siempre hay oportunidades para los jóvenes emprendedores en el negocio farmacéutico.

—¿Te refieres a Metamucil y cosas así?

—Eso también —contestó El Porreta.

Como si Dougie no tuviese ya bastantes problemas. Vender Metamucil robado era una cosa. Vender *crack* era otra completamente distinta.

—Es probable que la venta de fármacos no sea muy buena idea —les dije—. Podría tener efectos adversos en vuestras expectativas de vida.

Dougie volvió a asentir.

—Es exactamente lo que yo pensaba. Y ahora que Homero ya no está al tanto de la situación, las cosas van a ponerse difíciles.

—Qué pena lo de Homero, caramba —comentó El Porreta—. Era un ser humano excelente. Ése sí que era un hombre de negocios.

—¿Homero? —pregunté.

—Homero Ramos. Homero y yo estábamos así —dijo El Porreta juntando dos dedos—. Estábamos muy unidos.

—¿Me estás diciendo que Homero Ramos estaba metido en drogas?

—Bueno, pues claro —dijo El Porreta—. ¿No lo está todo el mundo?

—¿Cómo conociste a Homero Ramos?

—En realidad no lo conocía lo que se dice físicamente. Era más bien una conexión cósmica mutua. Como si él fuese un pez gordo de la droga y yo, ya sabes, un consumidor. Desde luego fue muy mala suerte que le abrieran un agujero de ventilación en la cabeza. Justo cuando acababa de comprarse esa alfombra tan cara, además.

—¿Qué alfombra?

—La semana pasada estaba en la tienda de Stolle contemplando la posibilidad de comprarme una alfombra. Y ya sabes lo que pasa, que al principio a uno todas las alfombras le parecen excelentes y entonces, cuanto más las miras, más empiezan a parecerte todas iguales. Y antes de que te des cuenta estás, no sé, como hipnotizado con tanta alfombra. Y de lo siguiente de que te das cuenta es de que estás tendido en el suelo, calmándote, ¿sabes? Y mientras estaba ahí tumbado detrás de las alfombras oí entrar a Homero. Fue a la trastienda, se compró una alfombra y salió. Y el hombre de las alfombras, ya sabes, el propietario, y Homero estaban hablando de que la alfombra valía un millón de dólares y que Homero tenía que tener mucho cuidado con ella. Qué pasada, ¿eh?

¡Una alfombra de un millón de dólares! Arturo Stolle le había entregado una alfombra de un millón de dólares a Homero Ramos justo antes de que lo mataran. Y ahora Stolle buscaba a Ranger, la última persona que había visto a Ramos con vida... con la excepción del tipo que lo había matado. Y Stolle pensaba que Ranger tenía algo que le pertenecía. ¿Giraría todo ese asunto de Stolle en torno a una alfombra? Era difícil de creer. Debía de ser una alfombra de aquí te espero.

—Estoy casi seguro de que no estaba... bueno, alucinando —añadió El Porreta.

—Sería una alucinación bien extraña —dije.

—No tan extraña como la vez en que pensé que me había convertido en un gigantesco globo de chicle. Eso fue espantoso, chica. Tenía unas manitas y unos piececitos y todo lo demás era chicle. Ni siquiera tenía cara. Y estaba todo... ya sabes, todo masticado —le recorrió un escalofrío involuntario—. Ése fue un mal viaje.

Se abrió la puerta y Morelli entró por ella. Miró a El Porreta y a Dougie, y luego consultó el reloj y arqueó las cejas.

—Eh, amigo —dijo El Porreta—. Cuánto tiempo sin verte. ¿Cómo te va?

—No puedo quejarme —respondió Morelli.

Dougie, que no era ni por asomo tan apacible como El Porreta, se puso en pie de un salto al ver a Morelli y pisó accidentalmente a Bob. El perro soltó un gruñido de sorpresa, hundió los dientes en la pernera del pantalón de Dougie y arrancó un pedazo de tela.

La abuela Mazur abrió la puerta del dormitorio y se asomó.

—¿Qué pasa aquí? —preguntó—. ¿Me estoy perdiendo algo?

Dougie se mecía inquieto sobre las puntas de los pies, dispuesto a salir disparado hacia la puerta a la menor oportunidad; no se sentía cómodo en presencia de un poli de antivicio. Dougie carecía en muchos sentidos del talento necesario para tener éxito como criminal.

Morelli alzó las manos para indicar que claudicaba.

—Me rindo —dijo. Me besó levemente en los labios y se volvió para marcharse.

—¡Eh, espera! —le dije—. Necesito hablar contigo —me volví hacia El Porreta—. A solas.

—Claro —dijo El Porreta—. No hay problema. Agradecemos tu sabio consejo sobre el tema farmacéutico. Yo y Dougie vamos a tener que buscar otras vías de empleo para él.

—Me vuelvo a la cama —anunció la abuela cuando El Porreta y Dougie se marcharon—. Esto no parece muy interesante. Me gustó más lo de la otra noche, cuando estabas en el suelo con el cazarrecompensas.

Morelli me dirigió una mirada de esas que Desi le dirigía a Lucy cuando ella acababa de hacer algo increíblemente estúpido.

—Es una larga historia —dije.

—Apuesto a que sí.

—Seguramente no querrás oír ahora esa historia tan aburrida.

—Por cómo suena puede resultar entretenida. ¿Fue así como se te rompió la cadena de la puerta?

—No, eso lo hizo Morris Munson.

—Una noche ajetreada.

Exhalé un suspiro y me hundí de nuevo en el sofá.

Morelli se acomodó en una silla frente a mí.

—¿Y bien?

—¿Sabes algo sobre alfombras?

—Sé que se ponen en el suelo.

Le conté la historia de El Porreta sobre la alfombra de un millón de dólares.

—A lo mejor no era la alfombra lo que valía un millón de dólares —opinó Morelli—. A lo mejor había algo dentro de la alfombra.

—¿Como qué?

Morelli tan sólo se me quedó mirando y yo me hice unas preguntas en voz alta.

—¿Qué es lo bastante pequeño como para caber en una alfombra? ¿Drogas?

—Vi un trozo del vídeo de seguridad tras el incendio en el edificio Ramos —explicó Morelli—. Homero Ramos llevaba una bolsa de deporte cuando pasó ante la cámara oculta la noche que se encontró con Ranger. Y Ranger llevaba esa bolsa cuando salió. Corre el rumor de que Arturo Stolle ha perdido un montón de dinero y quiere hablar con Ranger. ¿Qué opinas tú?

—Que quizá Stolle le diera drogas a Ramos. Ramos pasa la droga para que sea cortada y distribuida y acaba con una bolsa de deporte llena de dinero, del cual una parte o la totalidad pertenece a Stolle. Algo pasa entre Ranger y Homero Ramos, y Ranger se queda con la bolsa.

—Y si la cosa fue así, probablemente se trataba de una actividad extracurricular para Homero Ramos —continuó Morelli—. Drogas, extorsión y loterías clandestinas son patrimonio del crimen organizado. Las armas son patrimonio de la familia Ramos. Alexander Ramos siempre ha respetado eso.

Pero en Trenton se trataba más bien de crimen desorganizado. Trenton estaba justo entre Nueva York y Filadelfia. A nadie le importaba gran cosa Trenton. Más que nada, Trenton tenía un puñado de cuadros medios que se pasaban el día organizando loterías clandestinas a través de los clubes sociales. El dinero de la lotería contribuía a darle estabilidad al comercio de la droga. Y la droga la distribuían bandas callejeras de chicos de color con nombres como *Los Corleone*. De no ser por las películas de *El Padrino* y los reportajes sobre el crimen en la tele, es probable que en Trenton nadie supiera cómo actuar o qué nombre adoptar.

Así pues, ahora entendía mejor por qué Alexander Ramos se sentía desilusionado con su hijo. La cuestión seguía siendo si estaba lo bastante desilusionado como para mandarlo matar. También tenía un motivo por el que Arturo Stolle podía estar buscando a Ranger.

—Todo esto es especulación —dijo Morelli—. Mera conversación.

—Nunca compartes información policial conmigo. ¿Por qué me cuentas todo eso?

—No se trata exactamente de información policial. No es más que calderilla que me tintinea en la cabeza. Llevo mucho tiempo observando a Stolle y no he tenido mucha suerte. Quizá sea ésta la brecha que he estado esperando. Necesito hablar con Ranger, pero no consigo que me llame. Así que te transmito esto a ti, y tú puedes pasárselo a Ranger.

Asentí con la cabeza.

—Le daré el mensaje.

—No des detalles por teléfono.

—Entendido. ¿Cómo te fue con Terry Gilman?

Morelli sonrió.

—Déjame adivinarlo. Tu dedo apretó por accidente el botón de rellamada del teléfono.

—Vale, lo admito, soy una entrometida.

—El *Sindicato del crimen* está teniendo ciertos problemas organizativos. Advertí un aumento en el tráfico de entrada y salida de los clubes sociales, así que le expresé mi preocupación a Vito. De forma que Vito envió a Terry para asegurarme que los chicos no estaban haciendo acopio de armas nucleares para la tercera guerra mundial.

—Vi a Terry el miércoles. Le entregó una carta a Aníbal Ramos.

—El *Sindicato del crimen* y el *Sindicato de las armas* están tratando de restablecer los límites. Homero Ramos derribó algunas vallas, y ahora que está fuera de juego es necesario reparar esas vallas —Morelli empujó suavemente mi pie con el suyo—. ¿Y bien?

—¿Y bien qué?

—¿Qué tal si lo hacemos?

Estaba tan cansada que no sentía los labios y Morelli quería tontear conmigo.

—Claro —respondí—. Sólo déjame descansar la vista un momentito.

Cerré los ojos y cuando desperté era por la mañana. No había ni rastro de Morelli.

—Llego tarde —dijo la abuela saliendo con un trotecillo de la habitación hacia la cocina—. Me he dormido. Es por todas esas interrupciones que hay cada noche. Este sitio es como la estación

Grand Central. Tengo mi última clase de conducir dentro de media hora y mañana es el examen. Esperaba que tú me llevaras, es a primera hora de la mañana.

—Claro. Puedo llevarte.

—Y luego voy a mudarme. No es nada personal, pero vives en un manicomio.

—¿Adónde irás?

—Vuelvo con tu madre. De todas formas tu padre merece tener que soportarme.

Era domingo, y la abuela siempre iba a la iglesia los domingos por la mañana.

—¿Qué pasa hoy con la iglesia?

—No tengo tiempo para iglesias. Dios va a tener que apañárselas hoy sin mí. Además, tu madre representará a la familia.

Mi madre siempre representaba a la familia, porque mi padre nunca iba a la iglesia. Mi padre se quedaba en casa y esperaba a que llegara el pedido de la panadería. Siempre, desde que yo recuerdo, cada domingo por la mañana mi madre iba a la iglesia y se detenía en la panadería de vuelta a casa. Cada domingo por la mañana mi madre compraba donuts rellenos. Nada más que donuts rellenos. Galletas, pasteles y pastitas podían comprarse los días laborables. El domingo era el día de los donuts rellenos. Era como tomar la comunión. Soy católica de nacimiento, pero en mi religión personal la Santísima Trinidad siempre serán el Padre, el Hijo y el Donut Santo.

Le puse la correa a Bob y lo llevé a dar un paseo. El aire era frío y el cielo estaba azul. Daba la sensación de que la primavera no estuviese ya muy lejos. No vi a Habib y Mitchell en el aparcamiento. Supuse que no trabajaban los domingos. Tampoco vi a Joyce Barnhardt. Eso fue un alivio.

Cuando volví, la abuela se había ido y el apartamento estaba maravillosamente tranquilo. Le di de comer a Bob. Me bebí un vaso de zumo de naranja. Y volví a meterme bajo el edredón. Desperté a la una en punto y pensé en mi conversación con Morelli la noche anterior. Le había ocultado algo. No le había dicho que había visto a Ranger salir de la casa de Aníbal. Me pregunté si él también me habría ocultado información. Era bastante probable. Nuestra relación profesional tenía reglas absolutamente distintas de las de nuestra relación personal. Morelli había establecido el tono ya desde el principio. Había ciertos asuntos de poli que sencillamente no compartía. Las reglas personales aún estaban evolucionando. Él tenía las suyas. Y yo tenía las mías. De vez en cuando estábamos de acuerdo. Tiempo atrás habíamos hecho una breve intentona de vivir juntos, pero Morelli no se sentía cómodo con el compromiso y a mí no me hacía sentir cómoda la reclusión. Así que nos separamos.

Calenté una lata de sopa de pollo con fideos y llamé a Morelli.

—Siento lo de anoche —dije.

—Al principio temí que hubieras muerto.

—Estaba cansada.

—Ya me lo figuré.

—La abuela va a pasar el día fuera y yo tengo que trabajar un poco. Me preguntaba si podrías hacerte cargo de Bob.

—¿Durante cuánto tiempo? —preguntó Morelli—. ¿Un día? ¿Un año?

—Un par de horas.

Lo siguiente que hice fue llamar a Lula.

—Tengo que entrar a la fuerza en casa de alguien. ¿Quieres venir?

—¡Claro que sí! Nada me gusta tanto como el allanamiento de morada.

Fui a dejar a Bob y le di instrucciones a Morelli.

—Vigílale bien. Se lo come todo.

—A lo mejor debería convertirle en policía —bromeó Morelli—. ¿Cuánto licor puede llegar a ingerir?

Lula me esperaba en su escalinata de entrada cuando llegué. Iba discretamente vestida con pantalones de licra de un verde llamativo y una espantosa chaqueta de piel sintética en color rosa. Podría ponerse en una esquina, en plena noche y bajo la niebla, y sería visible desde cinco kilómetros de distancia.

—Bonito atuendo —comenté.

—Quería tener buena pinta en caso de que me arresten. Ya sabes que te sacan fotos y todo eso —se puso el cinturón de seguridad y me miró—. Vas a lamentar haberte puesto esa mierda de camisa. No va a destacar nada. Y ya que estamos, ni siquiera te has puesto espuma en el pelo. ¿Qué clase de peinado es ése?

—Que me arresten no entra en mis planes.

—Nunca se sabe. No está de más tomar precauciones y pintarse un poco más los ojos. Por cierto, ¿en casa de quién vamos a entrar?

—En la de Aníbal Ramos.

—¿Cómo dices? ¿Te refieres al hermano del fallecido Homero Ramos? ¿Al primogénito del rey de las armas Alexander Ramos? Joder, ¿estás loca o qué?

—Es probable que no esté en casa.

—¿Cómo vas a averiguarlo?

—Voy a llamar al timbre.

—¿Y si contesta?

—Le preguntaré si ha visto a mi gato.

—¡Venga ya! —dijo Lula—, si tú no tienes gato.

Vale, pues sí, el plan estaba un poco cojo. Pero era el mejor que se me ocurría. Apostaba a que Aníbal no estaba en casa. La noche anterior no había oído a Ranger despedirse de nadie. No había visto luces encendidas después de que saliera.

—¿Qué estás buscando? —quiso saber Lula—. ¿O simplemente es que quieres morir joven?

—Lo sabré cuando lo vea —respondí. Al menos eso esperaba.

La verdad es que no quería pensar demasiado en qué estaba buscando. Casi temía que incriminara a Ranger. Me había pedido que vigilara la casa de Aníbal y luego había ido a husmear sin mí. Me hacía sentir ligeramente excluida. Y me tenía un poco preocupada. ¿Qué andaba buscando Ranger en casa de Aníbal? Y ya puestos, ¿qué buscaba en la casa de Deal? Sospechaba que mi expedición para hacer recuento de puertas y ventanas le había facilitado la información que necesitaba para entrar en la casa. ¿Qué demonios podía haber allí dentro que justificara correr semejante riesgo?

Ranger, el hombre misterioso, me parecía bien cuando todo marchaba como era debido. Pero me estaba implicando en algo serio y empezaba a hartarme del misterio constante que rodeaba a Ranger. Quería saber qué estaba pasando. Y quería asegurarme de que Ranger estuviese actuando dentro de la ley. Lo que quiero decir es que no sabía quién era ese hombre en realidad.

Lula y yo estábamos de pie en la acera estudiando la casa de Aníbal. Las cortinas seguían echadas. El silencio era absoluto. Las casas que flanqueaban la de Aníbal también estaban en silencio. Era domingo por la tarde. Todo el mundo estaba en el centro comercial.

—¿Estás segura de que es la dirección correcta? —preguntó Lula—. No tiene pinta de ser la casa de un pez gordo del tráfico de armas. Me esperaba algo así como el Taj Majal. Un sitio como en el que vive Donald.

—Donald Trump no vive en el Taj Majal.

—Cuando está en Atlantic City, sí. Este idiota ni siquiera tiene torretas para disparar desde ellas. ¿Qué clase de traficante de armas es?

—De los que no llaman la atención.

—Y tanto.

Llegué hasta la puerta y llamé al timbre.

—Llame la atención o no —comentó Lula—, como conteste me meo en los pantalones.

Probé a abrir la puerta, pero estaba cerrada con llave. Miré a Lula.

—Sabes forzar una cerradura, ¿no?

—Claro que sí. No se ha fabricado la cerradura que yo no pueda forzar. Sólo que no he traído mi como se llame.

—¿Tu ganzúa?

—Eso es. Además, ¿qué pasa con el sistema de alarma?

—Tengo la sensación de que no está conectado.

Y si lo está, corremos como el demonio cuando lo hagamos saltar.

Volvimos a la acera, rodeamos la casa y entramos en el carril bici desde la calle siguiente por si alguien nos veía. Anduvimos hasta la tapia de seguridad de Aníbal y entramos por la verja, que no estaba cerrada.

—¿Has estado antes aquí? —quiso saber Lula.

—Ajá.

—¿Qué pasó?

—Que me disparó.

—Vaya —dijo Lula.

Apoyé una mano en la puerta que daba a la casa y empujé. Tampoco estaba cerrada.

—Si quieres puedes pasar tú primero —dijo Lula—. Sé que te gusta hacerlo.

Aparté la cortina y entré en la casa de Aníbal.

—Qué oscuro está esto —comentó Lula—. Este hombre debe de ser un vampiro.

Me volví para mirarla.

—¡Oh, vaya! —soltó—. Acabo de asustarme a mí misma.

—No es un vampiro. Tiene las cortinas echadas para que nadie pueda verlo desde fuera. Primero comprobaré que la casa esté vacía. Y luego iré habitación por habitación para ver si aparece algo interesante. Quiero que te quedes aquí abajo haciendo guardia.

Once

En la planta baja no había nadie. En las habitaciones del sótano tampoco. Allí abajo Aníbal tenía un pequeño trastero y una habitación bastante grande con un televisor de pantalla panorámica, una mesa de billar y una barra de bar. Se me ocurrió que si alguien estaba allí en el sótano viendo la tele, desde fuera la casa se vería a oscuras y deshabitada. En el primer piso había tres dormitorios, también vacíos de seres humanos. Uno de ellos era claramente el principal. Otro se había transformado en despacho, con estanterías empotradas y un gran escritorio forrado en piel. Y el tercero era la habitación de invitados. Fue esa habitación la que me llamó la atención. Parecía que alguien viviese en ella. La cama estaba sin hacer. Había ropa de hombre sobre una silla y unos zapatos dejados descuidadamente en un rincón.

Hurgué en los cajones y en el armario, revisando bolsillos en busca de algo que identificara al invitado. No encontré nada. La ropa era cara. Calculé que su propietario sería de altura y complexión medias: por debajo del metro noventa y de unos ochenta kilos. Comparé los pantalones con los que encontré en el dormitorio principal. Aníbal tenía la cintura más ancha y su gusto era más tradicional. El baño de Aníbal estaba adosado al dormitorio principal. El baño de invitados estaba en el pasillo. Ninguno de los dos contenía sorpresa alguna, con la excepción de unos condones en el de invitados. El invitado, por lo visto, esperaba algo de acción.

Pasé al despacho y revisé primero las estanterías. Biografías, un atlas, algunas novelas. Me senté en el escritorio. No había ninguna agenda o libreta de direcciones. Había un bloc de notas y un bolígrafo. Ni un mensaje. Un ordenador portátil. Lo encendí. En el escritorio no había nada. Nada de lo que aparecía en el disco duro era comprometedor. Aníbal era muy cauteloso. Apagué el ordenador y revisé los cajones. Nada de nada. Aníbal era pulcro y generaba bien poco desorden. Me pregunté si también lo haría así en la casa de la playa.

El tipo de la habitación de invitados no era ni por asomo tan pulcro. Su escritorio, dondequiera que estuviese, estaría en completo desorden.

No había encontrado armas en las habitaciones del piso de arriba, como sabía de primera mano que Aníbal tenía al menos una pistola, eso significaba que probablemente la llevaba encima. Aníbal no parecía de la clase de tipos que se dejan el arma en la caja de galletas.

Lo siguiente que hice fue dirigirme al sótano. No había mucho que investigar allí.

—Esto es decepcionante —le dije a Lula cuando cerré la puerta del sótano—. No hay nada de nada.

—Yo tampoco he encontrado nada en esta planta —contestó Lula—. No hay cajas de cerillas de bares, ni pistolas bajo los cojines del sofá. En la nevera hay unas cuantas cosas: cervezas, zumos, pan de molde y fiambres. También hay unas cuantas latas de refrescos. Eso es todo.

Me dirigí a la nevera y le eché un vistazo al envoltorio de los fiambres. Los habían comprado dos días antes en Shop Rite.

—Esto es escalofriante —le comenté a Lula—. Hay alguien viviendo en esta casa.

Lo que no dije fue que tenía la sensación de que podía volver en cualquier momento.

—Sí, y no sabe gran cosa de fiambres —dijo Lula—. Ha comprado pechuga de pavo y queso suizo en vez de salami y provolone.

Estábamos en la cocina, curioseando en la nevera y sin prestar excesiva atención a lo que pasaba en la parte delantera de la casa. Entonces se oyó el sonido de una llave en la cerradura y Lula y yo nos incorporamos con un respingo.

—Mira por dónde —musitó Lula.

La puerta se abrió. Cynthia Lotte entró por ella y nos miró bizqueando en la penumbra.

—¿Qué demonios estáis haciendo aquí? —soltó.

Lula y yo nos habíamos quedado sin habla.

—Díselo —dijo Lula por fin dándome un codazo—. Dile qué estamos haciendo aquí.

—Qué más da qué estemos haciendo aquí —dije—. Me gustaría saber qué haces tú aquí.

—No es asunto vuestro. Además, tengo llave, o sea que tengo pleno derecho a venir aquí.

Lula sacó una Glock.

—Bueno, pues yo tengo pistola, así que calculo que tengo algo más que tú.

Cynthia extrajo una 45 del bolso.

—Yo también tengo una pistola. Estamos empatadas.

Las dos se volvieron hacia mí.

—Yo tengo una pistola en casa —dije—. He olvidado traerla.

—Entonces no cuenta —aseguró Cynthia.

—Claro que cuenta —dijo Lula—. No es lo mismo que si no tuviese pistola. Además, cuando lleva la pistola encima se vuelve muy mala. En cierta ocasión mató a un hombre.

—Recuerdo haberlo leído. Dickie casi sufrió un ataque cardíaco. Pensó que eso perjudicaría su reputación.

—Dickie es una almorrana —opiné yo.

Cynthia sonrió sin humor.

—Todos los hombres son almorranas —miró a su alrededor—. Solía venir aquí con Homero cuando Aníbal no estaba en la ciudad.

Eso explicaba la llave. Y quizá los condones en el baño.

—¿Tenía ropa Homero en la habitación de invitados?

—Un par de camisas y ropa interior.

—Hay ropa ahí arriba, en el cuarto de invitados. Quizá podrías echarle un vistazo y decirme si es de Homero.

—Primero quiero saber qué hacéis aquí.

—Un amigo mío es posible sospechoso del incendio y el disparo. Trato de hacerme a la idea de lo que sucedió en realidad.

—¿Y qué piensas? ¿Que Aníbal mató a su hermano?

—No lo sé.

Cynthia se dirigió a las escaleras.

—Dejadme que os cuente algo sobre Homero. Todo el mundo quería matarle, incluida yo. Homero era un gusano mentiroso y estafador. Su familia siempre estaba pagándole fianzas. Si yo fuera Aníbal, hace mucho que le habría pegado un tiro a Homero, pero los lazos familiares de los Ramos son muy fuertes.

La seguimos escaleras arriba hasta la habitación de invitados y esperamos en el umbral mientras echaba un vistazo.

—Algunas de estas cosas son de Homero, desde luego —dijo mientras revisaba los cajones—. Y hay otras que nunca había visto —dio una patada a unos calzoncillos de seda roja con estampado de cachemir que había en el suelo—. ¿Veis esos calzoncillos? —apuntó y les pegó cinco tiros—. Ésos sí que eran de Homero.

—No te contengas —comentó Lula.

—Sabía ser encantador —dijo Cynthia—, pero era incapaz de mantener una atención prolongada en lo referente a las mujeres. Creí que estaba enamorado de mí. Creí que podría cambiarle.

—¿Qué pasó para hacerte creer lo contrario?

—Dos días antes de que le dispararan me dijo que nuestra relación había terminado. Me dijo unas cosas muy poco amables; me dijo que si le causaba problemas me mataría y luego me vació el joyero y se llevó mi coche. Dijo que necesitaba dinero.

—¿Lo denunciaste a la policía?

—No. Lo creí cuando dijo que me mataría —se metió la pistola en el bolsillo de la chaqueta—. Además, llegué a pensar que no habría tenido oportunidad de revender mis joyas... que a lo mejor las había escondido aquí.

—He registrado toda la casa —expliqué—, y no he encontrado ninguna joya, pero si quieres buscar por ti misma, adelante.

Se encogió de hombros.

—Era una posibilidad remota. Tendría que haberlo comprobado antes.

—¿No te daba miedo encontrarte con Aníbal? —quiso saber Lula.

—Contaba con que Alexander hubiese venido para el funeral y que Aníbal estuviese viviendo en la casa de la playa.

Todas bajamos en tropel las escaleras.

—¿Qué me decís del garaje? —preguntó Cynthia—. ¿Habéis mirado ahí? Supongo que no habréis encontrado mi Porsche plateado, ¿no?

—¡Vaya! —soltó Lula impresionada—. ¿Tú tienes un Porsche?

—Tenía. Homero me lo regaló cuando cumplimos seis meses juntos —exhaló un suspiro—. Como os decía, Homero sabía ser encantador.

Entiéndase *encantador* como sinónimo de *generoso*.

Aníbal tenía un garaje de dos plazas adosado a la casa. La puerta que daba al garaje estaba en el vestíbulo y sólo tenía un simple cerrojo. Cynthia la abrió y encendió la luz del garaje. Y ahí estaba... el Porsche plateado.

—¡Mi Porsche! ¡Mi Porsche! —exclamó—. Nunca creí que volvería a verlo —dejó de gritar y arrugó la nariz—. ¿Qué es ese olor?

Lula y yo nos miramos. Conocíamos ese olor.

—Mira por dónde —dijo Lula.

Cynthia corrió hacia el coche.

—Espero que haya dejado las llaves. Espero... —se paró en seco y miró por la ventanilla del coche—. Hay alguien durmiendo en mi coche.

Lula y yo esbozamos sendas muecas y Cynthia empezó a chillar.

—¡Está muerto! ¡Está muerto! ¡Hay un muerto en mi Porsche!

Lula y yo nos acercamos a echar un vistazo.

—Ajá. Está muerto y bien muerto —dijo Lula—. Lo delatan esos tres agujeros en la frente. Tienes suerte —le dijo a Cynthia—; por lo visto al tipo ése se lo cepillaron con una 22. Si le hubiesen disparado con una 45 habría sesos por todo el coche. Una 22 entra y se pasea por ahí como el Comecocos.

Era difícil calcularlo allí tirado en el asiento, pero el cuerpo parecía medir en torno al metro setenta y cinco y tener unos veinte kilos de sobrepeso. Cabello oscuro y corto. Cuarenta y tantos años. Vestido con un polo de punto y americana. Anillo con diamante rosa. Tres agujeros en la cabeza.

—¿Lo reconoces? —le pregunté a Cynthia.

—No. No lo había visto en mi vida. Esto es terrible. ¿Cómo ha podido pasar algo así? Hay sangre en el salpicadero.

—La cosa no está tan mal, considerando que le han pegado tres tiros en la cabeza —comentó Lula—. Simplemente no utilices agua caliente. El agua caliente fija las manchas de sangre.

Cynthia había abierto la puerta y trataba de sacar al muerto del coche, pero el muerto no estaba lo que se dice cooperando.

—No me vendría mal un poco de ayuda —dijo Cynthia—. Que alguien vaya por el otro lado y empuje.

—¡Eh!, espera un momento —se quejó Lula—. Esto es la escena de un crimen. Deberías dejarlo todo como está.

—Y una mierda —dijo Cynthia—. Éste es mi coche y voy a llevármelo. Trabajo para un abogado. Sé lo que pasa con estas cosas. Incautarán este coche hasta el día del juicio final. Y entonces probablemente se lo quedará su esposa.

Había conseguido sacar medio cuerpo, pero tenía las piernas rígidas y no se le doblaban.

—Necesitaríamos a David Copperfield —bromeó Lula—. Lo vi por la tele una vez, y partía a no sé quién en dos sin siquiera hacer estropicio.

Cynthia había agarrado al tipo por la cabeza con la esperanza de hacer palanca.

—Se le ha atascado un pie en el cambio de marchas —dijo—. Que alguien le pegue una patada a ese pie.

—A mí no me mires —dijo Lula—. La gente muerta me da mala espina. No pienso tocar a un muerto.

Cynthia agarró al hombre por la chaqueta y tironeó.

—Esto es imposible. Nunca conseguiré sacar a este imbécil de mi coche.

—Quizá si lo engrasaras un poco… —sugirió Lula.

—Quizá si vosotras ayudarais un poco… —contestó Cynthia—. Ve al otro lado y empújale el culo con un pie mientras Stephanie me ayuda a tirar de él.

—Mientras sólo sea con un pie —contestó Lula—. Supongo que eso sí lo puedo hacer.

Cynthia rodeó con un brazo el cuello del tipo, yo le agarré de la pechera de la camisa y Lula le propinó un buen empujón con el pie hasta sacarle del coche.

Le soltamos de inmediato y retrocedimos.

—¿Quién creéis que le mató? —pregunté. En realidad no esperaba una respuesta.

—Homero, por supuesto —contestó Cynthia.

Negué con la cabeza.

—No lleva muerto el tiempo suficiente como para que fuese Homero.

—¿Aníbal?

—No creo que Aníbal dejara un cadáver en su propio garaje.

—Bueno, pues no me importa quién lo mató —dijo Cynthia—. Tengo el Porsche y me largo a casa.

El muerto estaba desplomado en el suelo con las piernas dobladas en ángulos extraños, el pelo revuelto y la camisa por fuera.

—¿Qué pasa con él? —pregunté—. No podemos dejarle así. Se le ve tan... incómodo.

—Es por las piernas —comentó Lula—. Se quedaron tiesas en posición sentada —sacó una silla de jardín de una pila que había y la colocó junto al muerto—. Si lo sentamos en la silla se le verá más natural, como si estuviera esperando a que alguien lo llevase a casa o algo así.

De forma que lo levantamos, lo sentamos en la silla y retrocedimos para echar un vistazo. Pero al apartarnos se cayó de la silla. ¡Plaf! Dio con la cara contra el suelo.

—Menos mal que está muerto —dijo Lula—. Si no, eso le habría dolido a lo bestia.

Volvimos a instalarle en la silla y en esa ocasión lo rodeamos con unos pulpos que encontramos. Tenía la nariz un poco chafada y el impacto de la caída había hecho que se le cerrase un ojo, así que ahora tenía uno abierto y uno cerrado, pero aparte de eso tenía buena pinta. Retrocedimos otra vez y se quedó donde estaba.

—Me largo de aquí —anunció Cynthia. Bajó todas las ventanillas del coche, oprimió el botón de apertura del garaje, salió marcha atrás y se alejó calle abajo.

La puerta del garaje se deslizó hasta cerrarse y Lula y yo nos quedamos solas con el fiambre.

Lula se balanceó inquieta.

—¿No crees que deberíamos decir unas palabras por el difunto? No me gusta faltarles el respeto a los muertos.

—Creo que deberíamos salir inmediatamente de aquí.

—Amén —concluyó Lula, y se santiguó.

—Pensaba que eras baptista.

—Sí, pero es que no tenemos ningún gesto para ocasiones como ésta.

Salimos del garaje, miramos con sigilo por la ventana de atrás para asegurarnos de que no hubiese nadie por ahí y nos escabullimos por la puerta del patio. Cerramos la verja al salir y recorrimos el carril bici hasta el coche.

—No sé tú —dijo Lula—, pero yo pienso irme a casa y permanecer un par de horas bajo la ducha; luego me lavaré de arriba abajo con desinfectante.

Me pareció un buen plan. En especial puesto que una ducha me proporcionaría la oportunidad de posponer la hora de ver a Morelli. Porque ¿qué iba a decirle? «¿Sabes qué, Joe? Hoy he entrado a la fuerza en casa de Aníbal Ramos y me he encontrado un muerto. Entonces he destruido la escena del crimen, he ayudado a una mujer a llevarse una de las pruebas y luego me he marchado. Así que si aún me encuentras atractiva después de diez años de cárcel...» Por no mencionar que era la segunda vez que alguien veía a Ranger abandonar la escena de un homicidio.

Cuando llegué a casa tenía todos los ingredientes para un ataque de mal humor. Había ido a casa de Aníbal en busca de información. Ahora tenía más información de la que en realidad quería tener y además no sabía qué significaba. Le envié un mensaje al busca a Ranger y me preparé el almuerzo, que en mi estado de consternación consistió en aceitunas. Una vez más.

Me llevé el teléfono al baño mientras me daba una ducha. Me cambié de ropa, me sequé el pelo y me apliqué un poco de rímel en las pestañas. Contemplaba la posibilidad de pintarme la raya en los ojos cuando llamó Ranger.

—Quiero saber qué está pasando —dije—. Acabo de encontrar un fiambre en casa de Aníbal.

—¿Y?

—Y quiero saber quién es. Y quiero saber quién lo mató. Y quiero saber qué hacías anoche saliendo a hurtadillas de casa de Aníbal.

Sentí la fuerza de la personalidad de Ranger al otro lado de la línea.

—No necesitas saber ninguna de esas cosas.

—¡Y una mierda que no! Acabo de implicarme en un asesinato.

—Has descubierto por casualidad la escena de un crimen. Eso es distinto que estar implicada en un asesinato. ¿Has llamado ya a la policía?

—No.

—Sería buena idea llamar a la policía. Y más te vale no ser muy precisa sobre lo del allanamiento de morada.

—Más me vale no serlo sobre un montón de cosas.

—Eso es asunto tuyo —dijo Ranger.

—¡Vaya actitud tan asquerosa la tuya! —le grité a través del teléfono—. Estoy hasta las narices de Ranger el misterioso. Tienes un problema a la hora de compartir, ¿lo sabías? Un día me metes las manos bajo la camisa y al siguiente me dices que nada es asunto mío. Ni siquiera sé dónde vives.

—Si no sabes nada, no puedes irte de la lengua sobre nada.

—Gracias por el voto de confianza.

—Así están las cosas —dijo Ranger.

—Y una cosa más, Morelli quiere que lo llames. Ha estado vigilando a alguien durante mucho tiempo y ahora tú estás implicado con ese alguien; Morelli piensa que podrías ayudarle de alguna manera.

—Más adelante —dijo Ranger, y colgó.

Estupendo. Si así es como lo quiere, entonces por mí estupendo.

Furiosa, me dirigí a la cocina, saqué la pistola de la caja de galletas, agarré el bolso, salí, recorrí a grandes zancadas el pasillo, bajé las escaleras y crucé el vestíbulo y el aparcamiento hasta llegar al Buick. Joyce estaba allí, en el coche con el guardabarros abollado. Me vio salir del edificio y me hizo un gesto soez con el dedo medio. Se lo devolví y salí disparada hacia casa de Morelli. Joyce me seguía a un coche de distancia. Por mí estupendo. Ese día podía seguirme cuanto quisiera. Por lo que a mí concernía, Ranger podía hacer lo que le viniera en gana. Sencillamente, me quitaba de en medio.

Morelli y Bob estaban sentados uno junto al otro en el sofá, viendo el canal de deportes, cuando entré. Había una caja vacía de Pino's Pizza sobre la mesilla, un envase vacío de helado y un par de latas chafadas de cerveza.

—¿Hora de comer? —pregunté.

—Bob tenía hambre. Y no te preocupes, no ha tocado la cerveza —Morelli dio unas palmaditas en el asiento junto a él—. Hay sitio para ti.

Cuando a Morelli le daba por ser un poli, en sus ojos marrones había una mirada dura y calculadora, tenía la cara enjuta y angulosa, y la cicatriz que le partía en dos la ceja derecha traslucía la correcta impresión de que Morelli nunca había llevado una vida cautelosa. Cuando le daba por estar sexy, sus ojos marrones eran como el chocolate fundido, su boca se suavizaba y la cicatriz daba la falsa impresión de que necesitaba que le mimaran un poco.

Y en aquel momento Morelli estaba pero que muy sexy. Y yo no me sentía sexy en absoluto. De hecho, me sentía de un humor de perros. Me dejé caer en el sofá y miré con el entrecejo fruncido la caja vacía de pizza, acordándome de mi almuerzo a base de aceitunas.

Morelli me rodeó los hombros con un brazo y me acarició la nuca con la nariz.

—Al fin solos —murmuró.

—Tengo algo que decirte.

Morelli se quedó paralizado.

—Digamos que hoy he encontrado por casualidad un muerto.

Se hundió en el sofá.

—Tengo una novia que encuentra muertos. ¿Por qué yo?

—Me recuerdas a mi madre.

—Me siento como tu madre.

—Bueno, pues no lo hagas —solté—. Ni siquiera me gusta que mi madre se sienta mi madre.

—Supongo que quieres hablarme de ello.

—Eh, si no quieres oírlo, no hay problema. Sencillamente puedo llamar a comisaría.

Se sentó más tieso.

—¿No has llamado todavía? Oh, mierda, déjame adivinarlo: has irrumpido en casa de alguien y te has encontrado con un homicidio.

—En casa de Aníbal.

Morelli se levantó.

—¿Cómo que en casa de Aníbal?

—Pero no he irrumpido. La puerta de atrás estaba abierta.

—¿Qué diablos hacías tú en casa de Aníbal? —chilló—. ¿En qué estabas pensando?

Yo también me había puesto de pie y gritaba.

—Estaba haciendo mi trabajo.

—El allanamiento de morada no es tu trabajo.

—Ya te lo he dicho, sólo he entrado porque la puerta estaba abierta.

—Bueno, eso supone una gran diferencia. ¿A quién has encontrado muerto?

—No lo sé. A un tipo que se cargaron en el garaje.

Morelli fue a la cocina y marcó un número de teléfono.

—He recibido un chivatazo anónimo —dijo—. ¿Por qué no envías a alguien a la casa de Aníbal Ramos, en la calle Fenwood, para que eche un vistazo en el garaje? La puerta de atrás debería estar abierta —Morelli colgó y se volvió hacia mí—. Bueno, ya se ocupan del asunto. Vayamos arriba.

—Sexo, sexo y más sexo —dije—. Es en lo único que piensas.

Claro que ahora que ya había descansado y me había quitado de encima el peso del fiambre, un orgasmo no parecía tan mala idea.

Morelli me acorraló contra la pared y se inclinó hacia mí.

—Pienso en otras cosas además de en el sexo... pero no últimamente.

Me besó, con lengua y todo y lo del orgasmo empezó a sonarme cada vez mejor.

—Sólo una pregunta rápida sobre ese muerto —dije—. ¿Cuánto crees que tardarán en encontrarle?

—Si hay un coche en la zona, sólo les llevará cinco o diez minutos.

Había bastantes posibilidades de que llamaran a Morelli en cuanto le echaran una ojeada al tipo del garaje. Y en el mejor de los días yo necesitaba más de cinco minutos. Pero bueno, probablemente les llevaría más de cinco minutos hacer que un coche llegara hasta la casa, y luego los polis tendrían que ir hasta la parte de atrás y llegar hasta el garaje. Así que si no perdía el tiempo en quitarme la ropa y nos metíamos en faena de inmediato, bien podría llevar a cabo el programa completo.

—¿Por qué no lo hacemos aquí? —sugerí, y le desabroché a Morelli el botón de los Levi's—. Las cocinas son muy sexys.

—Espera —dijo—. Correré las cortinas.

Me quité los zapatos sin agacharme siquiera y me bajé los pantalones.

—No hay tiempo para eso.

Morelli me miró fijamente.

—No es que me queje, pero tengo la sensación de que esto es demasiado bueno para ser verdad.

—¿Has oído hablar de la comida rápida? Pues esto es sexo rápido.

Le envolví cierta parte con la mano y Morelli inspiró profundamente.

—¿Cómo de rápido quieres que sea? —preguntó.

Sonó el teléfono.

¡Maldición!

Morelli sujetaba el teléfono con una mano y mi muñeca con la otra. Al cabo de unos instantes me miró de soslayo.

—Es Costanza. Estaba en el barrio, así que ha recibido él la llamada para echar un vistazo en casa de Ramos. Dice que tengo que ir a verlo por mí mismo. No sé qué ha dicho sobre un tipo despeinado y esperando el autobús. Al menos eso es lo que he captado por debajo de las risas.

Me encogí de hombros y volví las palmas de las manos para arriba. Como si le dijera: «Bueno, pues no sé de qué habla; a mí no me ha parecido más que un fiambre corriente».

—¿Hay algo que quieras contarme al respecto? —preguntó Morelli.

—No, a menos que sea en presencia de un abogado.

Volvimos a ponernos la ropa, recogimos nuestras cosas y nos dirigimos a la puerta. Bob aún estaba sentado en el sofá, mirando el canal de deportes.

—Es un poco raro —comentó Morelli—, pero juraría que es capaz de seguir el juego.

—Quizá deberíamos dejárselo ver hasta el final.

Morelli cerró la puerta cuando hubimos salido.

—Oye, monada, como le digas a alguien que le dejo ver el canal de deportes a ese perro, me vengaré —volvió la mirada hacia mi coche y luego al coche que había aparcado detrás—. ¿No es ésa Joyce?

—Me está siguiendo.

—¿Quieres que le dé una entrada para ir a algún sitio?

Le di un beso rápido a Morelli y conduje hasta el supermercado con Joyce pegada al guardabarros. No llevaba mucho dinero y mi Visa estaba a cero, así que sólo compré lo esencial: mantequilla de cacahuete, patatas fritas, pan, cervezas, galletas Oreo, leche y dos boletos de lotería de esos que se rascan.

Mi siguiente parada fue en el almacén de artículos para el hogar, donde compré un cerrojo para reemplazar la cadena rota de mi puerta. El plan era intercambiar una cerveza por la experiencia en instalación de cerrojos del encargado de mantenimiento de mi edificio, Dillan Rudick, que además era buen amigo mío.

Después me dirigí de vuelta a casa. Aparqué, cerré con llave el Gran Azul y saludé con la mano a Joyce. Ella insertó la uña del dedo gordo entre los dos incisivos y me dedicó un gesto genuinamente italiano.

Me detuve en el apartamento de Dillan en el sótano para explicarle mis necesidades. Dillan tomó su caja de herramientas y subimos corriendo hasta mi piso. Tenía mi edad y vivía en las entrañas del edificio, como un topo. Era verdaderamente un gran tipo, pero no hacía gran cosa y, por lo que yo sabía, no tenía novia. Así que, como cabría esperar, bebía un montón de cerveza. Y puesto que no ganaba montañas de dinero, siempre se alegraba de conseguir cerveza gratis.

Escuché el contestador mientras Dillan instalaba el cerrojo. Cinco llamadas para la abuela Mazur, ninguna para mí.

Dillan y yo estábamos relajándonos un poco ante el televisor cuando entró la abuela.

—¡Chica, vaya día he tenido! —comentó—. He conducido por todas partes, y casi he aprendido eso de pararse en los stops —miró bizqueando a Dillan—. ¿Quién es este joven tan agradable?

Le presenté a Dillan, y puesto que ya era hora de cenar, preparé para todos unos sándwiches de mantequilla de cacahuete y patatas fritas. Nos los comimos viendo la tele y la abuela y Dillan, de alguna forma, consiguieron acabar con el paquete de seis latas de cerveza. A la abuela y a Dillan se les veía bastante contentos, pero yo empezaba a preocuparme por Bob. Me lo imaginaba solo en casa de Morelli, sin otra cosa de comer que la caja de cartón de la pizza. Y el sofá. Y la cama. Y las cortinas, la alfombra y la silla favorita de Morelli. Entonces me imaginaba a Morelli pegándole un tiro a Bob, y no era una escena agradable.

Llamé a Morelli pero nadie contestó. Mierda. No debería haber dejado a Bob solo en su casa. Ya tenía las llaves en la mano y me estaba poniendo la chaqueta cuando llegó Morelli seguido de Bob.

—¿Ibas a alguna parte? —me preguntó Morelli al ver las llaves y la chaqueta.

—Estaba preocupada por Bob. Iba a pasarme por tu casa a ver si todo andaba bien.

—¡Ah! Pensé que te marchabas del país.

Le ofrecí una gran sonrisa falsa.

Morelli le quitó la correa a Bob, saludó a la abuela y a Dillan, y me arrastró hasta la cocina.

—Necesito hablar contigo.

Oí a Dillan gritar y me figuré que Bob se estaba presentando.

—Voy armada —le dije a Morelli—, así que más te vale tener cuidado. Llevo una pistola en el bolso.

Morelli me quitó el bolso y lo arrojó al otro extremo de la habitación.

Vaya.

—Ése del garaje de Aníbal era Junior Macarroni —explicó Morelli—. Trabajaba para Stolle. Qué raro que le encontraras en el garaje de Aníbal. Y la cosa se pone aún más rara.

Esbocé mentalmente una mueca.

—Macarroni estaba sentado en una silla de jardín.

—Fue idea de Lula —dije—. Bueno, vale, también fue idea mía, pero es que parecía muy incómodo ahí tirado en el suelo de cemento.

Morelli dejó entrever una sonrisa.

—Debería arrestarte por alterar la escena de un crimen, pero ese tipo era un cabrón sanguinario, y además parecía de lo más estúpido.

—¿Cómo sabes que no fui yo quien lo mató?

—Porque tú llevas una 38 y a él le dispararon con una 22. Además, no serías capaz de darle a un granero a cinco metros de distancia. La única vez que le has dado a alguien fue por intervención divina.

Eso era cierto.

—¿Cuánta gente sabe que le senté en la silla de jardín?

—Nadie lo sabe, pero alrededor de un centenar lo han sospechado. Nadie lo dirá —Morelli consultó el reloj—. He de irme. Tengo una reunión esta noche.

—No será una reunión con Ranger, ¿verdad?

—No.

—Mentiroso.

Morelli extrajo unas esposas del bolsillo de la chaqueta y antes de que me diese cuenta me había esposado a la nevera.

—¿Y esto? —pregunté.

—Ibas a seguirme. Dejaré la llave en tu buzón, en el vestíbulo.

¿Lo nuestro era una relación, o qué?

—Estoy lista —anunció la abuela.

Iba vestida con el chándal morado y zapatillas deportivas blancas. Llevaba el pelo perfectamente rizado y se había pintado los labios de rosa. Se había embutido bajo un brazo su gran bolso de piel negra. Temí que llevara en él la pistola de cañón largo y que amenazara con ella al examinador si no le daba el carnet.

—No llevarás la pistola ahí dentro, ¿no? —pregunté.

—Por supuesto que no.

No la creí ni por un instante.

Cuando bajamos hasta el aparcamiento la abuela se dirigió al Buick.

—Creo que tendré más oportunidades si conduzco el Buick —comentó—. He oído decir que no les gustan las nenas en coches deportivos.

Habib y Mitchell entraron en el aparcamiento. Conducían de nuevo el Lincoln.

—Ha quedado como nuevo —les dije.

Mitchell estaba radiante.

—Sí, han hecho un buen trabajo con él. Nos lo han dado esta misma mañana. Tuvimos que esperar a que se secara la pintura —se volvió hacia la abuela, sentada al volante del Buick—. ¿Qué nos toca hoy?

—Voy a llevar a mi abuela a sacarse el carnet de conducir.

—Qué amable por tu parte —comentó Mitchell—. Eres una buena nieta, pero ¿no es un poco vieja para eso?

La abuela apretó la dentadura postiza.

—¿Vieja? —chilló—. Yo te enseñaré lo vieja que soy —oí abrirse su bolso con un chasquido; la abuela se inclinó y volvió a incorporarse con la pistola de cañón largo—. No soy tan vieja como para no poder pegarte un tiro en un ojo —dijo apuntando con el arma.

Mitchell y Habib se agazaparon en sus asientos, fuera de nuestra vista.

Miré furiosa a la abuela.

—Habías dicho que no llevabas la pistola.

—Supongo que me equivocaba.

—Guárdala ya. Y será mejor que no amenaces a nadie en el Departamento de Vehículos a Motor, o te arrestarán.

—Estás loca, nena —dijo Mitchell desde el suelo del Lincoln.

—Eso está mejor —comentó la abuela—. Me gusta lo de ser una nena.

Doce

Lo de que la abuela se sacase el carnet me producía sentimientos contradictorios. Por un lado me parecía genial que fuese más independiente. Por el otro, no quería ir de pasajera con ella. Se había saltado un semáforo en rojo por el camino, me arrojaba contra el cinturón cada vez que frenaba, y había aparcado en una plaza de minusválido en el Departamento de Vehículos a Motor, insistiendo en que era una de las ventajas de pertenecer a la Asociación Americana de Jubilados.

Cuando la abuela irrumpió en la sala de espera después de su examen de conducir, supe de inmediato que transitar por las calles seguiría siendo seguro durante un tiempo.

—Todo se ha fastidiado —se lamentó—. Ese tipo no me ha aprobado en casi nada.

—Puedes volver a presentarte al examen —sugerí.

—Y tanto que puedo. Pienso seguir presentándome hasta que me aprueben. Dios me ha dado el derecho a conducir un coche —apretó los labios—. Supongo que ayer debería haber ido a la iglesia.

—No te habría hecho ningún daño.

—Bueno, pues la próxima vez pienso hacer uso de todos los recursos posibles. Voy a encender una vela. Haré lo que sea.

Mitchell y Habib todavía nos seguían, pero ahora iban a unos trescientos metros. Casi se habían estrellado contra nosotras varias veces en el camino de ida cuando la abuela frenaba en seco, y no querían correr riesgos en el camino de vuelta.

—¿Todavía piensas mudarte? —le pregunté a la abuela.

—Ajá. Ya se lo he dicho a tu madre. Y Louise Greeber va a venir esta tarde a ayudarme. Así que no hace falta que te preocupes por nada. Ha sido muy amable por tu parte que me dejaras quedarme contigo. Te lo agradezco, pero necesito echarme un sueñecito de vez en cuando. No sé cómo aguantas durmiendo tan poco.

—Bueno, pues bien —dije—. Supongo que ya has tomado la decisión.

A lo mejor yo también encendía una vela.

Bob estaba esperándonos cuando entramos.

—Me parece que Bob necesita hacer ya sabes qué —dijo la abuela.

Así que Bob y yo bajamos trotando hasta el aparcamiento. Habib y Mitchell estaban allí, esperando pacientemente a que les llevara hasta Ranger, y ahora Joyce también estaba. Me volví en redondo, entré de nuevo en el edificio y salí por la puerta delantera. Bob y yo anduvimos calle arriba una manzana y doblamos para internarnos en un barrio residencial de pequeñas casas unifamiliares. Bob *hizo ya sabes qué* unas cuarenta o cincuenta veces en cinco minutos, y nos encaminamos de vuelta a casa.

Un Mercedes negro dobló la esquina a unas dos manzanas y el corazón me dio un vuelco. El Mercedes se acercó y el latido de mi corazón se tornó irregular. Sólo había dos posibilidades: un traficante de drogas o Ranger. El coche se detuvo junto a mí y Ranger hizo un leve movimiento con la cabeza que quería decir: «Entra».

Cargué a Bob en el asiento trasero y me senté junto a Ranger.

—Hay tres personas en mi aparcamiento deseando echarte el guante —dije—. ¿Qué haces aquí?

—Quiero hablar contigo.

Una cosa era tener la habilidad de entrar en mi apartamento; otra bien distinta era ser capaz de adivinar qué estaba haciendo en un momento determinado del día.

—¿Cómo has sabido que estaba fuera con Bob? ¿Tienes poderes mentales?

—Nada tan exótico. He llamado y tu abuela me ha dicho que estabas paseando al perro.

—Vaya, qué decepción. Lo próximo que vas a decirme es que no eres Superman.

Ranger sonrió.

—¿Quieres que sea Superman? Pues pasa la noche conmigo.

—Me has puesto nerviosa —le dije.

—Qué mona —dijo Ranger.

—¿De qué querías hablarme?

—Doy por concluida nuestra relación laboral: estás despedida.

El nerviosismo desapareció y se vio reemplazado por el germen de una emoción indefinida que se me instaló en la boca del estómago.

—Morelli y tú habéis hecho un trato, ¿no es así?

—Hemos llegado a un acuerdo.

Me estaban excluyendo del programa, dejándome de lado como a una maleta innecesaria. O peor aún, como a una fuente de problemas. Pasé de la incredulidad ofendida a la furia absoluta en tres segundos.

—¿Ha sido idea de Morelli?

—Ha sido idea mía. Aníbal te ha visto. Alexander te ha visto. Y ahora la mitad de la policía de Trenton sabe que entraste en casa de Aníbal y encontraste a Junior Macarroni en el garaje.

—¿Te enteraste de eso por Morelli?

—Me he enterado por todo el mundo. Mi contestador automático se ha quedado sin cinta. Sencillamente, es demasiado peligroso que sigas en el caso. Me da miedo que Aníbal ate cabos y vaya a por ti.

—Esto es deprimente.

—¿De verdad lo sentaste en una silla de jardín?

—Sí. Y por cierto, ¿lo mataste tú?

—No. El Porsche no estaba en el garaje cuando registré la casa. Y Macarroni tampoco.

—¿Cómo burlaste el sistema de alarma?

—De la misma forma que tú. La alarma no estaba conectada —consultó el reloj—. He de irme.

Abrí la puerta del copiloto y me volví para marcharme.

Ranger me agarró de la muñeca.

—No eres especialmente buena cuando se trata de seguir instrucciones, pero esta vez vas a escucharme, ¿vale? Vas a quitarte de en medio. Y vas a tener cuidado.

Exhalé un suspiro, salí del coche y saqué a Bob del asiento trasero.

—Sólo asegúrate de no dejar que Joyce te coja. Eso acabaría de arruinarme el día.

Dejé a Bob en casa, tomé las llaves del coche y el bolso, y volví a bajar las escaleras. Iba a alguna parte. A cualquier parte. Estaba demasiado cabreada como para quedarme en casa. La verdad es que el cabreo no era tanto porque me hubiesen despedido; era más bien que detestaba que hubiese sido por culpa de mi estupidez. Por el amor de Dios, me había caído de un árbol. Y luego había sentado a Junior Macarroni en una silla. Lo que quiero decir es que hasta dónde puede llegar la ineptitud de una persona.

Necesitaba algo de comer, me dije. Un helado. Con caramelo caliente. Y nata. Había una heladería en el centro comercial que preparaba helados para cuatro personas. Eso era lo que necesitaba. Un mega helado.

Me metí en el Gran Azul y Mitchell se subió conmigo.

—Perdona —dije—. ¿Tenemos una cita?

—Ya te gustaría —respondió Mitchell—. El señor Stolle quiere hablar contigo.

—¿Sabes qué? No estoy de humor para hablar con el señor Stolle. No estoy de humor para hablar con nadie, incluido tú. Así que espero que no te lo tomes como algo personal, pero sal de mi coche.

Mitchell sacó la pistola.

—Será mejor que te cambie el humor.

—¿Me dispararías?

—No te lo tomes como algo personal —dijo Mitchell.

La tienda de alfombras de Stolle está en el municipio de Hamilton, la tierra de los centros comerciales. Está en la nacional 33, no muy lejos de Five Points, y sería imposible distinguirla de cualquier otro comercio de la zona de no ser por el reluciente letrero verde pálido, que se ve con claridad desde Rhode Island. El edificio es un bloque de hormigón de una sola planta con grandes escaparates que anuncian unas rebajas que duran todo el año. He estado allí muchas veces, como cualquier hombre, mujer o niño de Nueva Jersey. Nunca he comprado nada, pero he estado tentada de hacerlo. Arturo Stolle tiene buenos precios.

Aparqué el Buick delante de la tienda. Habib situó el Lincoln junto al Buick. Y Joyce aparcó detrás del Lincoln.

—¿Qué quiere Stolle? —pregunté—. No querrá matarme o algo así, ¿verdad?

—El señor Stolle no mata a la gente. Contrata a otros para hacer esas cosas. Sólo quiere hablar contigo. Eso es lo que me ha dicho.

Había un par de mujeres curioseando en la tienda. Parecían madre e hija. Un vendedor revoloteaba a su alrededor. Mitchell y yo entramos juntos, y Mitchell me guió a través de las pilas de alfombras y expositores de telares hasta el despacho que había en la trastienda.

Stolle tenía unos cincuenta y tantos y era de complexión sólida. Era fornido y empezaban a colgarle los carrillos. Iba vestido con un jersey chillón y pantalones de traje. Tendió una mano y esbozó su mejor sonrisa de comerciante de alfombras.

—Estaré ahí afuera —dijo Mitchell, y cerró la puerta, dejándome a solas con el señor Stolle.

—Se supone que eres una chica guapa e inteligente —dijo Stolle—. He oído hablar de ti.

—Vaya.

—Así pues, ¿cómo es que no has tenido suerte en lo de entregarnos a Manoso?

—No soy tan inteligente como para eso. Y Ranger no se me va ni a acercar mientras Habib y Mitchell estén por ahí.

Stolle sonrió.

—A decir verdad, nunca hemos esperado que nos llevaras hasta Manoso. Pero bueno, quien no arriesga no gana, ¿no?

No dije nada.

—Por desgracia, como no podemos hacer esto por la vía fácil, vamos a tener que intentar otra cosa. Vamos a enviarle un mensaje a tu novio. ¿Que no quiere hablar conmigo? Genial. ¿Que quiere ser como el viento? Por mí estupendo. ¿Sabes por qué? Porque te tenemos a ti. Cuando se me acabe la paciencia, y está a punto de pasarme, vamos a hacerte daño. Y Manoso sabrá que podría haberlo evitado.

De pronto no me quedaba aire en los pulmones. No se me había ocurrido ver la cosa desde ese ángulo.

—Ranger no es mi novio —dije—. Está usted sobrestimando mi importancia para él.

—Es posible, pero sí tiene cierto sentido de la caballerosidad. Temperamento latino, ya sabes —Stolle se sentó en la silla tras el escritorio y se meció—. Deberías animar a Manoso a hablar con nosotros. Mitchell y Habib pueden parecer buena gente, pero harán lo que yo les diga. De hecho, en el pasado han hecho cosas muy malas. Tienes un perro, ¿no? —Stolle se inclinó con las manos sobre el escritorio—. Mitchell es bueno de verdad matando perros. No es que vaya a matar al tuyo...

—No es mi perro. Sólo soy su canguro.

—Sólo te estaba poniendo un ejemplo.

—Está usted perdiendo el tiempo —dije—. Ranger es un mercenario. A través de mí no va a llegar hasta él. No tenemos esa clase de relación. Es posible que nadie tenga esa clase de relación con él.

Stolle sonrió y se encogió de hombros.

—Como he dicho antes, quien no arriesga no gana. Vale la pena intentarlo, ¿no crees?

Le dirigí durante un instante mi inescrutable mirada Plum y luego me volví para marcharme.

Mitchell, Habib y Joyce holgazaneaban por ahí cuando salí de la tienda.

Entré en el Buick y me palpé discretamente la entrepierna para asegurarme de que no había mojado los pantalones. Inspiré profundamente y aferré el volante. Inspira, espira; inspira, espira. Quería meter la llave en el contacto, pero no conseguía que mis manos soltaran el volante. Respiré un poco más. Me dije que Arturo Stolle era un bocazas. Pero no me lo creí. Lo que sí creía es que Arturo Stolle era un verdadero pedazo de mierda. Y no parecía que Habib y Mitchell fueran mucho mejores que él.

Todo el mundo me miraba, esperando a ver qué hacía. No quería que nadie supiera que estaba asustada, así que me obligué a soltar el volante y a poner el coche en marcha. Retrocedí con mucho cuidado hasta salir de la plaza de aparcamiento, metí la primera y me alejé. Me concentré en conducir a velocidad lenta y constante.

Mientras conducía marqué todos los números que tenía de Ranger, dejándole en ellos un escueto mensaje: «Llámame ahora mismo». Después de probar con todos los teléfonos de Ranger, llamé a Carol Zabo.

—Necesito pedirte un favor —dije.

—Lo que quieras.

—Me está siguiendo Joyce Barnhardt.

—La muy mala puta —soltó Carol.

—Y también me siguen dos tipos en un Lincoln.

—Vaya.

—No pasa nada, llevan siguiéndome varios días y por el momento no le han disparado a nadie —por el momento—. Sea como fuere, necesito que se les quiten las ganas de seguirme y tengo un plan.

Estaba más o menos a un cuarto de hora de la casa de Carol. Vivía en el Burg, no muy lejos de mis padres. Lubi y ella habían comprado una casa con el dinero de la boda y se habían dedicado de inmediato a forjar una familia. Después de dos chicos habían decidido que ya estaba bien. Buena cosa para el mundo, pues los niños de Carol eran el terror del barrio. De mayores probablemente serían policías.

Los jardines traseros del Burg son largos y estrechos. Muchos están rodeados por vallas de alguna clase. La mayoría dan a un callejón de servicio. Todos los callejones son de un solo carril. El callejón al que daban las casas de la calle Reed, entre Beal y Cedar, era especialmente largo. Le pedí a Carol que esperase en el cruce de Cedar y el callejón de Reed. El plan era que yo condujese a Joyce y a los dos idiotas hasta el callejón, y entonces, en cuanto mi coche doblara por Cedar, Carol apareciese y bloquease el callejón fingiendo tener problemas con su coche.

Llegué al Burg y di unas cuantas vueltas durante otros cinco minutos para darle a Carol tiempo de sobra para llegar a su posición. Entonces giré para entrar en el callejón de las casas de la calle Reed, arrastrando detrás de mí a Joyce y a los dos matones. Llegué hasta Cedar y, en efecto, ahí estaba Carol. Cuando doblé por delante de ella, avanzó un poco y se detuvo, y todo el mundo quedó bloqueado. Miré hacia atrás para ver qué pasaba y vi a Carol y tres mujeres más bajarse del coche. Monica Kajewski, Gail Wojohowitz y Angie Bono. Todas ellas odiaban a Joyce Barnhardt. ¡Revuelta en el Burg!

Fui derecha a la calle Broad y me dirigí hacia la costa. No iba a quedarme sentada esperando a que Mitchell matara a Bob para demostrar algo. Hoy Bob... mañana yo.

Entré en Deal y pasé lentamente ante la residencia de los Ramos. Volví a tratar de hablar con Ranger por el móvil. No hubo respuesta. Continué transitando despacio por la calle. Vamos, Ranger. Mira por la ventana, dondequiera que estés. Estaba a una manzana de la casa rosa y me disponía a hacer un cambio de sentido cuando se abrió de un tirón la puerta del pasajero y Alexander Ramos saltó al interior del coche.

—Eh, monada —me dijo—. No puedes permanecer lejos mucho tiempo, ¿eh?

¡Mierda! Justo en ese momento no lo quería en mi coche.

—Menos mal que te he visto pasar. Me estaba volviendo loco ahí dentro.

—¡Virgen santa! —exclamé—. ¿Por qué no se pone un parche de nicotina?

—No quiero un maldito parche. Quiero un cigarrillo. Llévame a la tienda. Y date prisa, me muero por fumar.

—Hay cigarrillos en la guantera. Los dejó ahí la última vez.

Sacó el paquete y se llevó un cigarrillo a la boca.

—¡En el coche no!

—¡Jesús!, esto es como estar casado pero sin sexo. Vamos a Sal's.

Yo no quería ir a Sal's. Quería hablar con Ranger.

—¿No teme que le echen de menos en casa? ¿Cree que es seguro ir a Sal's?

—Ajá. Se ve que hay un problema en Trenton y todo el mundo está ocupado tratando de arreglarlo.

¿No sería ese problema un hombre muerto en el garaje de Aníbal?

—Debe de ser un problema de aúpa —comenté—. A lo mejor debería usted ayudarlos.

—Ya los he ayudado. Voy a meter el problema en un barco la semana que viene. Con un poco de suerte, el barco se hundirá.

Vale, ahora sí que estoy perpleja. No sé cómo van a hacer para meter al fiambre en un barco. Ni siquiera sé por qué quieren meter al fiambre en un barco.

Puesto que no tenía suerte con lo de hacer que Ramos se bajara de mi coche, conduje la breve distancia que nos separaba de Sal's, entramos y nos sentamos en una mesa. Ramos apuró un vaso de licor y encendió un cigarrillo.

—La semana que viene vuelvo a Grecia —anunció—. ¿Quieres venirte conmigo? Podríamos casarnos.

—Pensaba que lo del matrimonio se había acabado para usted.

—He cambiado de opinión.

—Me siento halagada, pero me parece que no.

Se encogió de hombros y se sirvió otro vaso.

—Como quieras.

—Ese problema en Trenton... ¿tiene que ver con los negocios?

—Es de negocios y es personal. Para mí todo es lo mismo. Déjame darte un consejo. No tengas hijos. Y si quieres ganarte bien la vida, las armas son lo mejor. Ése es mi consejo.

Me sonó el móvil.

—¿Qué pasa? —preguntó Ranger.

—Ahora no puedo hablar.

Su voz sonaba inusualmente tensa.

—Dime que no estás con Ramos.

—No puedo decirte eso. ¿Por qué no contestabas a mis llamadas?

—He tenido que apagar mi teléfono durante un tiempo. Acabo de volver y Tank me ha dicho que te ha visto recoger a Ramos.

—¡No ha sido culpa mía! Estaba ahí fuera buscándote.

—Bueno, pues más te vale estar bien escondida, porque acaban de salir tres coches de la residencia Ramos y sospecho que andan en busca de Alexander.

Colgué el teléfono y lo dejé caer en el bolso.

—He de irme —le dije a Ramos.

—Ése era tu novio, ¿verdad? Por tu conversación parecía un verdadero cretino. Puedo hacer que se ocupen de él, ya sabes a qué me refiero.

Dejé un billete de veinte dólares sobre la mesa y agarré la botella.

—Vámonos —dije—. Podemos llevárnosla con nosotros.

Ramos miró por encima de mi hombro hacia la puerta.

—¡Oh, Dios!, mira quién está aquí.

Tuve miedo de volverme.

—Son mis canguros —explicó Ramos—. No puedo ni limpiarme el culo sin tener espectadores.

Me volví y casi me muero de alivio al ver que ninguno de ellos era Aníbal. Los dos hombres se acercaban a los cincuenta e iban de traje. Tenían pinta de comer un montón de pasta y probablemente tampoco rechazaban el postre.

—Le necesitan en la casa —dijo uno de ellos.

—Estoy con esta amiga mía —respondió Alexander.

—Ya, pero quizá pueda verla en otro momento. Seguimos sin encontrar ese cargamento que tiene que ir en el barco.

Uno de ellos acompañó a Alexander hasta la puerta, y el otro se quedó para hablar conmigo.

—Oye —me dijo—, no está bien aprovecharse así de un hombre mayor. ¿No tienes amigos de tu edad?

—Yo no me estoy aprovechando de él. Se ha subido de un salto a mi coche.

—Sí, lo sé. A veces hace esas cosas —el tipo sacó una cartera del bolsillo y separó un billete de cien dólares del fajo que llevaba—. Toma, esto es por las molestias.

Retrocedí un paso.

—Está usted cometiendo un error.

—Vale, ¿cuánto va a hacer falta? —separó nueve billetes más de cien, los dobló todos juntos y los dejó caer en mi bolso—. No quiero saber nada más de ti. Y has de prometerme que dejarás en paz al viejo. ¿Entendido?

—Espere un momento...

Se abrió un poco la chaqueta para enseñarme la pistola.

—Ahora sí que lo he entendido —dije.

Se volvió, salió por la puerta y entró en la berlina que le esperaba junto al bordillo. El coche salió disparado.

—Qué extraña puede llegar a ser la vida —le comenté al barman. Luego yo también me fui. Cuando estaba lo bastante lejos de Deal, volví a llamar a Ranger y le conté lo de Stolle.

—Quiero que te vayas a casa y te encierres allí —dijo Ranger—. Voy a mandar a Tank a recogerte.

—Y entonces, ¿qué?

—Entonces te llevaré a un piso franco hasta que pueda aclarar todo esto.

—Creo que no.

—Esta vez no me lo pongas difícil —amenazó Ranger—. Ya tengo bastantes problemas.

—Bueno, pues resuelve tus malditos problemas. ¡Y resuélvelos rápido! —y corté la comunicación. Vale, sí, había perdido los estribos. Había sido un día de mucho estrés.

Mitchell y Habib me esperaban cuando llegué a mi aparcamiento. Les saludé con un ademán, pero no me lo devolvieron. Tampoco me ofrecieron una sonrisa. Ni me hicieron ningún comentario. No era buena señal.

Subí por las escaleras hasta el segundo piso y me precipité hacia mi puerta. Sentía el estómago revuelto y el corazón me palpitaba. Entré en casa y experimenté una oleada de alivio cuando Bob se me acercó dando botes. Cerré la puerta detrás de mí y comprobé que Rex también estuviese bien. Tenía doce mensajes en el contestador. En uno no decían nada. Me pareció que era el silencio de Ranger. Diez eran para la abuela. El último era de mi madre.

—Esta noche tenemos pollo frito —decía—. Tu abuela ha pensado que a lo mejor te gustaría venir, ya que no tienes nada de comida en casa porque Bob se ha comido lo que te quedaba mientras tu abuela limpiaba los armarios. Y tu abuela dice que sería mejor que le pasearas al llegar a casa, porque se ha comido dos cajas enteras de ciruelas pasas que acababa de comprar.

Miré a Bob. Le goteaba la nariz y tenía la barriga hinchada como si se hubiese tragado una pelota de playa.

—Caramba, Bob —dije—, no tienes muy buen aspecto.

Bob eructó y eliminó los gases.

—Quizá deberíamos ir a dar un paseo.

Bob empezó a jadear. La baba le goteó hasta el suelo y el estómago le rugió. De pronto se agachó.

—¡No! —grité—. ¡Aquí no!

Agarré la correa y mi bolso y le arrastré fuera del apartamento y pasillo abajo. No esperamos el ascensor. Bajamos por las escaleras y cruzamos corriendo el vestíbulo. Salimos por la puerta, y estaba a punto de cruzar el aparcamiento cuando el Lincoln se detuvo de pronto delante de mí con un chirriar de neumáticos. Mitchell saltó del coche, me tiró al suelo de un empujón y agarró a Bob.

Cuando logré ponerme en pie, el Lincoln ya se había puesto en marcha. Di un grito y me lancé tras él, pero el coche ya salía del aparcamiento hacia la calle Saint James. De pronto se paró en seco. Las puertas se abrieron y Habib y Mitchell salieron del coche.

—¡Dios santo! —exclamó Mitchell—. ¡Maldito seas! ¡Hijo de puta!

Habib se había llevado una mano a la boca.

—Voy a vomitar. Ni siquiera en Pakistán he visto una cosa como ésa.

Bob bajó de un salto del coche, meneando la cola, y corrió hacia mí. Tenía el estómago plano otra vez, y ya no babeaba ni jadeaba.

—¿Te sientes mejor ahora, amigo mío? —le pregunté rascándole detrás de las orejas, donde tanto le gustaba —. Buen chico, mi buen Bob.

Mitchell tenía los ojos desorbitados y la cara se le había puesto violeta.

—Voy a matar a ese maldito perro. Voy a matarle, joder. ¿Sabes qué acaba de hacer? Ha hecho aguas mayores en mi coche. Y luego ha vomitado. ¿Qué le das de comer? ¿Es que no sabes nada sobre perros? ¿Qué clase de cuidadora de perros eres?

—Se ha comido las ciruelas pasas de la abuela —dije.

Mitchell se llevó las manos a la cabeza.

—No me digas.

Subí a Bob al Gran Azul, cerré los seguros de las puertas, y crucé por encima del césped hasta la calle para evitar a Habib y Mitchell.

Mi madre y mi abuela me estaban esperando, mirando a través de la contrapuerta de cristal, cuando aparqué el Buick delante de la casa.

—Siempre sabemos cuándo vienes a visitarnos —comentó la abuela—. Ese coche se oye desde un kilómetro de distancia.

No me digas.

—¿Y tu chaqueta? —preguntó mi madre—. ¿No tienes frío?

—No he tenido tiempo de ponerme una chaqueta —expliqué—. Es una larga historia. Probablemente ni siquiera queráis oírla.

—Yo sí quiero oírla —dijo la abuela—. Apuesto a que es increíble.

—Primero he de hacer una llamada telefónica.

—Puedes hacerla mientras sirvo la comida —dijo mi madre—. Todo está listo.

Utilicé el teléfono de la cocina para llamar a Morelli.

—Tengo que pedirte un favor —le dije cuando contestó.

—Estupendo. Me encanta que estés en deuda conmigo.

—Me gustaría que te ocuparas de Bob una temporada.

—No estarás haciendo lo mismo que Simon, ¿verdad?

—¡No!

—Entonces, ¿de qué va la cosa?

—¿Sabes que a veces tienes asuntos policiales que no puedes contarme?

—Ajá.

—Bueno, pues no puedo explicarte esto. Al menos no desde la cocina de mi madre.

La abuela irrumpió en la cocina.

—¿Estás hablando con Joe? Dile que tenemos pollo frito de sobra, pero que tendrá que espabilar si quiere un poco.

—A él no le gusta el pollo frito.

—Me encanta el pollo frito —dijo Joe—. Voy para allá.

—¡No!

Demasiado tarde. Ya había colgado.

—Pon un plato más —dije.

La abuela estaba ya en la mesa y pareció confundida.

—¿Ese plato extra es para Bob o para Joe?

—Para Joe. Bob tiene el estómago descompuesto.

—No me extraña —comentó la abuela—. Cómo lo va a tener con todas esas ciruelas. Y luego se comió un paquete de cereales azucarados y una bolsa de dulces. Estaba limpiándote los armarios de la cocina mientras esperaba a que Louise viniese a buscarme y tuve que ir al lavabo; cuando volví no quedaba nada sobre la encimera.

Le acaricié la cabeza a Bob. Era un perro de lo más tonto. No era ni por asomo tan listo como Rex. Ni siquiera lo bastante listo como para pasar de las ciruelas pasas. Aun así, tenía sus momentos. Y unos grandes ojos marrones maravillosos. Y a mí me volvían loca los ojos marrones. Y era un buen acompañante. Nunca trataba de cambiar la emisora de radio y no había mencionado mi grano ni una sola vez. Vale, pues sí, me sentía algo unida a Bob. De hecho, es posible que hubiese estado dispuesta a arrancarle el corazón a Mitchell con mis propias manos cuando secuestró al bueno de Bob. Le di un buen abrazo. Además daba gusto abrazarlo.

—Esta noche vas a irte con Joe a su casa —le dije—. Allí estarás a salvo.

Mi madre puso el pollo frito en la mesa, junto con panecillos, col lombarda y brécol. Nadie tocaba nunca el brécol, pero mi madre lo servía de todas formas porque era sano.

Joe entró y tomó asiento junto a mí.

—¿Qué tal te ha ido hoy? —le preguntó la abuela—. ¿Has atrapado a algún asesino?

—Hoy no, pero tengo esperanzas de hacerlo mañana.

—¿De veras?

—Bueno, no, en realidad no.

—¿Cómo te fue con Ranger?

Morelli se sirvió col lombarda en el plato.

—Como esperaba.

—Me ha dicho que deje de entrometerme. ¿Tú también quieres que haga eso?

—Ajá, pero soy lo bastante listo como para no decirte que lo hagas. Es como agitarte un pañuelo rojo en las narices —mordió un pedazo de pollo—. ¿Le has declarado la guerra?

—Más o menos. He rechazado su oferta de llevarme a un piso franco.

—¿Corres tanto peligro como para necesitar un piso franco?

—No lo sé. A mí me parece extremo.

Morelli deslizó una mano por el respaldo de mi silla.

—Mi casa es segura. Podrías mudarte con Bob y conmigo. Además, me debes un favor, ¿sabes?

—¿Y ya quieres que te lo devuelva?

—Cuanto antes mejor.

Sonó el teléfono en la cocina y la abuela fue a contestar.

—Es para Stephanie —gritó—. Es Lula.

—Llevo toda la tarde intentando ponerme en contacto contigo —explicó Lula—. No contestas a nada. Tu móvil no está operativo. Y nunca respondes al busca. ¿Qué le pasa a ese busca tuyo?

—No puedo permitirme tener el busca y el móvil, así que me decidí por el móvil. ¿Qué ocurre?

—Han encontrado a Cynthia Lotte sentada en aquel Porsche, y estaba más muerta que un fiambre. Una cosa te digo, no conseguirían hacer que me sentara en ese coche. Uno se sienta en ese coche y acaba muerto.

—¿Cuándo ha pasado? ¿Cómo lo sabes?

—La han encontrado esta tarde, en el aparcamiento que hay en la Tercera. Connie y yo lo hemos oído en la emisora de la policía. Además, tengo a un NCT para ti. Vinnie estaba como una moto porque no podíamos localizarte y no hay nadie más para hacerse cargo de ese tipo.

—¿Qué pasa con Joyce? ¿Y Frankie Defrances?

—Tampoco conseguimos encontrar a Joyce. No contesta al busca. Y a Frankie acaban de operarlo de una hernia.

—Pasaré por la oficina a primera hora de la mañana.

—Ni en broma. Vinnie dice que tienes que atrapar a ese tipo esta noche, antes de que se esfume. Vinnie sabe dónde está exactamente. Me ha dado los papeles.

—¿Cuánta pasta supone?

—Es una fianza de cien mil dólares. Vinnie va a darte el diez por ciento.

Cálmate, corazoncito mío.

—Te recogeré en unos veinte minutos.

Volví a la mesa, envolví un par de pedazos de pollo en la servilleta y me la metí en el bolso. Le di un abrazo a Bob y un beso en la mejilla a Morelli.

—He de irme —dije—. Tengo que pescar a uno que se ha largado.

Morelli no pareció muy contento.

—¿Te veré más tarde?

—Es probable. Además de pagarte la deuda, necesito hablar contigo sobre Cynthia Lotte.

—Sabía que al final me saldrías con eso.

Lula me esperaba fuera cuando llegué a su casa.

—Traigo los papeles —dijo—, y no suena tan mal. Se llama Elwood Steiger y lo acusan de posesión de drogas. Trataba de fabricar metedrina, pero el barrio entero apestaba a trapicheo. Supongo que uno de los vecinos llamó a la policía. Sea como fuere, su madre puso la casa como garantía de la fianza y ahora teme que el bueno de Elwood se pegue un viajecito a México. No compareció en la vista ante el tribunal el viernes, y mamá encontró unos billetes de avión en su cajón de calcetines. De forma que lo delató ante Vinnie.

—¿Dónde lo encontraremos?

—Según su mamá, es uno de esos fanáticos de *Star Trek*. Y esta noche hay una especie de espectáculo de *Star Trek*. Me ha dado la dirección.

Miré la dirección y emití un gemido. Era la de casa de Dougie.

—Conozco al tipo que vive ahí —dije—. Dougie Kruper.

Lula se dio un manotazo en la cabeza.

—Ya decía yo que me sonaba.

—No quiero que nadie resulte herido mientras llevamos a cabo esta detención —dije.

—Vale.

—No vamos a entrar ahí empuñando las armas como una panda de matones.

—Vale.

—En realidad no vamos a utilizar para nada las pistolas.

—Ya te he oído.

Miré el bolso que Lula llevaba en el regazo.

—¿Llevas una pistola ahí dentro?

—Claro que sí.

—¿Llevas una pistola en la cadera?

—Una Glock.

—¿Y una pistolera en el tobillo?

—Sólo los mariquitas llevan pistoleras en los tobillos —comentó Lula.

—Quiero que dejes las pistolas en el coche.

—Vamos a enfrentarnos a unos *trekkies.* Podrían hacer que el mortífero Vulcano se apoderase de nosotras.

—¡En el coche! —grité.

—Vale, vale, no hace falta que te pongas de síndrome premenstrual —Lula miró hacia la ventana—. Por lo visto hay toda una fiesta en casa de Dougie.

Había varios coches aparcados delante y todas las luces de la casa resplandecían. La puerta de entrada estaba abierta y El Porreta estaba en la escalinata. Aparqué varias casas más allá y Lula y yo fuimos andando hasta El Porreta.

—Eh, chica —dijo al verme—, bienvenida al *Trekarama.*

—¿Qué pasa aquí?

—Éste es el nuevo negocio de Dougie, el Trekarama. ¿No te parece formidable? Es el negocio del nuevo milenio. Va a ser muy grande, ¿sabes? Va a ser como... como una franquicia.

—¿Qué diablos es un trekarama? —quiso saber Lula.

—Es un club social, amiga. Es un lugar de culto. Es un santuario a los hombres y mujeres que estuvieron donde nadie había estado antes.

—¿Antes de qué?

El Porreta se quedó mirando al espacio, traspuesto.

—Antes de todo.

—Vaya.

—La entrada os costará cinco dólares —anunció El Porreta.

Le di un billete de diez y Lula y yo nos abrimos paso a través del gentío que había ante la puerta.

—No había visto tanta gente estrafalaria junta en toda mi vida —comentó Lula—. Excepto ese *klingon* que hay allí junto a las escaleras. Ése no está nada mal.

Recorrimos la habitación con la mirada en busca de Steiger, tratando de identificarlo a partir de la foto en su expediente. El problema era que algunos de los *trekkies* iban disfrazados, vestidos como sus personajes favoritos de *Star Trek*.

Dougie se precipitó hacia nosotras.

—Bienvenidas al Trekarama. Ahí en ese rincón junto a los *romulan* hay entremeses y bebidas, y vamos a empezar a proyectar las películas dentro de unos diez minutos. Los entremeses son buenísimos. Son... esto... material de liquidación.

Traducción: artículos de los que se habían apropiado porque se estaban pudriendo en algún almacén que había cerrado.

Lula le dio unos golpecitos con los nudillos a la cabeza de Dougie.

—Hola, ¿hay alguien en casa? ¿Te parece que tenemos pinta de ser un par de estúpidas *trekkies*?

—Bueno, yo...

—Sólo estamos echando un vistazo —le expliqué a Dougie.

—¿Como si fuerais turistas?

—Quizá me haga un poco la turista con ese klingon de ahí —dijo Lula.

Trece

Lula y yo nos adentramos en la habitación abriéndonos paso a través de la multitud en busca de Elwood. Tenía diecinueve años. De mi altura y delgado. De cabello rubio ceniza. Aquélla era su segunda infracción. No quería asustarle. Quería llevarle con mucho sigilo hasta el exterior y ponerle las esposas.

—Eh —me dijo Lula—, ¿ves a ese con el traje de Capitán Kirk? ¿Qué te parece?

Miré a través de la habitación entrecerrando los ojos.

—Me parece que podría ser él —dije.

Conseguimos llegar hasta allí y me materialicé junto a él.

—¿Steve? —le pregunté—. ¿Steve Miller?

El Capitán Kirk me miró parpadeando.

—No, lo siento.

—Tenía una cita a ciegas con él —expliqué—. Me dijo que iría vestido de oficial —tendí la mano—. Soy Stephanie Plum.

Me estrechó la mano.

—Elwood Steiger.

Bingo.

—¡Vaya!, qué calor hace aquí dentro —dije—. Voy fuera a tomar un poco el aire. ¿Te vienes conmigo?

Miró alrededor, nervioso, comprobando si se perdía algo.

—No sé. Me parece que no. Han dicho que iban a poner las películas ahora mismo.

Lección número uno: no tiene sentido abordar a un *trekkie* cuando están a punto de empezar las películas. Así que tenía que elegir. Podía forzar la cosa, o esperar a que decidiera marcharse. Si se quedaba hasta el final y se iba en masa con todos los demás podía ser problemático.

El Porreta se acercó a nosotros.

—¡Vaya!, qué bien veros a los dos charlando. Elwood ha pasado por ciertas dificultades últimamente, ¿sabes? Estaba haciendo una mierda fenomenal, pero lo obligaron a cerrar. Supuso un golpe muy duro para todos nosotros.

Los ojos de Elwood iban de un lado a otro como si su cabeza fuese una máquina de millón.

—¿Van a poner pronto las pelis o qué? —preguntó—. Sólo he venido por las películas.

El Porreta le dio un sorbo a su bebida.

—Elwood se ganaba bien la vida y ahorraba para ir a la universidad cuando perdió su licencia comercial. Una pena. Una verdadera pena.

Elwood esbozó una leve sonrisa.

—En realidad no tenía licencia comercial —explicó.

—Pues tienes suerte de haber conocido a Steph —comentó El Porreta—. No sé qué habríamos hecho Dougie y yo sin Steph. La mayoría de los cazarrecompensas sólo te mandan de culo a la cárcel, pero Steph en cambio...

Elwood tenía la misma expresión que una oveja a la que hubiesen pinchado con una aguijada.

—¡Una cazarrecompensas!

—La mejor que hay —añadió El Porreta.

Me incliné hacia delante para no tener que alzar el tono de voz para que Elwood me oyese.

—Quizá sería mejor que saliésemos, y así podremos hablar.

Elwood retrocedió.

—¡No! ¡No pienso salir! ¡Déjame en paz!

Me adelanté para esposarle, pero me apartó la mano.

Lula lo apuntó con la pistola de descargas eléctricas, Elwood se agachó detrás de El Porreta, y El Porreta se derrumbó como un castillo de naipes.

—Vaya, hombre —dijo Lula—, creo que me he equivocado de *trekkie*.

—¡Lo has matado! —chilló Elwood.

—Ya basta —le ordenó Lula—, deja ya de chillarme así en el oído.

Le así una de las manos a Elwood y le puse las esposas.

—Lo has matado. Le has disparado —insistió Elwood.

Lula tenía los brazos en jarras.

—¿Has oído algún disparo? Me parece que no. Ni siquiera llevo pistola, porque la señorita antiviolencia aquí presente me ha hecho dejar la pistola en el coche. Y menos mal, porque bien podría pegarte un tiro teniendo en cuenta que eres una cucaracha de lo más irritante.

Yo aún estaba tratando de ponerle las esposas en la otra mano, y la gente nos estaba empujando.

—¿Qué pasa? —preguntaban—. ¿Qué le estáis haciendo al Capitán Kirk?

—Vamos a arrastrar ese culo blanco que tiene hasta la cárcel —dijo Lula—. Apartaos.

En mi visión periférica capté algo que volaba y le golpeaba a Lula en un costado de la cabeza.

—¡Eh! —gritó Lula—. ¿Qué pasa aquí? —se llevó una mano a la cabeza—. Es uno de esos apestosos buñuelos de queso del aperitivo. ¿Quién está tirando buñuelos de queso?

—¡Liberad al Capitán Kirk! —gritó alguien.

¡Paf! A Lula le dieron en la frente con una tartaletita de cangrejo.

—A ver, esperad un momento.

¡Paf, paf, paf! Rollitos de primavera. La habitación entera entonaba al unísono: «¡Liberad al Capitán Kirk! ¡Liberad al Capitán Kirk!».

—Yo me largo de aquí —dijo Lula—. Esta gente está chiflada. Se han teletransportado demasiados al mismo tiempo.

Me dirigí hacia la puerta tironeando de Elwood y me cayeron encima un chorro de la salsa picante de los rollitos de primavera y un par de buñuelos de queso.

—¡Detenedlas! —chilló alguien—. ¡Están secuestrando al Capitán Kirk!

Lula y yo agachamos las cabezas y nos abrimos paso a través de un aluvión de entremeses robados y feas amenazas. Llegamos a la puerta y salimos disparadas por ella para correr por la acera medio arrastrando a Elwood detrás. Le metimos en el asiento trasero y apreté a fondo el pedal del acelerador. Cualquier otro coche habría despegado vertiginosamente, pero el Buick se fue alejando lentamente de su atracadero y se alejó calle abajo haciendo gala de su fuerza.

—¿Sabes qué?, bien pensado esos *trekkies* no eran más que un atajo de inocentones —comentó Lula—. Si esto llega a pasar en mi barrio, esos buñuelos habrían estado rellenos de balas.

Elwood esbozaba una expresión hosca en el asiento trasero y no decía nada. Le habían caído encima un par de buñuelos de queso y de rollitos de primavera por mero accidente y su traje de Kirk ya no estaba a la altura de la Federación.

Dejé a Lula en su casa y continué hasta la comisaría. Jimmy Neeley estaba detrás del escritorio.

—¡Dios santo! —exclamó—, ¿qué es ese olor?

—Buñuelos de queso —respondí—, y rollitos de primavera.

—Parece que hayas estado en una batalla de comida.

—Ha sido un romulan el que ha empezado —dije—. Malditos romulan.

—Sí —convino Neeley—, uno no puede fiarse de los romulan.

Recogí el recibo por la entrega y le quité las esposas al Capitán Kirk; luego dejé la comisaría y salí al aire nocturno. El aparcamiento de la policía tenía luz artificial procedente de unos faroles halógenos. Más allá de ellos el cielo estaba oscuro y sin estrellas. Había empezado a llover débilmente. En casa de Morelli habría estado cómoda y calentita, con él y con Bob. Tal como estaban las cosas, estaba sola bajo la lluvia, apestaba a tartaleta de cangrejo y me sentía algo preocupada por que alguien se hubiese cargado a Cynthia Lotte y yo pudiese ser la siguiente. Lo único bueno del asesinato de Cynthia era que había apartado temporalmente mis pensamientos de Arturo Stolle.

No me sentía muy atractiva sexualmente con la camisa manchada de salsa y buñuelos de queso en el pelo, así que me fui a casa a cambiarme antes de ir a ver a Morelli. Aparqué el Buick al lado del Cadillac del señor Weinstein, cerré las puertas y di un paso hacia el edificio antes de percatarme de que Ranger estaba apoyado en el coche que tenía delante.

—Tienes que ser más cuidadosa, nena —me dijo—. Deberías echar un vistazo antes de bajarte del coche.

—Estaba distraída.

—Un tiro en la cabeza te distraería permanentemente.

Esbocé una mueca y le saqué la lengua.

Ranger sonrió.

—¿Intentas que me excite? —me quitó un pedazo de comida del pelo—. ¿Rollito de primavera?

—Ha sido una noche muy larga.

—¿Te enteraste de algo por Ramos?

—Dijo que tenían un problema en Trenton, supongo que se refería a Junior Macarroni. Pero luego dijo que lo había dispuesto todo para que el problema se fuera en un barco la semana que viene. Y que con un poco de suerte el barco se hundiría. Entonces aparecieron dos matones para hacerlo volver y dijeron que no conseguían encontrar el cargamento. ¿Sabes qué significa algo de eso?

—Sí.

—¿Quieres contármelo?

—No.

¡Jesús!

—Eres un verdadero idiota. No pienso trabajar más contigo.

—Demasiado tarde. Ya te he despedido.

—¡Me refiero a nunca más!

—¿Dónde está Bob?

—Con Morelli.

—Así que de lo único que tengo que preocuparme es de mantenerte a salvo a ti —dijo Ranger.

—Muy amable por tu parte, pero no es necesario.

—¿Estás de broma o qué? Te dije que lo dejaras y que tuvieses cuidado y dos horas más tarde volvías a tener a Ramos en tu coche.

—Te estaba buscando a ti y él se metió en el Buick.

—¿Has oído hablar de los seguros para las puertas?

Levanté la nariz, tratando de parecer indignada.

—Voy a entrar. Y para hacerte feliz te diré que voy a cerrar con llave.

—Te equivocas. Te vienes conmigo y soy yo quien va a encerrarte.

—¿Me estás amenazando?

—No. Te lo estoy diciendo lisa y llanamente.

—Oye, amigo —le dije—, estamos en el siglo XXI. Las mujeres no son propiedad privada. No puedes ir por ahí encerrándonos. Si quiero hacer algo increíblemente estúpido y ponerme en peligro, tengo derecho a hacerlo.

Ranger me ciñó las esposas en una mano.

—Me parece que no.

—¡Eh!

—Sólo será por un par de días.

—¡No puedo creerlo! ¿De verdad pretendes encerrarme?

Intentó agarrarme la otra muñeca, pero le arranqué las esposas de la mano y me aparté de un salto.

—Ven aquí —ordenó.

Puse un coche entre los dos. Llevaba las esposas colgando de la muñeca, y de una forma extraña, en la que no quería pensar, no dejaba de resultar erótico. Pero en otro sentido me ponían furiosa de verdad. Rebusqué en el bolso y encontré el espray de autodefensa.

—Ven a por mí —le dije.

Ranger apoyó las manos sobre el coche.

—Esto no está saliendo bien, ¿no crees?

—¿Cómo esperabas que saliera?

—Tienes razón. Debí suponerlo. Las cosas nunca son simples contigo. Los hombres vuelan por los aires. A los coches los aplastan camiones de basura. He participado en invasiones de envergadura y no han sido experiencias tan terribles como la de quedar contigo para tomar café —sostuvo una llave en alto para que la viese—. ¿Te gustaría que te quitase las esposas?

—Tírame la llave.

—No, no. Tendrás que venir tú.

—Ni en broma.

—Ese espray sólo funciona si me lo echas en la cara. ¿Te crees lo bastante buena como para conseguir echármelo en la cara?

—Por supuesto.

Un coche que era pura chatarra entró en el aparcamiento. Ranger y yo le dedicamos toda nuestra atención. Ranger tenía una pistola en la mano y la ocultaba contra el costado.

El coche se detuvo y El Porreta y Dougie bajaron de él.

—Eh, amiga —me dijo El Porreta—. Qué suerte encontrarte aquí. Yo y Dougie necesitamos que nos des uno de tus sabios consejos.

—Tengo que hablar con estos dos —le dije a Ranger—. Lula y yo les hemos revuelto un poco la casa.

—Déjame que lo adivine: servían rollitos de primavera y una cosa amarilla.

—Buñuelos de queso. Y no ha sido culpa mía. Un romulan ha empezado primero.

Las comisuras de su boca esbozaron una sonrisita controlada.

—Tendría que haber sospechado de un romulan —enfundó la pistola—. Vete a hablar con tus amigos. Acabaremos más tarde con esto.

—¿Y la llave?

Sonrió y negó con la cabeza.

—Esto es la guerra —le aseguré.

La sonrisa se volvió sombría.

—Ten cuidado.

Retrocedí y me dirigí a la puerta trasera del edificio. Dougie y El Porreta me siguieron. No conseguía imaginar qué querrían. ¿Una indemnización por los daños? ¿Informarme sobre el futuro de Elwood como pez gordo de la droga? ¿Mi opinión sobre los rollitos de primavera?

Crucé a toda prisa el vestíbulo y subí por las escaleras.

—Podemos hablar en mi casa —dije—. Necesito cambiarme la camisa.

—Siento lo de tu camisa. Esos *trekkies* se han puesto muy desagradables. Te digo yo que se han vuelto una verdadera turba —dijo El Porreta—. La Federación tiene un buen problema. Nunca van a conseguir nada con miembros como ésos. No han mostrado ningún respeto por la residencia personal de Dougie.

Abrí la puerta de mi apartamento.

—¿Ha habido muchos daños?

El Porreta se dejó caer en el sofá.

—Al principio pensábamos que no iba a ser más que una batalla de buñuelos. Pero entonces se nos ha estropeado el vídeo y hemos tenido que cortar en seco la proyección de películas.

—Va el vídeo y se estropea justo en medio de un capítulo muy interesante, hemos tenido suerte de escapar con vida —explicó Dougie.

—Verás, nos da un poco de miedo volver allí. Nos preguntábamos si podríamos quedarnos a dormir aquí contigo y con tu abuela.

—La abuela Mazur ha vuelto a casa de mis padres.

—Qué pena. Era de lo más entretenida.

Les di almohadas y mantas.

—Qué pulsera tan radical —comentó El Porreta.

Me miré las esposas, aún ceñidas a mi muñeca derecha. Había olvidado que estaban ahí. Me pregunté si Ranger estaría aún en el aparcamiento. Y me pregunté si debería haberme ido con él. Eché el cerrojo de la puerta y luego me encerré en mi habitación, me metí en la cama con aquella porquería de queso todavía en el pelo y me quedé dormida de inmediato.

Cuando desperté a la mañana siguiente me percaté de que me había olvidado de Joe.

Mierda.

En su casa no contestaba nadie, y estaba a punto de dejarle un mensaje en el busca cuando sonó el teléfono.

—¿Qué demonios está pasando? —preguntó Joe—. Acabo de llegar al trabajo y me he enterado de que te atacó un romulan.

—Estoy bien. Tenía que detener a un tipo en una fiesta de *Star Trek* y la cosa acabó de una forma un poco rara.

—Por desgracia yo también tengo noticias un poco raras. Tu amiga Carol Zabo está otra vez en el puente. Por lo visto, ella y un puñado de amigas secuestraron a Joyce Barnhardt y la dejaron desnuda y atada a un árbol en el cementerio de animales de Hamilton Township.

—¿Me tomas el pelo? ¿Que han arrestado a Carol por secuestrar a Joyce Barnhardt?

—No. Joyce no presentó cargos. Pero ha sido un verdadero acontecimiento. La mitad de las fuerzas policiales acudió a liberarla. Carol fue arrestada por mostrarse demasiado alegre en un lugar público. Creo que ella y sus amigas estaban celebrándolo con una buena juerga. Tan sólo se enfrenta a una falta menor, pero no hay forma de convencerla de que no va a ir a la cárcel. Nos preguntábamos si podrías ir a hablar con ella para que se baje del puente. Está armando un verdadero barullo en plena hora punta.

—Ahora mismo voy para allá.

Todo aquello era culpa mía. Chica, cuando las cosas empiezan a marchar mal el mundo entero se convierte en un váter.

Me había ido a la cama con la ropa puesta, así que no tenía que molestarme en vestirme. Al pasar por la sala de estar les dije a gritos a El Porreta y a Dougie que volvería más tarde. Cuando llegué a la puerta trasera del edificio llevaba el espray de autodefensa en la mano por si Ranger saltaba sobre mí desde detrás de un matorral.

Ranger no apareció. Y tampoco lo hicieron Habib o Mitchell, así que salí pitando hacia el puente. Vaya suerte la de los polis: tienen esas luces rojas para cuando necesitan llegar rápido a algún sitio. Yo no las tenía, así que conduje por encima de la acera cuando el tráfico se atascó.

No paraba de llover. La temperatura rondaba los cinco grados, así que la población entera del estado estaba llamando por teléfono, consultando las tarifas de avión para volar a Florida. A excepción, por supuesto, de las personas que había en el puente mirando boquiabiertas a Carol.

Aparqué detrás de un coche patrulla y me abrí paso a pie hasta la mitad del puente, donde Carol estaba encaramada en lo alto de la barandilla sujetando un paraguas.

—Gracias por ocuparte de Joyce —le dije—. ¿Qué haces en el puente?

—Han vuelto a arrestarme.

—Te acusan de una falta menor. No vas a ir a la cárcel por eso.

Carol se bajó de la barandilla.

—Sólo quería estar bien segura —me miró entrecerrando los ojos—. ¿Qué llevas en el pelo? ¿Y esas esposas? Has estado con Morelli, ¿verdad?

—No desde hace una temporada —respondí con añoranza.

Volvimos a nuestros coches. Carol se fue a casa. Y yo fui a la oficina.

—¡Oh, vaya! —dijo Lula al verme—. Creo que acaba de entrar por la puerta una buena historia. ¿Qué significan esas esposas?

—Pensé que quedarían bien con los buñuelos de queso que llevo en el pelo. Ya sabes, para completar el atuendo.

—Espero que fuese Morelli —comentó Connie—. No me importaría que Morelli me esposara.

—Casi aciertas —le dije—. Fue Ranger.

—¡Huy, huy, huy! —soltó Lula—. Creo que acabo de mojarme los pantalones.

—No fue nada sexual —expliqué—. Fue... un accidente. Y luego perdimos la llave.

Connie se abanicó con un sobre de papel manila.

—Tengo un sofoco.

Le entregué a Connie el recibo por la captura de Elwood Steiger. Mirándolo bien, había sido dinero fácil. Nadie me había pegado un tiro o prendido fuego.

La puerta se abrió de par en par y Joyce Barnhardt irrumpió en la oficina.

—Vas a pagármelas por esto —me amenazó—. ¡Vas a lamentar haberte metido conmigo!

Lula y Connie volvieron las cabezas hacia mí y me dirigieron sendas miradas interrogativas.

—Carol Zabo y unas amigas ataron a Joyce a un árbol desnuda... para ayudarme.

—No quiero tiros aquí dentro —le advirtió Connie a Joyce.

—Pegarle un tiro es demasiado fácil —dijo Joyce—. Quiero algo mejor. Quiero a Ranger —aguzó la mirada—. Ya sé que eres muy amiguita suya. Bueno, pues más te vale que utilices tus influencias con él y me lo entregues a mí. Porque si no me lo entregas en veinticuatro horas voy a presentar cargos contra Carol Zabo por secuestro.

Joyce giró sobre las botas de tacón alto y salió por la puerta produciendo un tremendo frufrú.

—¿Veis? —dijo Lula—. Ya vuelve a notarse ese olor a azufre.

Connie me tendió el cheque por la captura de Elwood.

—Estás ante un dilema.

Metí el cheque en el bolso.

—Tengo tantos dilemas que ni siquiera consigo recordarlos todos.

La anciana señora Bestler estaba jugando otra vez al ascensorista.

—Subimos —anunció—. Bolsos de señora, lencería... —se inclinó sobre el andador para mirarme y añadió—: ¡Dios mío!, el salón de belleza está en la segunda planta.

—Estupendo —le dije—. Ahí es precisamente donde voy.

Mi apartamento estaba en silencio cuando entré. Las mantas estaban cuidadosamente dobladas sobre el sofá. Habían dejado una nota sobre una de las almohadas. Sólo había una palabra escrita en ella: «Luego».

Me arrastré hasta el baño, me desnudé y me lavé el pelo varias veces. Me puse ropa limpia, me sequé el pelo y me lo recogí en una coleta. Llamé a Morelli para saber qué tal le iba a Bob, y me dijo que Bob estaba bien y que una vecina lo estaba cuidando. Luego bajé al sótano y le dije a Dillan que me cortara con la sierra de arco la cadena de las esposas, para no tener que llevarlas meciéndose en la brisa.

Y ya no tenía nada más que hacer. No tenía ningún no compareciente que atrapar. No tenía ningún perro que pasear. No tenía que vigilar a nadie, ni irrumpir en ninguna casa. Podría haber acudido a un cerrajero para que me abriera las esposas, pero tenía la esperanza de que Ranger me diera la llave. Esa noche iba a entregárselo a Joyce. Mejor entregarle a Ranger a Joyce que tener que volver a convencer a Carol de que se bajase del puente. Ya me estaba hartando de rescatar a Carol de su tumba en el río. Y me sería fácil entregar a Ranger. Todo lo que tenía que hacer era organizar un encuentro. Le diría que quería quitarme las esposas, y él vendría a mí. Entonces lo dejaría fuera de combate con la pistola de descargas y se lo pasaría a Joyce. Por supuesto, después de haberlo entregado tendría que ser muy astuta para rescatarlo. Desde luego no iba a dejar que arrastraran a Ranger hasta la cárcel.

Ya que por lo visto no tenía nada en la agenda hasta por la noche, me dije que podía limpiar la jaula del hámster. Y después de la jaula del hámster a lo mejor me metía con la nevera.

Demonios, a lo mejor para entonces estaba tan lanzada que fregoteaba el baño... no, no era probable. Volqué la lata de sopa para sacar a Rex y lo metí en el frasco para espaguetis sobre la encimera de la cocina. Se quedó ahí sentado, parpadeando bajo el efecto de la luz repentina, no muy satisfecho de que hubiesen interrumpido su sueño.

—Lo siento, pequeñín —le dije—, pero hay que limpiar la hacienda.

Diez minutos más tarde Rex estaba de nuevo en su jaula, frenético porque todos sus tesoros enterrados estaban en una gran bolsa de basura de plástico negro. Le di una nuez cascada y una uva pasa. Se llevó la uva pasa a su nueva lata de sopa y ya no lo vi más.

Miré por la ventana de la sala de estar hacia el aparcamiento mojado. Seguía sin haber rastro de Habib y Mitchell. Todos los coches pertenecían a los inquilinos. Estupendo. Así podría tirar la basura sin riesgo. Me puse la chaqueta, saqué la bolsa con las virutas del hámster y me alejé rápidamente pasillo abajo.

La señora Bestler aún estaba en el ascensor.

—¡Oh!, ahora estás mucho mejor, querida —dijo—. No hay nada mejor que una horita de relax en el salón de belleza —las puertas del ascensor se abrieron en el vestíbulo y salí de un salto—. Subimos —anunció la señora Bestler—. Ropa de caballero en la tercera planta —y las puertas se cerraron.

Crucé el vestíbulo hasta la puerta de atrás y me detuve un instante a subirme la capucha. Seguía lloviendo. El agua formaba charcos en el asfalto reluciente y perlaba los coches recién encerados de los ancianos. Salí al exterior, agaché la cabeza y corrí a través del aparcamiento hasta el contenedor.

Tiré la bolsa dentro, me volví y me encontré cara a cara con Habib y Mitchell. Estaban empapados y tenían cara de pocos amigos.

—¿De dónde habéis salido? —pregunté—. No veo vuestro coche.

—Está aparcado en la calle de al lado —contestó Mitchell enseñándome la pistola—, y es ahí adonde vas. Empieza a caminar.

—Me parece que no —repliqué—. Si me disparas, Ranger ya no tendrá aliciente para hablar con Stolle.

—Te equivocas —dijo Mitchell—. Si te matamos, Ranger no tendrá aliciente y ya está.

Tenía toda la razón.

El contenedor estaba al fondo del aparcamiento. Trastabillé sobre el césped resbaladizo con piernas temblorosas, demasiado asustada para pensar con claridad. Me preguntaba dónde estaba Ranger ahora que lo necesitaba. ¿Por qué no estaba ahí, insistiendo en encerrarme en un piso franco? Ahora que la jaula de mi hámster estaba limpia estaría encantada de seguirlo.

Mitchell conducía de nuevo el coche familiar. Supuse que no estaban teniendo mucha suerte con lo de limpiar el Lincoln. Y probablemente no me convenía elegir eso como tema de conversación.

Habib se sentó a mi lado en el asiento de atrás. Llevaba una gabardina, pero parecía empapada. Debían de haberse escondido en los matorrales que había junto al edificio. No llevaba sombrero y el agua le goteaba del cabello para bajarle en hilillos por la nuca y la cara. Se enjugó la cara con una mano. A nadie parecía importarle que se estuviese mojando el monovolumen.

—Bueno —dije, tratando de que mi voz sonara normal—, y ahora ¿qué?

—Más te vale no saber qué pasa ahora —contestó Habib—. Deberías quedarte callada.

Quedarse callada era malo, puesto que me daba tiempo para pensar. Y pensar no me resultaba agradable. De aquel paseo en coche no iba a salir nada bueno. Traté de bloquear mis emociones. El miedo y el arrepentimiento no iban a llevarme a ninguna parte. Tampoco quería dar rienda suelta a mi imaginación. Aquél podía ser tan sólo un encuentro más con Arturo. No había necesidad de enloquecer antes de tiempo. Me concentré en respirar. Profunda y regularmente. Asimilando el oxígeno. Canturreé mentalmente: «Ommm». Había visto a alguien hacerlo en televisión y parecía que realmente le diera resultado.

Mitchell condujo hacia el oeste por Hamilton, en dirección al río. Cruzó Broad y se internó en un polígono industrial. Entró en un aparcamiento que había junto a una nave de ladrillo de varios pisos que antaño había sido una fábrica de herramientas mecánicas y ahora estaba en desuso. Había un letrero de «Se Vende» en la fachada frontal del edificio, pero tenía aspecto de llevar allí un centenar de años.

Mitchell aparcó el monovolumen y se apeó. Abrió mi puerta y me indicó que bajara a punta de pistola. Habib me siguió. Abrió la puerta lateral del edificio y entramos todos en tropel. Dentro hacía frío y había humedad. La luz era tenue y procedía de puertas abiertas que daban a pequeños despachos en los que el sol se filtraba a través de las sucias ventanas exteriores. Recorrimos un corto pasillo y doblamos hacia una zona de recepción. Las baldosas se notaban mugrientas bajo los pies y la estancia estaba desnuda a excepción de dos sillas metálicas plegables y un escritorio de madera pequeño y rayado. Sobre el escritorio había una caja de cartón.

—Siéntate —me indicó Mitchell—. Toma una silla.

Se quitó el abrigo y lo arrojó sobre el escritorio. Habib hizo lo mismo. Sus camisas no estaban mucho más secas que sus abrigos.

—Bueno, he aquí el plan —dijo Mitchell—. Vamos a dejarte fuera de combate con la pistola de descargas, y entonces te cortaremos un dedo con estas tenazas de aquí —sacó un par de tenazas de la caja de cartón—. De esa forma tendremos algo que enviarle a Ranger. Entonces nos quedaremos aquí contigo y esperaremos a ver qué pasa. Si quiere negociar, intentaremos llegar a un acuerdo. Si no quiere, supongo que te mataremos.

Sentí un intenso zumbido en los oídos y meneé la cabeza para hacerlo desaparecer.

—Esperad un momento —dije—. Tengo algunas preguntas que haceros.

Mitchell exhaló un suspiro.

—Las mujeres siempre tienen preguntas que hacer.

—Quizá deberíamos cortarle la lengua —sugirió Habib—. A veces funciona. En mi pueblo tenemos mucha suerte con eso.

Empezaba a darme la sensación de que había mentido diciendo que era pakistaní. A mí me parecía que ese pueblo suyo estaba en el infierno.

—El señor Stolle no dijo nada sobre la lengua —le recordó Mitchell—. A lo mejor pretende reservarla para más adelante.

—¿Dónde vais a retenerme? —le pregunté a Mitchell.

—Aquí. Vamos a encerrarte en el baño.

—Pero ¿qué pasa con la sangre?

—¿Qué pasa con ella?

—Podría desangrarme hasta morir. Entonces, ¿cómo ibais a negociar con Ranger?

Se miraron el uno al otro. No habían pensado en eso.

—Digamos que esto es nuevo para mí —confesó Mitchell—. Normalmente sólo muelo a palos a la gente o me la cargo.

—Deberíais tener unas vendas limpias y un poco de antiséptico.

—Me figuro que eso tiene sentido —dijo Mitchell. Consultó el reloj—. No tenemos mucho tiempo. Tengo que devolverle el monovolumen a mi mujer para ir a buscar a los niños al colegio. No quiero hacerlos esperar bajo la lluvia.

—Hay un *drugstore* en la calle Broad —dijo Habib—. Ahí podemos comprar esas cosas.

—Traeros también una caja de Tylenol —dije.

En realidad no quería ni vendas ni Tylenol, lo que quería era tiempo. Eso es lo que una siempre quiere cuando se produce el desastre. Tiempo para confiar en que no sea cierto. Tiempo para que el desastre se desvanezca. Tiempo para descubrir que todo había sido un error. Tiempo para que Dios intervenga.

—De acuerdo —dijo Mitchell—. Métete en el baño, ahí.

Era una habitación sin ventanas, de un metro y medio de ancho y dos de largo. Una taza de váter. Un lavabo. Eso era todo. En la parte exterior de la puerta habían instalado un candado. No se veía muy nuevo, así que supuse que no era la primera persona a la que mantenían prisionera allí.

Entré en la minúscula habitación, cerraron la puerta y echaron el candado. Apoyé la oreja en el marco.

—¿Sabes qué?, empiezo a odiar este trabajo —dijo Mitchell—. ¿Por qué nunca podemos hacer esta clase de cosas cuando hace buen tiempo? Hubo una vez en que tenía que cargarme a un tipo, un tal Alvin Margucci. Hacía tanto frío que se me congeló la pistola y tuve que matarlo a golpes con la pala. Y entonces, cuando fuimos a enterrarlo, no conseguíamos hacer ni una muesca en el suelo. Todo estaba más helado que un polo.

—Desde luego parece un trabajo muy duro —comentó Habib—. Es mejor en mi país, donde en general hace calor y la tierra es blanda. Muchas veces ni siquiera tenemos que cavar, porque en Pakistán el terreno puede ser muy accidentado, y simplemente arrojamos el cuerpo a un barranco.

—Sí, bueno, ya sabes..., aquí tenemos ríos, pero los fiambres siempre acaban por salir a la superficie y entonces la cosa se pone un poco más fea.

—Y que lo digas —admitió Habib—. Yo mismo lo he experimentado.

Me pareció que se marchaban, porque oí abrirse y cerrarse la puerta al final del pasillo. Probé a abrir la puerta del baño. Miré a mi alrededor. Hice unas cuantas inspiraciones y espiraciones. Miré alrededor un poco más. Me obligué a pensar. Me sentía como el osito Winnie Pooh, que era un oso con poco cerebro. Aquel cuarto de baño era repugnante, con su mugriento lavabo, su mugrienta taza de váter y el roñoso suelo de linóleo. La pared que había junto al lavabo estaba manchada por el agua y había una gran humedad cerca del techo. Probablemente se trataba de un problema en las tuberías del piso de arriba. No podía hablarse de calidad de construcción, desde luego. Apoyé una mano en la pared y la sentí ceder. Los tablones estaban empapados.

Llevaba puestas unas botas Caterpillar con buenas suelas dentadas. Apoyé el culo en el lavabo, le di una buena patada al tabique con una bota y mi pie lo atravesó limpiamente y salió por el otro lado. Me eché a reír, y entonces me percaté de que también lloraba. No hay tiempo para la histeria, me dije. Sencillamente sal pitando de aquí.

Hinqué las uñas en la pared y arranqué pedazos enteros de tablón. Conseguí abrir un buen agujero entre los clavos y me dediqué entonces a la pared adyacente. En cuestión de minutos había destrozado lo suficiente las dos paredes como para poder meterme a presión entre las tachuelas para pasar al otro lado. Tenía las uñas rotas y me sangraban los dedos, pero ahora me hallaba en un pequeño despacho con el baño detrás de mí. Probé a abrir la puerta. Estaba cerrada. ¡Dios!, pensé, no me digas que voy a tener que abrirme paso a patadas por todo el maldito edificio. Espera un segundo, tonta. El despacho tiene una ventana. Me obligué a respirar profundamente. No estaba lo que se dice en plena forma para pensar. Sentía demasiado pánico. Probé a abrir la ventana, pero no pude. Llevaba demasiado tiempo cerrada. Había varias capas de pintura sobre la cerradura. En la habitación no había muebles. Me quité la chaqueta, me envolví con ella una mano, la apreté en un puño y rompí el cristal. Quité tantos trocitos de vidrio como pude y me asomé. Había bastante distancia hasta el suelo, pero probablemente conseguiría saltar. Me quité una bota y rompí los cristales que quedaban en el marco para no cortarme más de lo necesario. Volví a ponerme la bota y saqué una pierna por el marco de la ventana.

La ventana daba a la parte delantera. Por favor, Dios mío, no dejes que Habib y Mitchell vuelvan cuando salte por la ventana. Salí despacio y de espaldas a la calle para quedar colgando de las manos con los pies meciéndose contra el ladrillo. Cuando me había extendido totalmente me dejé caer, aterrizando primero sobre los pies y luego de culo. Permanecí allí tendida unos instantes, tumbada sobre la acera con la lluvia salpicándome en la cara.

Inspiré un poco, me puse en pie y eché a correr. Crucé la calle, recorrí un callejón y crucé otra calle. No tenía ni idea de adónde iba. Tan sólo me estaba alejando todo lo que podía del edificio de ladrillo.

Catorce

Me detuve para recobrar el aliento, doblada por la cintura y entrecerrando los ojos para aliviar el dolor que sentía en los pulmones. Tenía los vaqueros desgarrados en las rodillas, y las rodillas llenas de arañazos de los cristales. Las dos manos estaban llenas de cortes. Con las prisas por escapar me había quedado sin chaqueta. Me había envuelto una mano con ella y la había dejado atrás. Ahora llevaba una camiseta y una camisa de franela y estaba calada hasta los huesos. Me castañeteaban los dientes a causa del frío y del miedo. Me aplasté contra el lateral de un edificio y oí, amortiguado por la lluvia, ruido de coches no muy lejos de allí, en Broad.

No quería ir a la calle Broad. Me sentiría demasiado expuesta. No conocía muy bien esa parte de la ciudad. No tenía muchas opciones. Iba a tener que entrar en uno de los edificios y pedir ayuda. Al otro lado de la calle había una gasolinera con una pequeña tienda de comestibles. No me hizo mucha gracia. Era demasiado visible. El edificio que tenía al lado parecía de oficinas. Me deslicé a través de la puerta de entrada hasta un pequeño vestíbulo. A la izquierda había un único ascensor. Junto a éste había una puerta metálica que daba a la escalera de incendios. En un directorio colgado en la pared figuraban los nombres de las empresas del edificio. Cinco pisos de empresas. No reconocí a ninguno de los inquilinos. Subí por las escaleras hasta el primer piso y elegí una puerta al azar. Daba a una habitación llena de estanterías metálicas, y las estanterías estaban llenas de ordenadores e impresoras y material informático variado. Un tipo con el cabello crespo y camiseta trabajaba sentado en una mesa justo al lado de la puerta. Alzó la mirada cuando asomé la cabeza.

—¿Qué hacéis aquí? —le pregunté.

—Reparamos ordenadores.

—Me preguntaba si podría utilizar tu teléfono para hacer una llamada local. Con la lluvia he resbalado y me he caído de la bici y necesito llamar para que vengan a buscarme.

Probablemente el hecho de que hubiese dos hombres buscándome para mutilarme suponía más información de la que el tipo necesitaba.

Me miró de arriba abajo.

—¿Estás segura de que quieres mantener esa historia?

—Ajá. Estoy segura.

Si dudas... miente siempre.

Me indicó con un gesto el teléfono en el extremo de la mesa.

—Sírvete tú misma.

No podía llamar a mis padres. No había forma de explicarles aquello. Y no quería llamar a Joe, porque no quería que supiera lo estúpida que había sido. No iba a llamar a Ranger, porque me encerraría, aunque la idea cada vez parecía más atractiva. Eso sólo dejaba a Lula.

—Gracias —le dije al tipo cuando colgué el teléfono tras haberle dado la dirección a Lula—. Te lo agradezco mucho.

Parecía levemente horrorizado ante mi aspecto, de manera que retrocedí hasta salir de su oficina y me fui a esperar abajo.

Cinco minutos más tarde, Lula llegó en el Firebird. Cuando entré, puso los seguros de las puertas y sacó la pistola del bolso para dejarla en el compartimento entre los dos asientos.

—Buena idea —dije.

—¿Adónde vamos?

No podía ir a casa. Habib y Mitchell acabarían por buscarme allí. Podía quedarme con mis padres o con Joe, pero no hasta que me hubiese aseado un poco. Estaba segura de que Lula me permitiría quedarme con ella, pero su apartamento era minúsculo y no quería provocar la tercera guerra mundial por estarnos pisando la una a la otra todo el rato.

—Llévame a casa de Dougie —concluí.

—No sé cómo te habrás hecho todos esos cortes, pero también deben de haberte afectado el cerebro.

Se lo expliqué todo a Lula.

—A nadie se le ocurriría buscarme en casa de Dougie —dije—. Además, tiene ropa de cuando era El Proveedor. Y es posible que disponga de un coche que pueda utilizar.

—Deberías enviarles a Ranger o a Joe un mensaje al busca —insistió Lula—. Mejor cualquiera de ellos que Dougie. Te mantendrán a salvo.

—No puedo hacer eso. Esta noche tengo que canjear a Ranger por Carol.

—¿Cómo has dicho?

—Esta noche voy a entregarle a Ranger a Joyce —marqué el número de la oficina de Joe en el teléfono del coche de Lula—. Tengo un favor enorme que pedirte —le dije a Morelli.

—¿Otro?

—Me preocupa que alguien entre en mi apartamento, y ahora mismo no puedo ir para allá. Me preguntaba si podrías ir a buscar a Rex y llevártelo contigo.

Hubo un silencio prolongado.

—¿Cómo de urgente es que lo haga?

—Urgente.

—Odio estas cosas —dijo Morelli.

—Y mientras estés allí, quizá podrías echar un vistazo en la caja de galletas y ver si mi pistola sigue ahí. Y bueno, ya puestos, también podrías llevarte mi bolso.

—¿Qué está pasando?

—Arturo Stolle cree que puede hacer que Ranger coopere con él reteniéndome a mí como rehén.

—¿Estás bien?

—Como una rosa. Es sólo que tuve que salir precipitadamente de mi casa.

—Supongo que no querrás que te recoja en algún sitio.

—No. Sólo a Rex. Estoy con Lula.

—Eso me inspira absoluta confianza.

—Intentaré pasarme por ahí esta noche.

—Inténtalo con todas tus fuerzas.

Lula se detuvo ante la casa de Dougie. Las dos ventanas de la planta baja estaban cubiertas con tablones. En las del piso de arriba habían corrido las cortinas, pero se filtraba luz a través de ellas. Lula me dio su Glock.

—Toma, llévatela. Tiene el cargador lleno. Y llámame si necesitas algo.

—Estaré bien —le dije.

—Claro. Ya lo sé. Voy a esperar aquí a que entres en la casa y me indiques con un gesto que puedo irme.

Corrí la corta distancia que me separaba de la puerta de Dougie. No estoy segura de por qué lo hice; ya no podía mojarme mucho más. Llamé a la puerta, pero nadie respondió. Me imaginé a Dougie escondido en alguna parte, temeroso de que un *trekkie* hubiera vuelto a por él.

—¡Eh, Dougie! —grité—. Soy Stephanie. ¡Abre la puerta!

Eso dio resultado. Se descorrió una cortina y Dougie atisbó desde detrás de ella. Poco después se abrió la puerta.

—¿Hay alguien aquí contigo? —quise saber.

—Sólo El Porreta.

Me embutí la Glock bajo la cinturilla de los pantalones vaqueros, me volví y le hice un ademán a Lula.

—Cierra la puerta con llave —dije al entrar en la casa.

Dougie me llevaba la delantera. No sólo había cerrado ya la puerta sino que estaba empujando una nevera para bloquearla.

—¿Te parece necesario? —pregunté.

—Supongo que es una exageración —admitió—. La verdad es que hoy la cosa ha estado tranquila. Es sólo que aún estoy un poco trastornado con lo del desmadre.

—Por lo visto te rompieron las ventanas.

—Sólo una. Los bomberos rompieron la otra al arrojar el sofá a la acera.

Miré el sofá. La mitad de él estaba carbonizada. El Porreta estaba sentado en la otra mitad.

—Eh, chica, has venido en el momento adecuado —dijo—. Acabamos de calentar unas tartaletas de cangrejo. Estábamos viendo una reposición de *Embrujada;* qué increíble eso que hace con la nariz.

—Ajá —confirmó Dougie—. Nos quedan un montón de tartaletas de cangrejo. Tenemos que comérnoslas antes de que caduquen el viernes.

Me pareció extraño que ninguno de ellos hiciese comentario alguno sobre el hecho de que estuviese toda mojada y sangrando y que hubiese entrado empuñando una Glock. Pero bueno, a lo mejor no paraba de llegar gente en esas condiciones a su casa.

—Me preguntaba si tendrías algo de ropa seca —le dije a Dougie—. ¿Te quitaste de encima todos aquellos vaqueros que pretendías vender?

—Me queda una buena pila de ellos arriba, en el dormitorio. En su mayoría son tallas pequeñas, así que a lo mejor encuentras algunos. Y también hay algunas camisas. Puedes usar lo que quieras.

Había algunas tiritas en el botiquín del baño. Me limpié lo mejor que pude las heridas y revolví entre la ropa de Dougie hasta que encontré algo de mi talla.

Era media tarde y no había comido, de forma que me lancé sobre las tartaletas de cangrejo. Luego fui a la cocina y llamé a Morelli al móvil.

—¿Dónde estás? —preguntó.

—¿Por qué?

—Porque quiero saberlo.

Algo andaba mal. Dios mío, que no fuera Rex.

—¿Qué ocurre? ¿Se trata de Rex? ¿Está bien Rex?

—Rex está perfectamente. Va en un coche patrulla con Costanza de camino a mi casa. Yo aún estoy en tu apartamento. La puerta estaba abierta cuando he llegado, te lo han registrado de arriba abajo. No creo que hayan roto nada, pero está todo patas arriba. Han vaciado el contenido de tu bolso en el suelo. La cartera, la pistola de descargas y el espray de autodefensa están aquí. La pistola aún estaba en la caja de galletas. A mí me parece que esos tipos estaban más furiosos que otra cosa. Creo que se han dedicado a tirarlo todo por los suelos y ni siquiera han visto la jaula de Rex.

Me había llevado una mano al corazón. Rex estaba bien. Era todo lo que me importaba.

—Estoy a punto de cerrar la casa —dijo Morelli—. Dime dónde estás.

—En casa de Dougie.

—¿Cómo? ¿De Dougie Kruper?

—Estábamos viendo *Embrujada*.

—Voy para allá.

—¡No! Estoy perfectamente a salvo. A nadie se le ocurriría buscarme aquí. Y estoy ayudando a Dougie a limpiar. Lula y yo provocamos un desmadre anoche y me siento responsable; he de ayudarle a limpiar.

Mentira podrida.

—Suena razonable, pero no me lo trago.

—Oye, yo no interfiero en tu trabajo, y tú no puedes interferir en el mío.

—Ya, pero yo sé lo que hago.

En eso tenía razón.

—Te veré esta noche.

—Mierda —dijo Morelli—. Necesito una copa.

—Mira en el armario de mi habitación. A lo mejor la abuela se dejó alguna botella.

Vi *Embrujada* con Dougie y El Porreta durante tres horas. Me comí unas cuantas tartaletas de cangrejo más. Y entonces llamé a Ranger. No contestaba al teléfono, así que probé con el busca. Al cabo de diez minutos me devolvió la llamada.

—Quiero librarme de las esposas —le dije.

—Podrías ir a un cerrajero.

—Tengo algunos problemillas adicionales con Stolle.

—¿Y?

—Y necesito hablar contigo.

—¿Y?

—Estaré en el aparcamiento que hay detrás de la oficina a las nueve en punto. Iré en un coche prestado. Todavía no sé cuál.

Ranger cortó la comunicación. Supuse que eso significaba que estaría allí.

Ahora tenía un problema. De lo único que disponía era de una Glock. Y Ranger no iba a tener miedo de una Glock. Sabría que no sería capaz de dispararle.

—Necesito unas cuantas cosas —le dije a Dougie—. Necesito esposas, una pistola de descargas eléctricas y un espray de autodefensa.

—Aquí no tengo esas cosas —respondió Dougie—, pero podría hacer una llamada a un tipo que conozco.

Media hora más tarde, alguien llamó a la puerta y todos empujamos para apartar la nevera. Abrimos la puerta y esbocé una mueca de asco.

—Lenny Gruber —dije—. No te había visto desde que recuperaste la posesión de mi Miata por falta de pago.

—He estado ocupado.

—Sí, ya sé. Hay tantas maldades que hacer y tan poco tiempo.

—¡Amigo! —exclamó El Porreta—. Pasa. Tómate una tartaleta de cangrejo.

Gruber y yo fuimos juntos al colegio. Era de esa clase de personas que eliminan los gases en clase y luego exclaman: «¡Eh, qué peste! ¿Quién se ha tirado un pedo?». Le faltaba una muela y nunca llevaba totalmente subida la cremallera de los pantalones.

Gruber mordió una tartaleta de cangrejo y dejó un maletín de aluminio sobre la mesilla de centro. Abrió el maletín y el interior reveló un desorden de pistolas de púas paralizantes y de descargas eléctricas, esprays de autodefensa, esposas, navajas, porras y nudilleras. También había una caja de condones y un vibrador. Supuse que hacía tratos rentables con chulos.

Seleccioné un par de esposas, una pistola de descargas y un bote pequeño de espray.

—¿Cuánto es? —pregunté.

Tenía la mirada clavada en mi pecho.

—Por ser tú, voy a hacerte un precio especial.

—No quiero favores —dije.

Me dijo un precio que me pareció justo.

—Trato hecho —le dije—. Pero tendrás que esperar para cobrar. No llevo nada encima.

Esbozó una amplia sonrisa y la muela que le faltaba en la boca me recordó al agujero negro de Calcuta.

—A lo mejor se nos ocurre algo.

—No, no se nos va a ocurrir nada. Tendrás el dinero mañana.

—Si no me pagas hasta mañana el precio va a tener que subir.

—Oye, Gruber. He tenido un día muy malo. No me presiones. Soy una mujer al borde del ataque —apreté el botón de encendido de la pistola de descargas eléctricas—. ¿Funciona esta cosa? Quizá debería probarla con alguien.

—Mujeres —le dijo Gruber a El Porreta—. No se puede vivir con ellas. No se puede vivir sin ellas.

—¿Podrías moverte un poco hacia la izquierda? —preguntó El Porreta—. Me estás bloqueando la tele y la brujita está a punto de hacer eso de la nariz.

Dougie me prestó un Cherokee de dos años. Era uno de los cuatro coches que habían quedado por vender porque se les habían traspapelado los permisos de circulación y las facturas de compra. Había encontrado unos vaqueros y una camiseta más o menos de mi talla. Y El Porreta me había dejado una cazadora vaquera arrugada y unos calcetines limpios. Ni Dougie ni El Porreta tenían lavadora o secadora y ninguno de los dos se travestía, de forma que lo que me faltaba era ropa interior. Llevaba las esposas embutidas en la parte de atrás de la cinturilla de los pantalones. El resto del equipo lo había metido en los diversos bolsillos de la chaqueta.

Llegué hasta el aparcamiento que había detrás de la oficina de Vinnie y detuve el coche. Había parado de llover y en el aire cálido se advertía la promesa de la primavera. Estaba muy oscuro, y a través de la capa de nubes no se veía la luna ni las estrellas. Detrás de la oficina había plazas para cuatro coches. Hasta el momento el mío era el único. Había llegado temprano. Probablemente no tanto como Ranger. No cabía duda de que me había visto llegar y estaba vigilándome desde algún sitio para asegurarse de que el encuentro era seguro. Era el procedimiento habitual en esa clase de operaciones.

Estaba observando el callejón que llevaba al aparcamiento cuando Ranger tamborileó suavemente con los dedos en mi ventanilla.

—¡Mierda! —exclamé—. Me has dado un susto de muerte. No deberías aparecer así tan de repente.

—Pues tú deberías esperar de espaldas contra la pared, nena —abrió mi puerta—. Quítate la chaqueta.

—Voy a tener frío.

—Quítatela y dámela.

—No confías en mí.

Sonrió.

Me quité la chaqueta y se la tendí.

—Llevas artillería pesada —comentó.

—Lo normal.

—Sal del coche.

La cosa no estaba saliendo como se suponía que debía salir. No había contado con perder tan pronto la chaqueta.

—Preferiría que entraras tú. Aquí dentro se está calentito.

—Sal.

Exhalé un profundo suspiro y bajé del coche.

Ranger me rodeó la cintura con las manos, deslizó los dedos bajo la cinturilla de mis vaqueros y me quitó las esposas.

—Entremos —dijo—. Me sentiré más seguro ahí dentro.

—Sólo por morbosa curiosidad —dije—, ¿sabes cómo evitar la alarma o conoces el código de seguridad?

Abrió la puerta de atrás.

—Conozco el código.

Recorrimos el corto pasillo hasta la habitación trasera en la que se guardan las armas y el material de oficina. Ranger abrió la puerta que daba a la recepción y la luz ambiental procedente de la calle se filtró a través de las ventanas de cristal laminado. De pie entre las dos habitaciones podía ver ambas puertas.

Dejó mi chaqueta y las esposas sobre un archivador, fuera de mi alcance, y bajó la mirada hacia las esposas serradas en mi muñeca derecha.

—Nuevo diseño.

—Pero sigue siendo un fastidio.

Se sacó la llave del bolsillo, abrió la esposa y la arrojó sobre mi chaqueta. Entonces agarró mis manos con las suyas y me las volvió con las palmas para arriba.

—Llevas la ropa de otra persona, la pistola de otra persona, tienes las manos llenas de cortes y no llevas sujetador. ¿Qué pasa aquí?

Bajé la mirada hacia el contorno de uno de mis pechos y el pezón que sobresalía contra los confines de la camiseta.

—A veces voy sin sujetador.

—Tú nunca vas sin sujetador.

—¿Cómo lo sabes?

—Es un talento innato.

Ranger llevaba su ropa de calle habitual: pantalones negros de bolsillos embutidos en botas negras, camiseta negra y chaqueta impermeable negra. Se quitó la chaqueta y me la echó sobre los hombros. Conservaba el calor de su cuerpo y olía levemente a mar.

—Conque pasas mucho tiempo en Deal, ¿eh?

—Ahora debería estar allí.

—¿Alguien vigila a Ramos por ti?

—Tank.

Sus manos todavía me sujetaban la chaqueta sobre los hombros y apoyaba ligeramente los nudillos sobre mis pechos. Era un acto de íntima posesión más que de agresión sexual.

—¿Cómo ibas a hacerlo? —preguntó con tono dulce.

—¿Hacer qué?

—Capturarme. ¿No es de lo que iba todo esto?

Ése había sido el plan original, pero me había quitado mis juguetitos. Y ahora sentía el aire caliente y denso en los pulmones y pensaba que no era asunto mío que Carol se lanzara en vuelo desde el puente. Apoyé las palmas contra su abdomen y Ranger me observó con cautela. Sospeché que esperaba que respondiese a su pregunta, pero yo tenía un problema más acuciante. No sabía qué palpar primero. ¿Debía mover las manos hacia arriba o hacia abajo? Deseaba moverlas hacia abajo, pero eso podía parecer demasiado atrevido. No quería que me creyera una chica fácil.

—¿Steph?

—¿Hummm?

Aún tenía las manos en su estómago y le sentí reír.

—Huelo a quemado, nena; debes de estar pensando.

No era mi cerebro lo que estaba ardiendo. Palpé un poco por ahí con las yemas de los dedos.

Ranger negó con la cabeza.

—No me tientes. Éste no es buen momento —apartó mis manos de su abdomen y les echó otro vistazo a los cortes—. ¿Cómo te has hecho esto?

Le conté lo de Habib y Mitchell y la huida de la fábrica.

—Arturo Stolle se merecía a Homero Ramos —comentó Ranger.

—No lo sabía. ¡Nadie me cuenta nada!

—Durante años, la porción del pastel del crimen de Arturo Stolle la han constituido la adopción y la inmigración ilegales. Utiliza sus contactos en el este de Asia para traerse al país jovencitas que prostituir y para producir bebés para la adopción a precios astronómicos. Hace seis meses, Stolle se percató de que podía utilizar esos mismos contactos para pasar drogas junto con las chicas. El problema es que las drogas no forman parte del pedazo de pastel de Stolle. Así que Stolle se lió con Homero Ramos, conocido en todas partes como un estúpido de mierda constantemente falto de dinero, y organizó que Ramos actuara de intermediario entre él y sus cuentas. Stolle se figuró que las otras facciones de la mafia retrocederían ante el hijo de Alexander Ramos.

—¿Cómo encajas tú en todo eso?

—Como árbitro. Actuaba de enlace entre las facciones. Todo el mundo, federales incluidos, quería evitar una guerra del crimen —le sonó el busca, y contempló el visor—. Tengo que volver a Deal. ¿Llevas algún arma secreta en tu arsenal? ¿Quieres hacer algún intento desesperado de capturarme?

Vaya. Era un verdadero fanfarrón.

—Te odio —le dije.

—No, no es verdad —respondió Ranger, y me besó levemente en los labios.

—¿Por qué accediste a encontrarte conmigo?

Nuestras miradas se encontraron por unos instantes. Y entonces me esposó, con las manos detrás de la espalda.

—¡Mierda! —exclamé.

—Lo siento, pero eres una entrometida y no puedo hacer mi trabajo si tengo que andar preocupándome por ti. Voy a entregarte a Tank. Él te llevará a un piso franco y se hará cargo de ti hasta que las cosas se resuelvan.

—¡No puedes hacer eso! Carol volverá a subirse al puente.

Ranger esbozó una mueca.

—¿Carol?

Le expliqué lo de Carol y Joyce, y lo de que Carol no quería que la pescara la cámara indiscreta, y lo de que esa vez todo era culpa mía, o más o menos.

Ranger se dio de cabezazos contra el archivador.

—¿Por qué yo? —se lamentó.

—No habría dejado que Joyce se quedara contigo —le dije—. Iba a entregarte y luego habría pensado en una manera de rescatarte.

—Sé que voy a lamentarlo, pero voy a liberarte no sea que Carol se tire del puente, Dios nos libre. Voy a darte hasta mañana a las nueve en punto de la mañana para que arregles las cosas con Joyce y entonces iré a por ti. Y quiero que me prometas que no te acercarás ni a Arturo Stolle ni a nadie que se apellide Ramos.

—Te lo prometo.

Crucé la ciudad hasta casa de Lula. Tiene un apartamento en un primer piso que da a la calle y las luces aún estaban encendidas. No llevaba el móvil, así que subí hasta su puerta y llamé al interfono. Se abrió una ventana sobre mi cabeza y Lula asomó la cabeza.

—¿Sí?

—Soy Stephanie.

Dejó caer una llave, y abrí con ella.

Lula me recibió en lo alto de las escaleras.

—¿Vas a quedarte a pasar la noche?

—No. Necesito que me ayudes. ¿Te acuerdas de que iba a entregarle a Ranger a Joyce? Bueno, pues la cosa no ha acabado de funcionar.

Lula se echó a reír.

—Ranger es increíble. No hay nadie mejor que Ranger. Ni siquiera tú —contempló mi camiseta y mis tejanos—. No pretendo ser indiscreta, pero ¿has empezado la velada sin sujetador o se trata de algo reciente?

—Ya he salido así; Dougie y El Porreta no usan la misma ropa interior que yo.

—Qué lástima —dijo Lula.

Era un apartamento de dos habitaciones. Un dormitorio con baño y otra habitación que hacía las veces de sala de estar y comedor, con una pequeña cocina americana en un rincón. Lula había puesto una mesilla redonda y dos sillas con listones horizontales por respaldo en la zona de la cocina. Me senté en una de las sillas y acepté la cerveza que me tendía Lula.

—¿Quieres un bocadillo? —preguntó—. Tengo mortadela.

—Un bocadillo sería genial. Dougie no tenía más que tartaletas de cangrejo —le di un buen sorbo a la cerveza—. Bueno, he aquí el problema: ¿qué vamos a hacer con Joyce? Me siento responsable de Carol.

—No puedes responsabilizarte de los errores de juicio de otra persona —opinó Lula—. Tú no le dijiste que atara a Joyce a aquel árbol.

Cierto.

—Aun así —continuó—, sería estupendo engañar a Joyce una vez más.

—¿Tienes alguna idea?

—¿Cómo de bien conoce Joyce a Ranger?

—Lo ha visto un par de veces.

—Supón que le colamos a alguien que se parezca a Ranger y luego rescatamos al doble. Conozco a un tipo, un tal Morgan, que podría dar el pego. Tiene la misma piel morena. La misma complexión. Quizá no esté tan bueno, pero podría pasar por él. En especial si estuviese muy oscuro, y no abriera la boca.

—Es probable que necesite un par de cervezas más antes de creerme que va a funcionar.

Lula contempló las botellas vacías de cerveza que había sobre la encimera.

—Te llevo ventaja —dijo—. Bueno, este plan nuestro me hace sentir muy optimista —abrió una agenda y fue pasando páginas, muchas de ellas con una esquina doblada—. Lo conozco de mi anterior profesión.

—¿Un cliente?

—Un chulo. Es un verdadero imbécil, pero me debe un favor. Y probablemente estará encantado de hacerse pasar por Ranger. Es posible que hasta tenga un disfraz de Ranger en el armario.

Cinco minutos más tarde Morgan contestaba al busca y Lula y yo nos habíamos hecho con un falso Ranger.

—Éste es el plan —dijo Lula—. Recogemos a ese tipo en la esquina de Stark y Belmont dentro de media hora. Pero no dispone de toda la noche, así que tendremos que espabilar y poner la cosa en marcha.

Llamé a Joyce y le dije que tenía a Ranger, y que se encontrara conmigo en el aparcamiento de detrás de la oficina. Era el sitio más oscuro que se me ocurría.

Me acabé el bocadillo y la cerveza, y Lula y yo nos subimos al Cherokee. Llegamos a la esquina de Stark y Belmont, y tuve que mirar dos veces para asegurarme de que el hombre que estaba allí de pie no era Ranger.

Cuando Morgan se acercó sí noté la diferencia. El tono de la piel era el mismo, pero sus facciones eran más toscas. Tenía más arrugas en torno a los ojos y la boca, y su expresión traslucía menos inteligencia.

—Será mejor que Joyce no lo mire muy de cerca —le dije a Lula.

—Te advertí que te tomaras otra cerveza —me dijo Lula—. Además, detrás de la oficina está muy oscuro, y si las cosas salen bien Joyce sufrirá un percance antes de llegar muy lejos.

Esposamos a Morgan con las manos por delante, lo cual es una tontería, pero Joyce no era una cazarrecompensas lo bastante buena como para saberlo. Luego le dimos la llave de las esposas. El trato era que se metería la llave en la boca cuando llegásemos al aparcamiento. Se negaría a hablar con Joyce, haciéndose el huraño. Lo habíamos organizado todo para que a Joyce se le pinchara un neumático, y cuando saliera a echar un vistazo, Morgan se quitaría las esposas y se desvanecería en la noche.

Llegamos al callejón antes de tiempo, para que Lula pudiese bajarse. Decidimos que se escondería detrás del pequeño contenedor que compartían Vinnie y el vecino, y cuando Joyce estuviera ocupada en poner al supuesto Ranger bajo custodia, Lula clavaría un punzón en el neumático de Joyce. *Déjà vu.* Situé el Cherokee de forma que Joyce se viese obligada a aparcar cerca del contenedor. Lula bajó de un salto y se escondió, y casi de inmediato aparecieron unos faros en la esquina.

Joyce aparcó su 4X4 a mi lado y se apeó. Yo también salí del coche. Morgan estaba desplomado en el asiento trasero con la cabeza apoyada en el pecho.

Joyce miró el coche entrecerrando los ojos.

—No puedo verlo. Enciende las luces.

—Ni en broma —dije—. Y tú harías bien en apagar las tuyas. Hay un montón de gente buscándolo.

—¿Por qué está así desplomado?

—Le he drogado.

Joyce asintió con la cabeza.

—Me preguntaba cómo lo harías.

Fingí grandes esfuerzos para sacar a Morgan del asiento trasero. Se derrumbó contra mí, aprovechando para toquetearme, y Joyce y yo lo medio arrastramos hasta su coche y lo embutimos dentro.

—Una última cosa —le dije a Joyce tendiéndole una declaración que había preparado en casa de Lula—. Tendrás que firmar esto.

—¿Qué es eso?

—Es un documento que certifica el hecho de que acudiste voluntariamente al cementerio de animales con Carol y le pediste que te atara al árbol.

—¿Estás chiflada o qué? No pienso firmar eso.

—Entonces voy a sacar a Ranger de tu asiento trasero.

Joyce miró hacia el 4X4 y su preciado cargamento.

—Qué demonios —dijo; tomó el bolígrafo y firmó—. Ya tengo lo que quería.

—Lárgate tú primero —le dije a Joyce sacando la Glock del bolsillo—. Me aseguraré de que no tengas problemas para salir del callejón.

—No puedo creer que hayas hecho esto —comentó—. No sabía que fueras una mentirosa de mierda.

Cariño, pues no sabes hasta qué punto.

—Lo he hecho por Carol —afirmé.

Me quedé allí de pie empuñando la Glock y observé a Joyce alejarse. En el instante en que volvió la esquina del callejón, Lula subió de un salto al coche y nos largamos.

—Le doy unos cuatrocientos metros —dijo Lula—. Soy la reina del pincha y corre.

Vislumbré a Joyce. No había tráfico y estaba a una manzana de mí. Se le encendieron las luces de freno y aminoró la velocidad.

—Bien, bien —canturreó Lula.

Joyce recorrió otra manzana cada vez más despacio.

—Le gustaría continuar simplemente con el pinchazo —ironizó Lula—, pero le preocupa su precioso 4X4 recién salido de fábrica.

Las luces de freno volvieron a encenderse y Joyce se detuvo junto al bordillo. Estábamos a una manzana de ella con las luces apagadas, como si hubiésemos aparcado. Joyce se había bajado y se dirigía a la parte posterior del coche cuando un monovolumen me rodeó y se detuvo junto a ella con un frenazo. De él saltaron dos hombres empuñando pistolas. Uno amenazó con su arma a Joyce y el otro agarró a Morgan justo cuando ponía un pie en la acera.

—¿Qué demonios...? —soltó Lula—. ¿Qué pasa?

Eran Habib y Mitchell. Creían tener a Ranger.

Metieron a Morgan a empujones en el monovolumen y salieron zumbando.

Lula y yo permanecimos sentadas en silencio, demasiado asombradas para saber qué hacer.

Joyce gritaba y agitaba los brazos. Al final le propinó una patada al neumático pinchado, se metió en el coche y supongo que hizo una llamada telefónica.

—La cosa ha salido bastante bien —dijo finalmente Lula.

Retrocedí media manzana sin encender los faros, doblé la esquina y me alejé de allí.

—¿Dónde crees que nos habrán pescado?

—Debe de haber sido en mi casa —supuso Lula—. Es probable que no se atrevieran a pasar a la acción cuando éramos dos. Pero luego han tenido mucha suerte de que a Joyce se le pinchara una rueda.

—No les va a parecer que hayan tenido tanta suerte cuando descubran que a quien tienen es a Morgan.

Dougie y El Porreta estaban jugando al Monopoly cuando regresé a casa de Dougie.

—Pensaba que trabajabas en Shop & Bag —le dije a El Porreta—. ¿Por qué nunca estás trabajando?

—Tuve suerte y hubo reducción de plantilla. Te digo yo que este país es genial, chica. ¿En qué otro sitio le iban a pagar a uno por no trabajar?

Me dirigí a la cocina y llamé a Morelli.

—Estoy en casa de Dougie —le dije—. Acabo de tener otra nochecita bien rara.

—Sí, bueno, pues aún no se ha acabado. Tu madre ha llamado cuatro veces en la última hora. Será mejor que telefonees a tu casa.

—¿Qué ocurre?

—Tu abuela tenía una cita y aún no ha vuelto, y tu madre está de los nervios.

Quince

Mi madre contestó al primer timbrazo.

—Es medianoche —dijo—, y tu abuela aún no está en casa. Ha salido con ese hombre tortuga.

—¿Myron Landowsky?

—Se suponía que iban a cenar. Eso ha sido a las cinco. ¿Dónde pueden estar? He llamado a casa de ese hombre y no contestan. He llamado a todos los hospitales...

—Mamá, son adultos. Pueden estar haciendo montones de cosas. Cuando la abuela vivía conmigo nunca sabía dónde andaba.

—¡Está totalmente desenfrenada! —exclamó mi madre—. ¿Sabes qué he encontrado en su habitación? ¡Condones! ¿Para qué puede querer condones?

—A lo mejor hace animalitos hinchables con ellos.

—Otras mujeres tienen madres que se ponen enfermas y se van a residencias o se mueren en la cama. Yo no. Yo tengo una madre que lleva mallas ajustadas. ¿Qué he hecho yo para merecer esto?

—Deberías irte a la cama y dejar de preocuparte por la abuela.

—No pienso irme a la cama hasta que esa mujer vuelva a casa. Ella y yo vamos a tener que hablar. Y tu padre también está aquí.

Oh, estupendo. Harían toda una escena y la abuela volvería a vivir a mi apartamento.

—Dile a papá que puede irse a la cama. Voy para allá a esperarla contigo.

Cualquier cosa con tal de evitar que la abuela se mudara conmigo otra vez.

Llamé a Joe y le dije que a lo mejor pasaba por ahí más tarde, pero que no me esperase levantado. Luego volví a tomar prestado el Cherokee y conduje hasta casa de mis padres.

Mi madre y yo estábamos dormidas en el sofá cuando llegó la abuela a las dos de la madrugada.

—¿Dónde estabas? —le gritó mi madre—. Estábamos preocupadísimas.

—He tenido una noche de pecado —respondió la abuela—. ¡Chicas, cómo besa ese Myron! Creo que incluso es posible que haya tenido una erección, aunque es difícil saberlo con esa manía que tiene de subirse tanto los pantalones.

Mi madre se santiguó y yo revolví en el bolso en busca de un Maalox.

—Bueno, me voy a la cama —anunció la abuela—. Estoy hecha polvo. Y mañana tengo otro examen de conducir.

Cuando desperté estaba tendida en el sofá con un edredón encima. La casa estaba llena del aroma a café y a bacon friéndose y mi madre hacía entrechocar cacerolas en la cocina.

—Bueno, al menos no estás planchando —dije. Cuando mi madre sacaba la tabla de planchar significaba que se cocían problemas graves.

Le puso con estrépito la tapa a la olla del caldo y me miró.

—¿Dónde está tu sujetador?

—Me pilló la lluvia y le pedí prestada ropa seca a Dougie Kruper, pero no tenía ningún sujetador. Habría ido a casa a cambiarme, pero están esos dos tipos que quieren cortarme un dedo y me daba miedo que estuviesen esperándome allí.

—Bueno, gracias a Dios —dijo mi madre—; temía que te hubieses dejado el sujetador en el coche de Morelli.

—No lo hacemos en su coche. Lo hacemos en su cama.

Mi madre empuñaba un gran cuchillo de carnicero.

—Voy a suicidarme.

—A mí no me engañas —le dije mientras me servía café—. Nunca te suicidarías en plena elaboración de un caldo.

La abuela entró con un trotecillo en la cocina. Iba maquillada y llevaba el cabello rosa.

—¡Oh, Dios mío! —musitó mi madre—. ¿Qué será lo siguiente?

—¿Qué te parece este color de pelo? —me preguntó la abuela—. Me compré uno de esos baños de color en el *drugstore*. Sólo tienes que lavarte el pelo con él.

—Es rosa —dije.

—Sí, a mí también me lo ha parecido. En la etiqueta decía que era rojo Jezabel —miró el reloj de la pared—. Tengo que darme prisa. Louise llegará en cualquier momento. Tengo el examen de conducir a primera hora. Espero que no te importe que le pidiera a Louise que me llevara. No sabía que ibas a estar aquí.

—No te preocupes —dije—. Y pon todo tu empeño.

Me preparé unas tostadas y me acabé el café. Oí la cisterna del baño en el piso de arriba y supe que mi padre bajaría en cualquier momento. Mi madre tenía pinta de estar pensando en planchar.

—Bueno —dije, levantándome de un salto—. Tengo cosas que hacer.

—Acabo de lavar unas uvas. Llévate algunas a casa —dijo mi madre—. Y en la nevera hay jamón para que te prepares un bocadillo.

No vi a Habib o Mitchell cuando entré en mi aparcamiento, pero llevaba la Glock en la mano, sólo por si acaso. Aparqué en un sitio prohibido cerca de la entrada trasera, dejando el menor espacio posible entre el coche y la puerta y subí directamente a mi apartamento por las escaleras. Cuando llegué me percaté de que no tenía llave, y Joe había cerrado la puerta al salir.

Como era la única persona en todo el universo que no podía abrir mi propia puerta sin una llave, le pedí a la señora Karwatt, mi vecina, la que me guardaba de recambio.

—¿No hace un día precioso? —comentó—. Parece que ya sea primavera.

—Supongo que todo habrá estado tranquilo por aquí esta mañana —dije—. ¿No habrá oído ruidos o visto a hombres extraños en el pasillo?

—Si los ha habido yo no me he dado cuenta —respondió, y bajó la mirada hacia mi pistola—. Qué bonita Glock. Mi hermana lleva una y le encanta. Yo estaba pensando en cambiar mi 45 por una de ésas, pero me siento incapaz; mi marido, que en paz descanse, me la regaló en nuestro primer aniversario.

—Qué romántico.

—Por supuesto, siempre puedo tener una pistola de repuesto.

Asentí con la cabeza.

—Nunca se tienen demasiadas pistolas.

Me despedí de la señora Karwatt y entré en mi apartamento. Fui habitación por habitación, comprobando armarios y mirando bajo la cama y detrás de la cortina de la ducha para asegurarme de que estaba sola. Morelli estaba en lo cierto: el apartamento estaba hecho un desastre, pero no parecía que hubiesen roto muchas cosas. Mis visitantes no se habían tomado la molestia de rajar tapicerías y pegarle una patada a la pantalla del televisor.

Me di una ducha y me vestí con una camiseta y unos vaqueros limpios. Me apliqué un poco de espuma en el pelo y me lo ricé con el cepillo redondo, de forma que acabé con un montón de rizos sueltos que me hacían parecer un cruce entre chica de Jersey y bombón sin cerebro de *Los vigilantes de la playa*. Me sentía enana en comparación con el volumen de mi pelo, así que me puse más rímel en las pestañas para compensar la cosa.

Me dediqué un rato a arreglar el apartamento, pero empezó a ponerme nerviosa la idea de estar convirtiéndome en una presa fácil. No sólo para Habib y Mitchell, sino también para Ranger. Ya había pasado mi plazo tope de las nueve en punto.

Llamé a Morelli a la oficina.

—¿Llegó por fin a casa tu abuela? —preguntó.

—Sí. Y la cosa no fue agradable. Necesito hablar contigo. ¿Qué te parece si quedamos para un almuerzo temprano en Pino's?

Después de hablar con Morelli llamé a mi oficina para ver si Lula sabía algo de Morgan.

—Está bien —me dijo—, pero no creo que a esos dos tipos, Habib y Mitchell, les den aguinaldo por Navidad.

Llamé a Dougie y le dije que iba a quedarme un rato más el Cherokee.

—Quédatelo para siempre —me contestó.

Para cuando llegué a Pino's Morelli ya estaba sentado en una mesa devorando palitos de pan.

—Voy a hacer un trato contigo —le dije al tiempo que me quitaba la cazadora vaquera—. Si me cuentas qué está pasando entre tú y Ranger te dejaré quedarte a Bob.

—¡Oh, vaya! —ironizó Morelli—. ¿Cómo voy a rechazar algo así?

—Se me ha ocurrido una idea sobre este asunto de los Ramos —expliqué—. Pero es bastante descabellada. Llevo tres o cuatro días dándole vueltas.

Morelli esbozó una amplia sonrisa.

—¿Intuición femenina?

Yo también sonreí, pues ha resultado que la intuición es el arma más potente de mi arsenal. No sé disparar, no corro muy rápido, y el único karate que sé lo he aprendido de las películas de Bruce Lee. Pero tengo una gran intuición. La verdad es que la mayor parte del tiempo no sé qué demonios me hago, pero si sigo mis instintos normalmente las cosas acaban por salirme bien.

—¿Cómo identificaron a Homero Ramos? —le pregunté a Morelli—. ¿Por sus placas dentales?

—Fue identificado a partir de las joyas que llevaba y de pruebas circunstanciales. Pero no había placas dentales; desaparecieron misteriosamente.

—He estado pensando que quizá no fuera a Homero Ramos a quien mataron. No parece que a nadie en su familia le haya importado su muerte. Incluso aunque un padre piense que su hijo está corrompido hasta la médula, resulta difícil creer que no experimente emoción alguna ante su muerte. Y luego anduve husmeando y descubrí que había alguien viviendo en la habitación de invitados de Aníbal. Alguien con la talla exacta de Homero Ramos. Creo que Homero se escondía en la casa pareada de Aníbal, y que entonces se cargaron a Macarroni y Homero huyó.

Morelli esperó mientras la camarera nos traía la pizza.

—Esto es lo que sabemos. O al menos lo que creemos saber. Homero era el intermediario en la nueva operación de narcóticos de Stolle. Todo el asunto les sentó muy mal a los chicos del norte de Jersey y la gente empezó a ponerse de uno u otro bando.

—Guerra de narcos.

—Fue más que eso. Si un miembro de la familia Ramos iba a meterse en el tráfico de drogas, entonces los del norte de Jersey iban a ponerse a traficar con armas. Y nadie estaba contento con todo aquello porque significaba que tendrían que volver a trazarse las fronteras. Todo el mundo estaba nervioso. Tan nervioso que se puso precio a la cabeza de Homero Ramos. Lo que sabemos, pero no podemos probar, es que tienes razón: Homero Ramos no está muerto. Ranger lo sospechó desde el principio y tú reafirmaste su teoría al decirle que habías visto a Ulises en el umbral de la casa de la playa. Ulises nunca ha salido de Brasil. Creemos que fue algún pobre idiota el que acabó achicharrado en aquel edificio y que Homero corrió a esconderse en algún sitio, a la espera de que lo sacaran del país.

—Y creéis que ahora está en la casa de la playa.

—Parecía lógico, pero ya no sé qué pensar. No tenemos motivo para registrarla. Ranger entró en la casa pero no consiguió encontrar nada.

—¿Qué me dices de la bolsa de deporte? Estaba llena de dinero de Stolle, ¿verdad?

—Creemos que cuando a Aníbal le llegó el rumor de que su hermano pequeño iba a iniciar una ola de crímenes, le ordenó a Homero que detuviera todas las actividades sin relación con el negocio familiar y abandonara sus contactos con Stolle. Entonces Aníbal le pidió a Ranger que le llevara su dinero a Stolle y le dijera que ya no podía contar con la protección del apellido Ramos. El problema fue que cuando Stolle abrió la maleta estaba llena de papel de periódico.

—¿No comprobó Ranger el contenido antes de aceptarla?

—La maleta estaba cerrada cuando se la entregaron a Ranger. Así fue como lo organizó Aníbal Ramos.

—¿Le tendió una trampa a Ranger?

—Ajá, pero probablemente para que lo acusaran sólo por el incendio y la ejecución. Supongo que sabía que Homero había ido esa vez demasiado lejos, y que sus promesas de que iba a ser buen chico y dejar de vender drogas no iban a evitar que su cabeza siguiera teniendo un precio. De forma que Aníbal se las ingenió para que Homero pareciese muerto. Ranger es un buen cabeza de turco porque no le pertenece a nadie. No hay motivo para que nadie tome represalias si Ranger es el asesino.

—Entonces, ¿quién tiene el dinero? ¿Aníbal?

—Aníbal le tendió la trampa a Ranger para que pagara el pato del asesinato, pero se hace difícil creer que pretendiera timar a Stolle. Quería tranquilizarlo, no cabrearlo —Morelli mordió otro pedazo de pizza—. A mí me parece que suena al típico truco que utilizaría Homero. Probablemente intercambió las bolsas en el coche de camino a la oficina.

Oh, mira por dónde.

—Supongo que no sabrás qué coche conducía.

—Un Porsche plateado. El coche de Cynthia Lotte.

Supuse que eso explicaba la muerte de Cynthia.

—¿Por qué has puesto esa cara tan rara? —preguntó Morelli.

—Ha sido una mueca de culpa. Digamos que ayudé un poco a Cynthia a recuperar ese coche de manos de Homero.

Le conté a Morelli que Cynthia nos había sorprendido a Lula y a mí, y cómo Cynthia había querido recuperar el coche, lo que había supuesto sacar al muerto de su interior. Cuando acabé, Morelli permaneció simplemente allí sentado, con pinta de estar perplejo.

—¿Sabes qué?, cuando eres policía llegas a un punto en que crees haberlo oído todo —dijo al fin—. Crees que no queda nada que pueda sorprenderte. Y entonces llegas tú, y de pronto cambia por completo el panorama.

Tomé otro pedazo de pizza y me dije que era probable que la conversación empezara ahora a degenerar.

—Probablemente no tengo que decirte que destruiste la escena de un crimen.

Ajá. Tenía razón. Efectivamente estaba degenerando.

—Y probablemente no tengo que señalarte que ocultaste pruebas en la investigación de un homicidio.

Asentí con la cabeza.

—¡Por los clavos de Cristo!, ¿en qué demonios estabas pensando? —exclamó.

Todo el mundo se volvió a mirarnos.

—En realidad no podía detenerla —dije—. Así que me pareció que lo más conveniente era ayudarla.

—Podrías haberte ido. Haberte largado de allí. ¡No tenías por qué ayudarla! Pensaba que simplemente habías recogido a ese hombre del suelo. ¡No sabía que lo hubieses sacado de un coche, por el amor de Dios!

La gente volvía a mirarnos.

—Van a encontrar tus huellas por todo ese coche —dijo Morelli.

—Lula y yo llevábamos guantes.

Pili y Mili tan listillas como siempre.

—Antes pensaba que no quería casarme contigo porque no quería tenerte todo el día sentada en casa preocupándote por mí. Ahora no quiero casarme porque no sé si podré soportar el estrés de estar casado contigo.

—Esto nunca habría pasado si Ranger o tú hubieseis confiado en mí. Primero se me pide que ayude en la investigación, y luego se me deja de lado. Es todo culpa vuestra.

Morelli aguzó la mirada.

—Bueno, a lo mejor no todo.

—Tengo que volver al trabajo —dijo Morelli pidiendo la cuenta—. Prométeme que volverás a casa y te quedarás allí. Prométeme que te irás a casa, cerrarás la puerta y no saldrás hasta que todo esto se solucione. Alexander tiene previsto volar mañana de vuelta a Grecia. Creemos que eso significa que Homero se va esta noche, y creemos saber cómo va a hacerlo.

—En barco.

—Ajá. Zarpa un carguero de Newark con destino a Grecia. Homero es un punto débil, si podemos imputarle un homicidio existe la posibilidad de que se llegue a un acuerdo entre el fiscal y la defensa para que nos entregue a Alexander y Stolle.

—Vaya, Alexander ha llegado casi a gustarme.

Ahora fue Morelli quien esbozó una mueca.

—Vale —acepté—. Iré a casa y no me moveré de allí.

De todas formas no tenía nada que hacer esa tarde. Y no me excitaba precisamente la idea de dar a Habib y Mitchell otra oportunidad de cortarme los dedos, uno por uno. En realidad me atraía bastante lo de encerrarme en mi apartamento. Podía limpiar un poco más, ver un poco de telebasura y echarme una siesta.

—Tengo tu bolso en mi casa —dijo Morelli—. No se me ha ocurrido traérmelo al trabajo. ¿Necesitas una llave de tu casa?

Asentí con la cabeza.

—Sí.

Sacó una llave de su llavero y me la tendió.

El aparcamiento de mi edificio estaba relativamente vacío. A esa hora del día los ancianos estaban o bien de compras o bien aprovechando al máximo el sistema sanitario de la Seguridad Social, lo cual me parecía bien porque significaba que había plazas de sobra. No vi ningún coche extraño en el aparcamiento. Por lo que parecía, nadie acechaba entre los matorrales. Aparqué cerca de la puerta y saqué la Glock del bolsillo de la chaqueta. Entré rápidamente en el edificio y subí por las escaleras. El pasillo del segundo piso estaba vacío y en silencio. Mi puerta estaba cerrada. Ambas cosas eran buena señal. Abrí la puerta con la Glock todavía en la mano y entré en el vestíbulo. El apartamento parecía estar igual que como lo había dejado. Cerré la puerta detrás de mí pero no eché el cerrojo, no fuera que tuviese que salir corriendo. Entonces empecé a comprobar habitación por habitación que todo estuviese seguro.

Fui de la sala de estar al baño. Y cuando estaba en el baño un hombre salió del dormitorio y me apuntó con una pistola. Era de estatura y complexión normales, más delgado y más joven que Aníbal Ramos, pero el parecido familiar era obvio. Era un hombre guapo, pero las huellas innegables de una vida disoluta estropeaban su atractivo. Un mes en el mejor balneario no haría mella siquiera en el problema de ese hombre.

—¿Homero Ramos?

—En carne y hueso.

Ambos empuñábamos pistolas y estábamos a unos tres metros el uno del otro.

—Tira la pistola —dije.

Esbozó una sonrisa carente de humor.

—Oblígame.

Genial.

—Tira la pistola, o voy a dispararte.

—Vale, pues dispárame. Adelante.

Bajé la mirada hacia la Glock. Era una semiautomática y yo tenía un revólver. No tenía ni idea de cómo se disparaba una semiautomática. Sabía que debía deslizar algo hacia atrás. Oprimí un botón y el cargador cayó sobre la moqueta.

Homero Ramos se echó a reír.

Le arrojé la Glock, golpeándole en la frente, y él me disparó antes de que tuviese oportunidad de salir pitando. La bala me rasguñó la parte superior del brazo y se incrustó en la pared detrás de mí. Solté un grito y retrocedí tambaleante, sujetándome el brazo herido.

—Eso ha sido una advertencia —dijo—. Si tratas de escapar te dispararé por la espalda.

—¿Qué haces aquí? ¿Qué quieres?

—Quiero el dinero, por supuesto.

—Yo no tengo el dinero.

—No hay otra posibilidad, monada. El dinero estaba en el coche y la buena de Cynthia me dijo antes de morir que tú estabas en la casa cuando ella entró. O sea, que eres la única candidata. He registrado la casa de Cynthia. Y la torturé lo suficiente como para confiar en que me decía toda la verdad. Al principio trató de venderme esa historia falsa de que se había deshecho de la bolsa, pero ni siquiera Cynthia sería tan estúpida. He registrado tu apartamento y el de tu amiga la gorda. Y no he encontrado el dinero.

Arponazo directo al cerebro. No habían sido Habib y Mitchell quienes habían revuelto mi apartamento. Había sido Homero Ramos buscando su dinero.

—Ahora quiero que me digas dónde lo has puesto —dijo Homero—. Quiero que me digas dónde has escondido mi dinero.

Me dolía el brazo y la mancha de sangre en el desgarrado tejido de mi chaqueta estaba extendiéndose. Pequeños puntitos negros bailaban ante mis ojos.

—Necesito sentarme —dije.

Me indicó el sofá con un ademán.

—Ahí.

Que le peguen un tiro a una, por poco grave que sea la herida, no favorece el pensar con claridad. En alguna parte de la materia gris que tenía entre las orejas sabía que debería estar trazando un plan, pero no podía hacerlo. Mi mente correteaba presa del pánico por senderos en blanco. Sentía lágrimas formándose detrás de mis ojos y me goteaba la nariz.

—¿Dónde está mi dinero? —repitió Ramos cuando ya me había sentado.

—Se lo di a Ranger —hasta yo me sorprendí de que me saliera esa respuesta. Y, claramente, ninguno de los dos nos la creímos.

—Estás mintiendo. Voy a preguntártelo otra vez. Y si creo que me mientes te pegaré un tiro en la rodilla.

Estaba de pie, de espaldas al pequeño pasillo que llevaba a la puerta de entrada. Miré por encima de su hombro y vi entrar a Ranger en mi ángulo de visión.

—Vale, me has pillado —dije más alto de lo necesario, con un leve toque de histeria—. Esto es lo que pasó. No tenía ni idea de que hubiese dinero en el coche. Lo que vi fue a ese hombre muerto. Y no sé, me tomarás por loca, o a lo mejor es que he visto demasiadas películas de la mafia, pero pensé para mí: ¡A lo mejor hay otro cuerpo en el maletero! No quería perdérmelo si había otro cadáver, ¿entiendes? De forma que abrí el maletero y ahí estaba esa bolsa de deporte. Bueno, siempre he sido una entrometida, así que por supuesto tenía que ver qué había dentro de esa bolsa y...

—Me importa un cuerno la historia de tu vida —interrumpió Homero—. Quiero saber qué hiciste con el maldito dinero. Sólo dispongo de doce horas antes de que zarpe mi barco. ¿Te parece que podrás llegar al grano antes de que pasen?

Y entonces Ranger se abalanzó sobre Homero Ramos y oprimió la pistola de descargas eléctricas contra su cuello. Homero profirió un chillido y se desplomó. Ranger tendió una mano para quitarle la pistola. Le cacheó en busca de más armas, no encontró ninguna, y le esposó las manos a la espalda.

Apartó a Ramos de una patada y se acercó a mí.

—Creo haberte dicho que no te mezclaras con miembros de la familia Ramos. Nunca me haces caso.

Humor al estilo Ranger.

Le ofrecí una débil sonrisa.

—Creo que voy a vomitar.

Me puso una mano en la nuca y me empujó la cabeza hasta ponérmela entre las rodillas.

—Haz fuerza contra mi mano —dijo.

Las campanas dejaron de sonar y mi estómago se calmó un poco. Ranger me puso de pie y me quitó la chaqueta.

Me enjugué la nariz con la camiseta.

—¿Cuánto hacía que estabas aquí? —pregunté.

—He entrado cuando te ha disparado.

Ambos miramos el tajo en mi brazo.

—La herida es superficial —opinó Ranger—. No vas a conseguir que se compadezcan mucho de ti —me guió hasta la cocina y me taponó la herida con unas servilletas de papel—. Trata dc limpiártela un poco; voy a por una tirita.

—¡Una tirita! ¡Si me han pegado un tiro!

Volvió con mi botiquín de primeros auxilios, utilizó tiritas para mantener lo más cerrada posible la herida, la cubrió con unas gasas y me envolvió el brazo con una venda. Retrocedió y me sonrió.

—Estás un poco pálida.

—Pensaba que iba a morir. Estaba a punto de matarme.

—Pero no lo ha hecho —dijo Ranger.

—¿Has pensado alguna vez que ibas a morir?

—Muchas veces.

—¿Y?

—Y sobreviví —utilizó mi teléfono para llamar a Morelli—. Estoy en el apartamento de Steph. Tenemos a Homero Ramos, empaquetado y esperándote. Y no nos vendría mal una ambulancia. A Stephanie le han pegado un tiro en el brazo. Sólo le ha hecho un desgarrón en la carne, pero deberían echarle un vistazo.

Me rodeó con un brazo y me atrajo hacia sí. Apoyé la cabeza en su pecho y Ranger me acarició el cabello con la nariz y me besó justo encima de la oreja.

—¿Te encuentras bien? —preguntó.

Qué va. Me encontraba tan mal que no podía encontrarme peor. Estaba hecha polvo.

—Claro —respondí—. Estoy bien.

—Mentirosa.

Morelli me encontró en el hospital.

—¿Te encuentras bien?

—Ranger me ha hecho la misma pregunta hace un cuarto de hora y la respuesta era no. Pero ahora me encuentro mejor.

—¿Qué tal el brazo?

—No creo que sea grave. Estoy esperando a que me vea el médico.

Morelli me tomó una mano y me dio un beso en la palma.

—Creo que de camino hacia aquí se me ha parado un par de veces el corazón.

El beso hizo que se me encogiera un poco el estómago.

—Estoy bien. De verdad.

—Tenía que verlo por mí mismo.

—Me quieres —dije.

Su sonrisa se volvió algo tensa y asintió levemente.

—Te quiero.

Ranger también me quería, pero no de la misma manera. Ranger estaba en una etapa distinta de su vida.

Las puertas de la sala de espera se abrieron de par en par y Connie y Lula irrumpieron a través de ellas.

—Hemos oído que te han pegado un tiro —dijo Lula—. ¿Qué está pasando?

—¡Oh, Dios mío!, es cierto —exclamó Connie—. ¡Mira tu brazo! ¿Cómo ha ocurrido?

Morelli se puso en pie.

—Quiero estar presente cuando interroguen a Ramos. Y me parece que estoy de sobra ahora que ha llegado la tropa. Llámame en cuanto te vea el médico.

Decidí ir a casa de mis padres al salir del hospital. Morelli aún estaba ocupado interrogando a Homero Ramos, y no me apetecía estar sola. Primero hice que Lula se detuviera en casa de Dougie para hacerme con una camisa de franela que ponerme sobre la camiseta.

Dougie y El Porreta estaban en la sala de estar viendo la tele en un nuevo aparato de gran pantalla.

—Eh —dijo El Porreta—, mira qué televisor. ¿Es excelente o no?

—Pensaba que ya no ibais a apropiaros ilegalmente de nada más.

—Eso es lo increíble —respondió El Porreta—. Se trata de un televisor recién comprado. Ni siquiera lo hemos robado, chica. Te lo digo yo, los designios de Dios son bien misteriosos. Un momento estamos pensando que nuestro futuro es una porquería y de lo siguiente que nos damos cuenta es de que nos ha caído una herencia.

—Felicidades —dije—. ¿Quién ha muerto?

—Ése es el milagro —contestó El Porreta—. Nuestra herencia no está empañada por la tragedia. Nos ha sido entregada, amiga. Un obsequio. ¿Puedes creerlo? Dougie y yo tuvimos la buena suerte de vender un coche el domingo, de forma que llevamos el coche al túnel de lavado para dejarlo flamante para el comprador. Y mientras estábamos allí va y aparece una rubia en un Porsche plateado. Y se pone a limpiar el coche como si le fuese la vida en ello. Nosotros, bueno, nos la quedamos mirando. Y entonces sacó una bolsa de deporte del maletero y la tiró a la basura. Era una bolsa de las buenas, así que Dougie y yo le preguntamos si le importaba que nos la quedásemos. Y ella dijo que no era más que una bolsa asquerosa y que podíamos hacer con ella lo que nos saliera de las pelotas. De forma que nos llevamos la bolsa a casa y, bueno, la verdad es que se nos había olvidado hasta esta mañana.

—Y cuando la habéis abierto y habéis mirado dentro esta mañana, ha resultado que la bolsa estaba llena de dinero.

—¿Cómo lo has sabido?

—Sólo lo he adivinado.

Mi madre estaba en la cocina cuando llegué a la casa. Estaba preparando *toltott kaposzta,* que es repollo relleno. No es lo que se dice mi comida favorita. Pero probablemente mi comida favorita sea el pastel de piña con montañas de nata, así que calculo que la comparación no es justa.

Dejó lo que estaba haciendo para mirarme.

—¿Te pasa algo en el brazo? Lo sujetas de manera graciosa.

—Me han disparado, pero...

Mi madre se desmayó. ¡Cataplán!, cayó redonda al suelo con la cuchara de madera todavía en la mano.

Mierda.

Empapé una servilleta y se la puse en la frente hasta que volvió en sí.

—¿Qué ha pasado? —preguntó.

—Te has desmayado.

—Yo nunca me desmayo. Debes de estar equivocada —se sentó y se enjugó la cara con la servilleta mojada—. ¡Oh, sí!, ahora me acuerdo.

La ayudé a sentarse en una silla de la cocina y puse agua a hervir para el té.

—¿Es grave? —preguntó.

—No es más que un arañazo. Y el tipo ya está en la cárcel, o sea que todo va bien.

A excepción de que sentía ligeras náuseas, de que el corazón me daba un vuelco de vez en cuando y de que no quería volver a mi apartamento. Aparte de eso, todo andaba bien.

Puse la caja de galletas sobre la mesa y le serví a mi madre una taza de té. Me senté frente a ella y mordí una galleta. Con pedacitos de chocolate. Muy sanas, ya que mi madre les ponía nuez machacada, y las nueces son ricas en proteínas, ¿no?

La puerta de entrada se abrió y volvió a cerrarse y la abuela irrumpió en la cocina.

—¡Lo he conseguido! ¡He aprobado el examen de conducir!

Mi madre se santiguó y volvió a llevarse la servilleta mojada a la cabeza.

—¿Cómo es que tienes todo el brazo hinchado bajo la camisa? —me preguntó la abuela.

—Llevo un vendaje. Hoy me han disparado.

La abuela abrió los ojos de par en par.

—¡Qué emocionante! —se sentó a la mesa con nosotras—. ¿Cómo ha pasado? ¿Quién te ha disparado?

Antes de que pudiese responder, sonó el teléfono. Era Marge Dembowski para informar de que su hija Debbie, que trabaja de enfermera en el hospital, la había llamado para decirle que me habían disparado. Entonces llamó Julia Kruselli para decir que su hijo Richard, que es policía, acababa de darle la primicia sobre Homero Ramos.

Me fui de la cocina a la sala de estar y me quedé dormida delante del televisor. Morelli estaba allí cuando desperté, la casa olía al repollo que se cocía en los fogones y me dolía el brazo.

Morelli tenía una chaqueta nueva para mí, una sin agujero de bala.

—Hora de irse a casa —dijo, deslizándome con cautela el brazo en la chaqueta.

—Estoy en casa.

—Me refiero a mi casa.

La casa de Morelli. Sería estupendo. Rex y Bob estarían allí. Mejor todavía, Morelli estaría allí.

Mi madre puso una bolsa grande en la mesilla delante de nosotros.

—Aquí tenéis un poco de repollo relleno, un panecillo tierno y algunas galletas.

Morelli tomó la bolsa.

—Me encanta el repollo relleno —dijo.

Mi madre pareció complacida.

—¿De verdad te gusta el repollo? —le pregunté cuando ya estábamos en el coche.

—Me gusta cualquier cosa que no tenga que cocinar yo mismo.

—¿Cómo ha ido con Homero Ramos?

—Mejor de lo que podríamos haber soñado. Ese hombre es un gusano. Ha delatado absolutamente a todo el mundo. Alexander Ramos debió matarlo al nacer. Y como premio especial, hemos atrapado a Habib y Mitchell, les hemos dicho que iban a ser acusados de secuestro y nos han dado en bandeja a Arturo Stolle.

—Has tenido una tarde movidita.

—He tenido un día muy bueno. Excepto por lo de que te disparasen.

—¿Quién mató a Macarroni?

—Homero. Stolle envió a Macarroni a llevarse el Porsche. Supongo que pensó que cubriría parte de la deuda. Homero lo pescó en el coche y le disparó. Entonces le entró el pánico y huyó corriendo de la casa.

—¿Olvidándose de conectar la alarma?

Morelli esbozó una sonrisa.

—Ajá. Homero había adquirido el hábito de probar la mercancía que llevaba para Stolle y no seguía muy bien el programa. Se colocaba, salía a picar algo y olvidaba conectar la alarma. Ranger pudo entrar en la casa. Macarroni también entró. Tú también entraste. No creo que Aníbal estuviera al tanto de la envergadura del problema. Pensaría que Homero estaba sentado quietecito en la casa pareada.

—Pero Homero era un desastre.

—Así es. Homero era un verdadero desastre. Después de dispararle a Macarroni se asustó de verdad. En su trastornado estado inducido por la droga supongo que pensó que él solo podría ocultarse mejor que con Aníbal, así que volvió a la casa a recuperar su alijo. Sólo que el alijo no estaba allí.

—Y todo ese tiempo Aníbal y sus hombres andaban por ahí, rastreando el estado entero intentando encontrar a Homero.

—No deja de ser gratificante saber que andaban rompiéndose los cuernos para encontrar al muy idiota —dijo Morelli.

—Y ¿qué pasa con el alijo? —pregunté—. ¿Alguien tiene idea de qué pasó con la bolsa de deporte llena de dinero?

Alguien aparte de mí, por supuesto.

—Es uno de los grandes misterios de la vida —dijo Morelli—. La teoría prevaleciente es que Homero la ocultó mientras se hallaba bajo los efectos de la droga y olvidó dónde.

—Suena lógico —dije—. Apuesto a que fue eso.

Qué demonios, ¿por qué no dejar que Dougie y El Porreta disfrutaran el dinero? Si lo confiscaban iría a parar al Gobierno Federal, y sólo Dios sabía lo que harían con él.

Morelli aparcó delante de su casa pareada en la calle Slater y me ayudó a bajar. Abrió la puerta de la casa y Bob salió de un salto y me sonrió.

—Está contento de verme —le dije a Morelli. Y el hecho de que sostuviera una bolsa con repollo relleno tampoco perjudicó. La verdad es que no importaba. La de Bob fue una bienvenida estupenda.

Morelli había puesto la jaula de Rex sobre la encimera de la cocina. Di unos golpecitos en el costado y hubo movimiento bajo un montón de virutas. Rex asomó la cabeza, retorció los bigotes y parpadeó con los ojillos negros como cuentas.

—¡Eh, Rex! —lo saludé—. ¿Cómo te va?

El retorcer de bigotes se detuvo por un microsegundo, y luego Rex se batió en retirada bajo las virutas. A un observador casual podía no parecerle gran cosa, pero en términos de hámsters, también suponía una bienvenida estupenda.

Morelli abrió un par de cervezas y puso dos platos sobre la pequeña mesa de cocina. Dividimos los rollitos de repollo entre Morelli, Bob y yo, y nos lanzamos sobre ellos. A medio camino de mi segundo rollito me percaté de que Morelli no estaba comiendo.

—¿No tienes hambre? —pregunté.

Morelli me ofreció una sonrisa tensa.

—Te he echado de menos.

—Yo también a ti.

—¿Qué tal el brazo?

—Está bien.

Me tomó la mano y me besó la yema de un dedo.

—Confío en que esta conversación sirva de preámbulo, porque de veras me siento falto de autocontrol.

Por mí estaba bien. En aquel momento no le veía mucho sentido al autocontrol.

Me quitó el tenedor de la mano.

—¿Cómo de desesperada estás por comerte esos rollitos de repollo?

—Ni siquiera me gusta el repollo.

Me levantó de la silla de un tirón y me besó.

Sonó el timbre y nos separamos con sendos respingos.

—¡Mierda! —soltó Morelli—. ¿Ahora qué? ¡Siempre pasa algo! Abuelas, asesinos, buscas que suenan. Ya no lo aguanto más. Se dirigió despotricando hacia la puerta y la abrió de un tirón.

Era su abuela, Bella. Una mujer menuda, vestida de negro cerrado. Se había recogido el pelo blanco en un moño en la nuca, no llevaba nada de maquillaje y apretaba mucho los labios. La madre de Joe estaba a su lado, más alta que Bella pero igual de terrorífica.

—¿Y bien? —preguntó Bella.

Joe se la quedó mirando.

—Y bien ¿qué?

—¿No vas a invitarnos a entrar?

—No.

Bella se puso rígida.

—Si no fueras mi nieto favorito te echaría mal de ojo.

La madre de Joe dio un paso adelante.

—No podemos quedarnos mucho rato. Vamos de camino a la fiesta que da Marjorie Soleri por el nacimiento de su bebé. Sólo pasábamos a dejarte un estofado; sé que tú no cocinas.

Me acerqué a Joe y tomé el estofado de manos de su madre.

—Me alegro de volver a verla, señora Morelli. Y también a usted, abuela Bella. El estofado huele de maravilla.

—¿Qué pasa aquí? —preguntó Bella—. Estáis viviendo otra vez en pecado, ¿verdad?

—Eso intento —contestó Morelli—, pero no tengo mucha suerte.

Bella dio un salto y le propinó un manotazo a Joe en la cabeza.

—Debería darte vergüenza.

—Quizá debería llevarme esto a la cocina —dije retrocediendo—. Y luego voy a tener que irme. Yo tampoco iba a quedarme mucho rato. Sólo he pasado a saludar.

Lo último que necesitaba era que Bella me echara a mí mal de ojo.

Joe me agarró del brazo bueno.

—Tú no vas a ninguna parte.

Bella me miró entrecerrando los ojos, y me estremecí. Sentí a Joe atrincherarse junto a mí.

—Stephanie va a quedarse aquí esta noche —dijo—. Más vale que os vayáis acostumbrando.

Bella y la señora Morelli suspiraron y luego apretaron los labios.

La señora Morelli alzó unos milímetros el mentón y le dirigió a Joe una mirada furibunda.

—¿Vas a casarte con esta mujer?

—Sí, por el amor de Dios, voy a casarme con ella —respondió Joe—. Cuanto antes mejor.

—¡Vas a casarte! —exclamó Bella juntando las manos—. Mi Joseph va a casarse —nos besó a ambos.

—Espera un momento —intervine yo—. No me has pedido que me casara contigo. Eras tú quien no quería casarse.

—He cambiado de opinión —replicó Morelli—. Quiero casarme. Diablos, quiero casarme esta noche.

—Tú lo único que quieres es sexo —dije.

—¿Estás de broma? Ni siquiera me acuerdo de lo que es el sexo. Ni siquiera sé si aún puedo hacerlo.

Le sonó el busca.

—¡Jesús! —exclamó Morelli. Se arrancó el busca del cinturón y lo arrojó al otro extremo de la calle.

La abuela Bella me miró la mano.

—¿Dónde está el anillo?

Todos miramos mi mano. No llevaba ningún anillo.

—No se necesita un anillo para casarse —soltó Morelli.

La abuela Bella meneó la cabeza con tristeza.

—No sabe gran cosa —comentó.

—Un momento. No voy a dejar que me presionen para contraer matrimonio —les dije.

La abuela Bella se puso tensa.

—¿No quieres casarte con mi Joseph?

La madre de Joe se santiguó y puso los ojos en blanco.

—¡Vaya! —dijo Joe a su madre y a Bella—, mirad qué hora es. No querría que os perdierais la fiesta del nacimiento del bebé.

—Ya sé qué pretendes —dijo Bella—. Quieres librarte de nosotras.

—Es cierto —respondió Joe—. Stephanie y yo tenemos cosas de que hablar.

Ahora fue Bella quien puso los ojos en blanco.

—Tengo una visión —dijo—. Veo nietos. Tres niños y dos niñas...

—No dejes que te asuste —me susurró Joe—. Arriba junto a la cama tengo una caja de la mejor protección que el dinero puede comprar.

Me mordí el labio inferior. Me habría sentido mucho mejor si hubiese dicho que veía un hámster.

—Bueno, ya nos vamos —dijo Bella—. Las visiones siempre me dejan agotada. Voy a tener que echarme un sueñecito en el coche antes de la fiesta.

Cuando se fueron, Joe cerró la puerta y echó la llave. Me quitó el estofado y lo dejó sobre la mesa del comedor, fuera del alcance de Bob. Me quitó con cuidado la chaqueta de los hombros y la dejó caer al suelo. Luego me desabrochó los vaqueros, enganchó un dedo en la cinturilla y me atrajo hacia sí.

—En cuanto a esa proposición, monada...

Agradecimientos

Gracias a Eileen Hoffman y a Larry Martine por sugerirme el título de este libro.

Este libro
se terminó de imprimir
en los Talleres Gráficos
de Mateu Cromo, S. A.
Pinto, Madrid (España)
en el mes de febrero de 2002